Ceux qui rêvent le jour auront toujours
un avantage sur ceux qui ne rêvent que la nuit

Edgar Allan Poe

ELLE RÊVE AVEC MOI

Alain Kalita

avec la complicité de
Corinne Viltrouvé

Préface de
Jean-Luc Van Den Heede

MAGELLAN & CIE

TABLE DES MATIÈRES

À Corinne

EN GUISE D'AVANT-PROPOS

Souvent en mer, je me suis dit: «Jamais plus.» J'achève ce voyage, et jamais plus. Pourtant, je suis toujours reparti.

Quand j'écrivais *Je suis né deux fois*, j'ai souvent pensé: «Je termine mais jamais plus.» Et comme pour la mer et le voyage, je suis reparti.

Sans Corinne, mon amour depuis seize ans, cet ouvrage n'aurait sans doute jamais vu le jour. M'encourageant à renvoyer de la toile alors que je ne pensais qu'à l'abandon, me faisant de judicieuses suggestions alors que j'hésitais sur l'option à suivre, sachant m'épauler pour maintenir à flot le navire de l'histoire jusqu'à son arrivée au port, elle a rêvé ce livre avec moi.

Alain Kalita

PRÉFACE

Je voyage pour vérifier mes rêves, a écrit Gérard de Nerval. Voilà un adage qui s'applique parfaitement au livre d'Alain et Corinne.

Quel enfant n'a pas rêvé devant une carte de géographie représentant des pays lointains aux noms enchanteurs ? Qui n'a pas imaginé partir un jour vers des horizons éloignés découvrir le monde ? Qui ne s'est jamais identifié dans sa jeunesse à tel explorateur ou à tel aventurier ?

Seulement, hélas, les rêves restent souvent à l'état de mirage inaccessible. Pourquoi ? Par manque de détermination le plus souvent. Car, pour partir, il faut beaucoup de courage pour rompre avec les sirènes de notre civilisation de consommation. Il faut aussi être capable de s'éloigner égoïstement de sa famille et de ses proches. Ces sacrifices étant faits, le bonheur est à portée de voile.

Dans le cas d'Alain, ses rêves de jeunesse vont le conduire sur les îles du bout du monde qui, moi aussi, m'ont fait longtemps rêver : Madère, Selvagens, Canaries, Cap-Vert, Trindade, Saint-Paul, La Réunion, Nouvelle-Zélande sans oublier la Polynésie…

Mais, là encore, attention ! Ces îles se méritent. Avant d'apprécier ces escales magiques et découvrir en randonnées pédestres la beauté des paysages naturels ou se lier d'amitié avec les autochtones, il faudra surmonter plusieurs problèmes : résoudre le souci du mal de mer, affronter les tempêtes, supporter l'inconfort d'un voilier pendant des jours et des jours, remiser au placard les mauvais souvenirs, s'adapter en permanence à la nature, accepter que le vent ne souffle pas toujours dans le bon sens, etc.

On apprécie davantage un bon repas quand on a faim. Le couple a souvent faim d'arriver. Il profite de la lenteur de ce moyen de transport écologique, construit des mains d'Alain, pour mieux se souder, comme l'illustrent les jolis poèmes de Corinne et les pensées philosophiques d'Alain.

Ce livre n'est pas qu'un récit de voyage. C'est une réflexion sur le choix de vie du couple, avec toujours comme leitmotiv : atteindre l'objectif que l'on s'est volontairement fixé. Notre vie à tous peut être riche de rêves et de challenges plus ou moins grandioses. Les atteindre est souvent la clef du bonheur.

Puisse ces pages donner au lecteur l'envie de réaliser ses rêves, et donc d'être heureux.

Jean-Luc Van Den Heede

PROLOGUE

Dès mon plus jeune âge, la mer, l'horizon et les bateaux ont captivé mon attention. À quatorze ans, la lecture de *La Longue Route* de Bernard Moitessier a été une révélation. L'odyssée de son tour du monde en solitaire et sans escale a ancré en moi ce projet, ce rêve de sommet dans ma vie.

Le rêve était à construire, à commencer par le bateau. J'appris donc le métier de chaudronnier, le début de mon accomplissement.

À vingt ans, j'entamais la construction de *Naïla*, sans avoir de quoi acheter toutes les tôles, persuadé qu'un rêve doit vivre, sous peine de se scléroser. *Naïla* m'a demandé quatre années de travail, tôle après tôle, soudure après soudure. Week-ends, vacances et soirées, il m'a tout demandé, je lui ai tout donné. Parfois, un copain d'école passait me voir avec sa compagne, son premier enfant. Je songeais alors à la douce chaleur du foyer; je retournais malgré tout à mon sacerdoce, en priant de garder la foi.

À vingt-cinq ans, en septembre 1988, je partais pour mon tour du monde en solitaire et sans escale. Pas de GPS, pas de balise de détresse, pas de radio, aucun moyen de communication avec la terre, sans aucune expérience de la mer. Je partais dans l'inconnu, j'avais le culot de la jeunesse.

J'ai compris très vite que je n'irai pas au bout de ce projet. Le premier enseignement de la mer est l'humilité, je n'étais pas prêt pour un tel voyage. Je suis quand même descendu jusqu'à la latitude du cap de Bonne-Espérance, pour tâter du Sud. J'y ai reçu un bon coup de pied au cul des quarantièmes rugissants. « Allez morveux, du balai, tu reviendras quand tu auras troqué ta culotte courte contre un pantalon de marin ! » Six mois de voyage où j'apprenais chaque jour sur le tas. Je réussis à transmettre du courrier à deux reprises à des pêcheurs de rencontre, ma mère dut s'en contenter. C'était une autre époque, aujourd'hui on ne fait plus rien sans communiquer.

On veut tout de suite que tout le monde sache. En rentrant en France à la fin de l'hiver, j'étais un peu anxieux de retrouver la Terre après cette navigation de cent quatre-vingt-trois jours sans autre compagnie que la mienne. Sacrée bonne façon de me découvrir.

Un an et demi plus tard, je repartais. Et là, les dieux furent moins cléments. Après cinq jours, la messe était dite. Abordé en pleine nuit par un chalutier espagnol dans le golfe de Gascogne ! *Naïla* démâté, je rejoignai la France sous gréement de fortune.

Je vivais avec ce projet de tour du monde sans escale depuis huit ans. Je passais encore l'hiver à remettre *Naïla* en état, entrecoupé de périodes de travail pour financer les travaux. Je comptais prendre la mer en septembre. Ce que je fis… mais trois ans plus tard !

Souvent, je pensais : mais pourquoi ne peux-tu te contenter d'une vie simple, d'un foyer où tu serais heureux de rentrer chaque soir ? J'essayai. Au début, j'étais bien. Puis les doutes sont revenus, par flashs, des moments de lucidité, parfois comme un coup de poing à l'estomac. Mais qu'est-ce que je fous là, avachi dans ce canapé à regarder la télé ? Ma petite femme, bientôt les enfants ; voilà, j'ai recopié exactement ce que je voulais fuir, la vie de mes parents, de mes grands-parents. Je m'enfonçais dans les sables mouvants d'une existence dont je ne rêvais pas, une vie ordinaire où il ne se passerait plus rien…

Mon rêve, ma vie, une petite flamme que j'arrivais encore à protéger, mais pour combien de temps avant qu'elle ne s'éteigne ? Bientôt je pleurerai sur ses cendres. Alors une lutte inconsciente a commencé. Extérieurement, je faisais une croix sur la mer. Intérieurement, les choses étaient moins simples. Elles s'exprimaient par une voix enrouée, un mal de gorge, une angine sans fin. Le hasard me poussa chez un médecin homéopathe qui, après consultation, me dit :

– Mais qu'est-ce que vous n'arrivez pas à cracher ?

« Qu'est-ce… que… je n'arrivais pas à cracher ? » L'écho de cette phrase résonnait en moi à la sortie de la consultation. Il ne me fallut pas longtemps pour comprendre. Je disais « oui », alors que je pensais « non ». Malheureusement, j'avais perdu la foi. Il y avait un tel désordre en moi qu'il fallait commencer par tout reclasser.

Une nuit, avant de quitter un travail où j'étais, entre autre, standardiste, j'écrivis sur une feuille de papier « Bonjour et bonne journée madame la secrétaire ». Pourquoi ? Aurais-je pu deviner que ce mot serait le début d'une correspondance ? Chaque soir, à ma prise de service, j'ouvrais le tiroir de son bureau, où une lettre m'attendait, et où je déposais la mienne avant de partir. On ouvrait un peu plus, chaque jour, à l'amie, à l'ami, les portes du jardin secret. En nous croisant de visu, il n'en fut jamais question. Un jour, je découvris en cadeau un petit bateau en bois avec ces mots : « Ton rêve est l'essence de ta vie, ne l'abandonne pas. »

> *Le destin. Quel est le destin d'une mouette ? Si vous apprivoisez une mouette, et que vous la voyez foutre le camp un jour vers le large, qu'est-ce que vous diriez ? Rien. La mouette apprivoisée, elle reviendra peut-être, elle ne reviendra peut-être pas, elle a besoin de partir et rien ne pourra l'empêcher de partir, rien, parce que c'est son destin.*
>
> Bernard Moitessier

Je décidais de retrouver la mer, de repartir, avec la conviction qu'il ne pouvait en être autrement. Le tour du monde en solitaire et sans escale, l'Everest de la mer. Sans assistance, sans sponsors, libre.

Je quittais Brest le 17 septembre 1994, passais le cap de Bonne-Espérance, puis le cap Leeuwin. Mais au sud de la Nouvelle-Zélande, *Naïla* s'est retourné dans la tempête. Là-bas, à l'envers, quand l'eau montait, dans le noir et le froid de la cabine, je suis mort. Là-bas, après un interminable moment d'autre chose, dans la douleur, je suis né une deuxième fois quand *Naïla* en se redressant est revenu du côté de la vie. Rasé de son mât, l'intérieur dévasté par l'eau, j'atteignais Wellington après quatorze jours de navigation sous gréement de fortune.

Qu'est-ce qui pousse à continuer alors qu'il serait si bon de s'arrêter au coin de la cheminée ? Qu'est-ce qui pousse à poursuivre dans la dure ascension d'un sommet ? La pensée qu'il se trouve derrière cet escarpement, continuer jusqu'au suivant en espérant toujours, continuer parce qu'on a l'impression d'avoir tant avancé que retourner en arrière serait plus long.

Alors j'ai continué, réparé *Naïla*, repris la mer, passé le cap Horn où j'ai pleuré, de fatigue, de joie. La voie s'ouvrait toute grande vers le sommet, mon Everest.

Mon rêve,
C'est d'être dans tes rêves,
Pas ceux de la nuit,
Qui ne font aucun bruit,
Les vrais,
Comme j'en ai.
Mais tu ne m'as pas vue,
Je suis l'inconnue,
Qui ne pense qu'à toi.
Mais tu n'y penses pas, toi.
Je ne t'en veux pas,
Je te demande seulement de faire un pas,
Pour que je vienne te rencontrer,
Pour tout se raconter.

1. LE RÊVE

Même si depuis elle m'a montré des visages de colère qui, sur l'instant, m'ont amèrement fait regretter de l'avoir connue, elle a, dès notre première nuit ensemble, tissé un amour dont je ne saurais plus me passer.

La mer m'a charmé. Je ne parle pas de la vision que l'on peut en avoir du bout d'une jetée, ni de son contact associé à une plage d'été. Je songe à la mer telle qu'on peut la ressentir en vivant avec elle tout au long d'une traversée.

Naïla trace sa route vers Brest, grand-voile et génois gonflés par le vent. Dans les accélérations, les embruns scintillants du prisme solaire roulent sur le pont comme des perles.

« Ah bateau ! Avec toi, j'ai vécu mes plus grands bonheurs, mes plus grandes détresses aussi. »

Le chuintement crescendo de l'eau glissant le long du bordé semble acquiescer à mes pensées. L'horizon, la mer, le ciel, *Naïla*, l'oiseau qui vient nous rendre visite, la tasse de café dans les mains… Avec le temps, cela est devenu un monde suffisant. On peut être heureux avec très peu de choses quand on atteint cette harmonie avec l'univers.

Aucun hublot sur l'extérieur, seulement la chaleur du contact humain autour d'une table et d'un repas. Le meilleur depuis quatre mois et demi, la veille de mon départ de Nouvelle-Zélande.

Je suis à bord d'une vedette des douanes. Venu me contrôler au large ce matin, le commandant m'a proposé la remorque pour passer le goulet de Brest malgré le courant contraire. Deux douaniers s'occupent de *Naïla* pendant que je profite de ces instants.

– Ça vous dirait une petite glace pour terminer ?

– Et comment !

Un homme entre dans le carré :

– Il y a trois vedettes autour de nous, et votre mère vient de monter à bord !

Elle pleure avant même de me prendre dans ses bras, de grosses larmes de joie, comme si je rentrais seulement aujourd'hui de mon premier départ il y a neuf ans.

Ma mère, mon frère et les quelques amis venus nous accueillir sont rentrés à l'hôtel. Je dis nous parce qu'il y a mon bateau et moi, ou moi et mon bateau. Je suis à nouveau seul avec lui. Je n'ai pratiquement pas dormi ces dernières nuits, pourtant je n'ai pas sommeil. À chaque endroit où se pose ma main, j'en ressens un plaisir. Je ne peux m'empêcher de la laisser glisser en une caresse, caresse sur lui, sur ma vie. Nous avons vécu tant de choses ensemble qu'un lien intime nous unit.

Assis sur le siège de la timonerie, je songe aux moments forts de ces treize dernières années : les quatre premières passées seul à sa construction ; nos cent quatre-vingt-trois jours de mer à quêter l'horizon, voyage initiatique dont j'avais besoin pour apprendre par moi-même, et plus seulement à travers le récit des autres ; l'abordage par un chalutier dans le golfe de Gascogne juste après le second départ ; le chavirage de nuit au sud de la Nouvelle-Zélande et La Faucheuse passée tout près ; l'arrivée sous gréement de fortune à Wellington ; le passage du cap Horn ; Brest ce matin. Treize années pour accomplir mon rêve de tour du monde en solitaire par les trois grands caps, Bonne-Espérance, Leeuwin, le Horn. Sans devoir rien à personne, j'y suis arrivé dans la liberté la plus absolue. S'imagine-t-on encore aujourd'hui le prix de cela ? Une tasse de thé à la main, trop chaud pour être bu, juste agréable à tenir. Deux heures du matin, lundi 2 juin 1996, je suis heureux.

Financièrement, je suis à sec. Heureusement, Patrice, mon frère, tel un coureur cycliste, m'emmène dans sa roue pour me remonter vers le peloton de la vie salariale. Éclairagiste dans le monde du spectacle, il m'encourage à y travailler également. Il y a des années, j'avais commencé, déjà grâce à lui, comme peintre dans ce milieu. Je tartinais des nuits durant des plateaux de cinéma, en bleu, vert, blanc, suivant la demande. J'ai ensuite été installateur puis constructeur de décors. Aujourd'hui, il voudrait que je devienne éclairagiste. Avec lui, tout est simple, je ne discute pas, il me met sur les rails, m'apprend les bases, l'essentiel.

Malheureusement, je n'arrive pas à prendre les choses à la légère. Chaque fois que j'exécute un travail, j'aimerais qu'il soit parfait. Je passe une nuit blanche avant chaque mission, inquiet jusqu'à l'extrême de ne pas être à la hauteur. Chaque profession a ses codes et son langage. Je commence comme si j'étais un professionnel de la haute mer alors que je sais à peine manœuvrer un Optimist. « Élargi », « boule d'œuf », « focalise », « coupe avec la casquette »… Mon frère, dans le dos du directeur photo, par une discrète chorégraphie, m'indique la marche à suivre. Je transpire à grosses gouttes mais exécute honorablement le travail. Les choses se compliquent le jour où je me retrouve seul à devoir envoyer une flopée de projecteurs, par l'intermédiaire d'une table lumière bardée de tirettes et de boutons, que je suis incapable de lancer. Enfermé dans les toilettes, grâce au téléphone portable, j'appelle Patrice. Quelques indications et je m'en sors à merveille sans rien avoir laissé paraître. Le travail rentre, c'est bon. Reste le logement. Je dors chez ma mère dans le canapé du salon depuis un mois. Coup de chance. Après le tournage d'une publicité, tout le décor doit être évacué à la benne. Je fais plusieurs voyages, ma petite voiture chargée à bloc, et rapporte contreplaqué, étagères, baignoire, lavabo, WC, moquette, meubles divers, de quoi aménager un studio dans le grenier de la maison de ma grand-mère. Mon frère, ma mère, ma grand-mère sont les mécènes, le noyau qui a donné vie à mon rêve. Quand j'ai passé le cap Horn, ils étaient à bord avec moi.

Quand vous parlez, personne ne semble vous écouter. Transparent. L'émission *Thalassa* de Georges Pernoud diffuse le reportage sur ma circumnavigation, et là, même les petites mémés de mon village, à peine sensibles jusqu'alors à mon bonjour, souhaitent aujourd'hui m'embrasser. Le reportage passe le 1er novembre, la veille du départ du Vendée Globe. Imaginez deux stades de foot à tondre : dans l'un, des tracteurs fauchent avec de larges lames, dans l'autre, moi avec une paire de ciseaux ! Je me rends compte un peu plus chaque jour de l'énormité de cette aventure.

On rentre difficilement d'un tel voyage parce que peu de personnes peuvent comprendre. Pour échanger des impressions, il faut avoir vécu la même chose. Je me sens comme un extraterrestre tombé sur Terre.

Gildas de Gouvello, patron de la revue *Loisirs Nautiques*, m'invite le lendemain sur son stand Aux Mille Sabords du Crouesty, un salon du bateau d'occasion. La fleur aux dents, j'arrive avec un petit carton de vingt cassettes vidéo de mon film *Après l'horizon*, que j'espère vendre en deux jours. Elles le seront avant même que j'aie atteint le stand.

Gilbert Caroff, l'architecte de *Naïla*, a une façon bien particulière de saluer la réussite de mon aventure. Sans se soucier des badauds médusés, il lève les bras au ciel en s'exclamant : « Salut à toi, ô Grand Kalita ! », puis s'allonge à plat ventre et me baise les pieds.

Ils sont pour moi ces yeux pétillants ? Je me retourne car ils s'adressent sans doute à un autre. Et non. Juste à moi et à mon histoire. Ou plutôt son propre rêve qu'elle a lu à travers l'accomplissement du mien. N'empêche. En accrochant le regard de cette toute jeune fille, je plane comme un albatros des mers du sud.

Il faut battre le fer pendant qu'il est chaud, m'avait dit un copain, à mon arrivée à Brest. « *Thalassa* va réaliser un reportage sur toi, dépêche-toi d'écrire un livre. » Sur le plan financier, il avait raison. Mais bon sang, personne ne semble comprendre qu'un tel sommet dans la vie d'un homme ne peut être entaché de considération financière. On doit tout orchestrer pour protéger un tel trésor. Cracher sur mon rêve en bâclant la fin, jamais. Alors je prendrai le temps de ressentir par les mots ce que j'ai ressenti dans l'action.

J'ai reçu de nombreuses lettres d'inconnus, d'appels téléphoniques, souvent pour me dire simplement bravo et merci de nous avoir démontré que cela était possible. Merci de nous avoir permis de rêver avec vous. Des situations adorables parfois : une femme m'appelait pour m'avouer en quelle haute estime son mari me portait, mais trop intimidé, c'est elle qui se chargeait de me téléphoner.

Un mois plus tard, en décembre, un homme m'aborde dans les couloirs du Salon nautique de Paris :

– Monsieur Kalita ?

– Oui.

– Bravo.

– Merci.

– Vous savez, je suis allé à Fécamp voir *Naïla*.

– Vous passiez par là !

– Non. Je suis allé spécialement à Fécamp voir *Naïla*. Ce que vous avez réalisé est le rêve de nous tous.

Ses yeux humides m'émeuvent, j'aimerais lui dire.... Il a déjà disparu dans la foule. J'aurais aimé lui dire qu'un jour je suis venu au Salon nautique simplement pour passer ma main sur *Sector* de Gérard d'Aboville, avec lequel il venait de traverser le Pacifique à la rame.

« Viens avec ton film, on te fera une petite place sur le stand », me dit Gildas de Gouvello. Il fait partie de ces personnes altruistes que j'apprécie d'autant plus qu'elles sont rares.

– Vous avez de la chance de n'être qu'un simple soudeur, me lance un individu. Moi, malheureusement, j'ai réussi à tous mes examens, aujourd'hui, je suis chirurgien, je ne peux plus partir !

Pourquoi se plaindre de chaînes que l'on a soi-même forgées ? Combien de fois ai-je entendu : « Je n'ai pas le choix » ? C'est un mensonge derrière lequel on dissimule sa couardise face à ses rêves abandonnés. À part la maladie, la mort, on a toujours le choix. Agir ou s'enfuir, tenter de réaliser son rêve ou l'abandonner.

Les pays civilisés croient avoir aboli l'esclavage mais ont créé une autre forme d'asservissement bien plus subtile, puisque la victime est consentante. Adolescents, nous regardons tous, critiques, la vie de nos parents en nous disant: «Moi, j'inventerai la mienne.» Certains rêvent d'Amérique, d'autres de travail à l'étranger, de liberté… Et la vie passe. On se raconte: «Je ferai demain», alors que c'est maintenant qu'il importe de construire sa vie. Dix-huit ans un jour et soixante le lendemain. Demain est devenu aujourd'hui sans que l'on s'en soit rendu compte, aspiré par le maelström de l'existence. Chacun se convainc trop vite de ne plus avoir le choix. Après tout, le monde marche ainsi, et puis c'est le moyen le plus simple d'arrêter de souffrir, son rêve devenu chimère. Pourtant, nous avons le choix, affronter la vie ou longer le bord, à l'image de Chuchundra, le rat musqué du *Livre de la jungle* de Rudyard Kipling, qui glisse le long des murs en pleurnichant parce qu'il n'a pas le courage de courir à travers la pièce.

L'homme, trop souvent, rêve d'être riche. Mais avec quel objectif? Si l'argent seul faisait le bonheur, tous les milliardaires seraient sobres et heureux. Je suis affligé d'entendre: «Mon rêve, c'est d'être riche, comme ça je pourrai m'acheter tout ce que je veux.» Tout. Mais quoi? L'argent ne peut être un but. Il n'amène pas au départ, c'est l'envie de partir qui permet d'en trouver les moyens. Je n'ai jamais exercé d'emploi très rémunérateur. En revanche, j'ai une hygiène de vie ascétique. Ne pouvant gagner plus, j'ai toujours réfléchi à dépenser moins. Je n'ai jamais eu l'impression de me priver. J'ai fait un choix et m'y suis tenu. Une cigarette, un verre d'alcool, un canard laqué ou un film sur grand écran sont de bien pâles bonheurs comparés à celui que je ressens en navigation. L'essentiel n'est pas de réussir dans la vie, mais de réussir sa vie.

Une adolescente a tout saisi en m'écrivant cette phrase: «J'ai compris en découvrant votre parcours que la chance se mérite un peu, qu'il vaut mieux se tromper plutôt que de ne rien entreprendre.»

Je devais avoir treize ou quatorze ans, il était là, assis derrière une pile de livres. Depuis tout môme, j'écoutais ses chansons, désormais je lisais ses livres. Les joues rouges, je me suis approché pour acheter le dernier. J'étais seul, personne d'autre n'attendait, il m'a seulement demandé mon nom, a écrit: «Pour Alain, amicalement», puis, sans même un sourire, s'est tourné et a repris sa lecture. Déception, le mot est faible, j'ai longtemps vécu ce souvenir comme une humiliation.

Aller au-devant d'un étranger m'a toujours demandé un grand effort. Je m'efforce d'y répondre quand, à mon tour, je suis cet inconnu qu'un «admirateur» voudrait rencontrer un bref instant. Dix jours de salon d'où je ressors chaque soir comblé. Je vis des moments intenses, rencontres brèves et enchanteresses, auprès de toutes catégories d'âge, de l'adolescent au retraité, toujours les yeux scintillants d'étoiles. Ils trouvent dans mon histoire le catalyseur à leur rêve naissant ou enfoui. Moi le grand timide, je passe des journées entières à parler, à écouter. On me prend parfois pour ce que je ne suis pas, sollicitant mon avis sur tel ou tel bateau, comme on demanderait à un homme qui n'a connu qu'une femme, lesquelles des blondes ou des brunes, des grandes ou des petites... sont les plus à même de le rendre heureux? Je n'en sais rien, je n'ai eu qu'un amour, *Naïla.* Je n'aurais jamais imaginé qu'un voyage solitaire pourrait m'apporter autant d'amicales rencontres. L'éloignement des hommes m'a rapproché d'eux. Je fais abstraction des casse-pieds qui s'accrochent à vous comme un chien à son os, les bras écartés, qui grognent presque pour ne pas abandonner leur place. Ils vous racontent en détail leurs tempêtes météorologiques, ou intérieures, puis partent au bout d'une demi-heure, allégés un temps de s'être soulagés de leur rancœur.

Après la télédiffusion de mon film, ma boîte aux lettres était chaque jour bien garnie. Deux mois et demi plus tard, en février, une dernière lettre arrive, celle de Corinne.

« Je suis né deux fois, le 13 mai 1963 et le 21 janvier 1995 quand mon bateau s'est redressé dans la tempête. » Cette phrase conclut le reportage de mon odyssée sur *Thalassa*. Corinne est née le 13 mai 1963. Cette coïncidence la pousse à m'écrire. D'abord une petite lettre, puis une autre. Des pages de questions auxquelles je mets des heures à répondre. Cinq mois s'écoulent à cet échange de courrier. Le téléphone prend la relève, j'entends sa voix, plus seulement des mots sur le papier. Deux heures et demie plus tard, nous interrompons notre conversation, la nuit déjà si avancée. Elle m'a dit qu'elle allait parfois gambader sur les falaises d'Étretat. Alors je l'ai invitée la prochaine fois à venir nous voir au port de Fécamp. Nous nous sommes vus, revus, et j'ai compris très vite que nous ne devions plus nous quitter.

Je suis né deux fois vient de sortir de l'imprimerie, après un an d'efforts comme je ne l'avais pas imaginé. Des jours et des jours à naviguer sur la feuille blanche où le sillage du stylo était parfois aussi difficile à tirer que celui de *Naïla* par des jours sans vent. J'apporte le premier exemplaire à Corinne, qui a passé des heures diurnes et nocturnes à taper mon manuscrit constellé de fautes d'orthographe. Je traverse Versailles sous un beau ciel bleu, Elton John chante *Your Song* et je roule vers mon amour.

Vingt-quatre fautes, record battu. Je revois ces mots en rouge méchamment tracés sur ma copie. Celle-là et bien d'autres auraient pu me dégoûter de l'expression écrite. Heureusement, mon dernier professeur de français au lycée technique a su m'encourager à aimer les mots, sans se focaliser sur l'orthographe. Où est-il aujourd'hui ? J'aurais tellement aimé lui offrir mon ouvrage afin de le remercier.

Quelques mois après sa sortie, *Je suis né deux fois* reçoit le prix René-Caillié des récits de voyage. J'ai ressenti tant d'humiliation face à ma classe, vingt ans plus tôt, lors des remises de copies, que je savoure cet instant où Ségolène Royal, à l'époque ministre déléguée à l'Enseignement scolaire, me remet ce prix à Mauzé-sur-le-Mignon, accompagné d'une « grosse médaille ». On peut toujours essayer de vous faire croire que vous êtes mauvais, l'essentiel est d'être convaincu du contraire.

– Belle histoire. Votre ouvrage trouvera sa place dans les bibliothèques scolaires, me dit-elle.

Malheureusement, il n'en sera rien.

J'anime quelques conférences à la demande de clubs de voile et d'écoles. Mon ancienne institutrice, celle-là même qui savait si bien taguer mes copies au stylo rouge, me présente aujourd'hui en exemple à ses élèves…

Elle m'avait fait redoubler la classe de CM2. Mes parents s'y étaient opposés puisque, mis à part l'orthographe, je ne m'en tirais pas si mal. « Très bien, leur dit-elle, nous allons faire un test. » Le test fut… une dictée !

J'aime ces rencontres auprès des enfants, ils ont des questions qu'on ne me posera jamais ailleurs :

– Monsieur, euh… combien faut-il de rouleaux de papier toilette pour faire le tour du monde sans escale ?

Invité avec Corinne au Festival du raid et de l'aventure des Angles pour y présenter mon film *Après l'horizon,* j'y découvre la montagne. Gérard Rouvière, mon chaperon pour la semaine, m'affirme mordicus que le ski alpin est bien plus simple à apprendre que le ski de fond. Comment pourrais-je le contredire, je n'y connais rien. Il m'attire au sommet d'une piste rouge, soi-disant plus facile que la verte en bas. En voyant la pente à mes pieds au sortir du télésiège, un grand doute m'envahit. Cet homme est-il sain d'esprit ? Trop tard. Je ne peux redescendre à pied, alors je le suis, ou plutôt je tente. À chaque virage, la gamelle m'attend, la tête dans la neige.

– Plante le bâton, Alain ! Plante le bâton !

Il est marrant avec son «plante le bâton». Je vais finir par me planter pour de bon et terminer la descente sur une civière. Comme par hasard, le caméraman du festival me suit.

La projection du soir est une franche partie de rigolade. Le public se tord de rire, en extase devant ma chorégraphie de salto avant, arrière, et autres doubles lutz piqués qui me voient invariablement étalé dans la neige. Les lunettes de travers, de la neige infiltrée jusqu'au slip, tel le phénix renaissant de ses cendres, je repars chaque fois, pour le plus grand bonheur de la salle en délire.

Face à des pointures du monde de la voile et à des professionnels de l'aventure sponsorisée, mon film obtient le premier prix, le A d'or du festival, dans un tonnerre d'applaudissements. Un grand moment.

Cette soirée est le couronnement de tout ce pour quoi j'ai vécu jusqu'à aujourd'hui. Je croyais être seul, pourtant toutes ces personnes étaient avec moi. Chaque homme porte au fond de lui l'envie de s'affranchir du carcan dans lequel la vie l'emprisonne. Je suis heureux de leur avoir apporté cette vision de la liberté. De surcroît, vivre ma passion m'a apporté l'amour de Corinne.

Peut-on demander à la mouette apprivoisée de ne plus repartir jouer avec le vent ?

– Corinne, tu aimerais venir avec moi en Polynésie ?

Debout dans la cuisine, elle interrompt la préparation du repas et me regarde. Je connais la réponse, bien qu'aucun mot ne se forme sur ses lèvres.

Le vent glacé courbe les arbres déshabillés de leurs feuilles, les troènes sont givrés par le froid. À genoux, les coudes sur le planisphère et les cartes marines étalés au sol dans l'appartement, nous traçons notre itinéraire autour du monde, rêvant sur des noms d'îles lointaines, Trindade, Saint-Paul, Rapa[1]. Petits points perdus

1. Trindade, et non Trinidad aux Antilles : Trindade se situe au large de Rio par 20°30S 29°18W. Saint-Paul : petite île déserte, française, située au milieu de l'océan Indien par 38°43S 77°30E. Rapa iti et non Rapa nui (île de Pâques) : île australe de la Polynésie française située par 27°36S 144°19W.

dans une masse de bleu, bleu de la carte, bleu de l'océan, où l'on s'imagine à bord de *Naïla* voguant vers elles.

Sur les cartes anciennes, on pouvait voir de vastes taches blanches au milieu des continents où figurait seulement la mention: «territoire inconnu». Ces mots attisaient l'imaginaire et poussaient les explorateurs au départ. Aujourd'hui, toutes les terres ont été reconnues. Sur les mers, la médiatisation des courses au large donne l'impression que les océans sont domptés, sillonnés de routes balisées. Mais le sillage d'un bateau ne laisse aucune empreinte. Le navigateur a sur l'explorateur terrestre cette chance. Les cartes gardent leurs grandes taches bleues où le rêveur peut tracer sa route.

Le feu crépite dans la cheminée, l'ombre des flammes comme des farfadets danse sur le mur pour célébrer ces instants magiques. Regarder une carte, et déjà commence le voyage, promener ses yeux le long des côtes, examiner le contour d'une baie et juger si l'abri sera convenable. Je ne saurais me passer de cartes en papier, du plaisir de les toucher. Certaines, à bord, sont tachées de gouttes d'eau dégoulinées du ciré, marquées d'huile d'une bouteille éclatée dans une tempête, ou du trait de crayon hésitant d'une journée difficile. En les regardant, je revis mille instants, je ne les changerais pour rien au monde, surtout pas contre un écran froid à cristaux liquides. Les cartes papier ont une histoire, en vieillissant, elles deviennent belles comme le visage ridé d'une grand-mère.

– Partir, abandonner la sécurité de la vie à terre, je connais. Mais toi, as-tu bien réfléchi? Quitter ton emploi, vendre ton appartement… La vie en mer est parfois si dure, je ne voudrais pas que tu regrettes.

– J'ai lu une anecdote, vraie paraît-il. On plonge une grenouille dans une casserole d'eau tiède, sans couvercle, posée sur un feu doux; la température s'élève si lentement qu'elle en est imperceptible, alors la grenouille ne saute pas dehors. Quand l'eau bout, elle est cuite à point, toujours bien tranquille dans sa casserole!

– Et alors?

– Et alors ? J'ai trente-cinq ans, le moment est venu de sauter de la marmite avant qu'il ne soit trop tard !

Sa décision est prise depuis longtemps. Elle savait que nous partirions ensemble, avant que je ne le lui propose ! Incroyable. Tout est écrit, paraît-il. Je la soupçonne d'avoir eu accès au livre de l'avenir, d'y avoir lu notre futur avant même notre première rencontre.

Je repense à ce couple croisé au Salon du Grand-Pavois de La Rochelle, leurs quatre enfants les accompagnaient. Si l'on pouvait percevoir le rayonnement du rêve, cette famille en tirait un feu d'artifice. Ils s'étaient un jour émus devant la vitesse à laquelle s'écoule l'existence. L'aîné, dans quelques années, quitterait la maison, leur sentiment de ne pas l'avoir vu grandir les chagrinait. Après mûre réflexion, ils décidèrent de construire un bateau et de vivre en voyage une vie de famille où ils auraient le temps de s'écouter. Tous les enfants avaient eu droit de parole, la décision s'était prise à l'unanimité. Voisins, collègues de travail, et malheureusement amis, les ont traités d'égoïstes inconscients. Réaction classique de personnes insatisfaites de leur sort, ne pouvant admettre que l'on aspire à une autre vie. Fi de ces paroles acerbes, la coque en acier de douze mètres était terminée, chacun participait à hauteur de ses possibilités. J'étais en admiration devant ces enfants capables de motiver leur père quand son moral piquait du nez. Avec Corinne, nous sommes allés leur rendre visite un week-end. Près de la maison se tenait le hangar à rêves, leur coque de douze mètres, et aussi trois de dix mètres. Un frère et deux copains les accompagnaient dans cette aventure.

Des maisons, des arbres, une silhouette devinée un instant dans la lueur des phares. Mes yeux clignent, le ronron du moteur berce mes moments d'absence. La voiture s'arrête dans un village endormi à la sortie de Rouen, changement de quart, nous partageons la route. Je prends le volant, passe la cinquième, ma main se pose sur celle de Corinne. Rapidement elle s'endort. Une mèche de cheveux, blancs de peinture, lui tombe sur le front. Nous rentrons d'un de nos week-ends de travail sur le bateau à Fécamp. *Naïla* est dans un triste état : il faut changer le mât, le gréement, l'antidérapant du pont, refaire l'électricité, la plomberie, les peintures et vernis, sans parler des coussins, rideaux... Après le chavirage au large de la Nouvelle-Zélande, j'avais bricolé « pour rentrer ». Aujourd'hui, il est indispensable de tout remettre à neuf. Lancé, j'entreprends des modifications auxquelles je pensais depuis longtemps : découper l'arrière du cockpit, réorganiser les coffres mal conçus. Trois coffres se transforment en un seul, fonctionnel, dans lequel pourront prendre place trois bouteilles de gaz de treize kilos. Elles nous donneront une autonomie d'une dizaine de mois.

– Que veux-tu que je fasse avec ça ? m'a demandé Corinne en regardant le réchaud.

Alors on l'a remplacé par une cuisinière qui sent déjà le pain et les gâteaux. Modifier la table à cartes pour y installer un siège confortable, ajouter des équipets, etc. : la liste des travaux s'allonge. Nous passerons au total deux mille heures à la remise en état et à la préparation de *Naïla*. Au cours de ces week-ends, nous nous accordons une heure de détente le dimanche matin. Une marche sur la digue nous amène devant un café crème, vue sur mer, et nous conversons du voyage. Il nous arrive, absorbés par les travaux à bord, de retourner à Paris sans être allés jusqu'au bord de la mer, mais tout aussi heureux. Le travail, en nous menant vers le rêve, satisfait ces jours.

Olivier Tarot, de la voilerie du même nom, me téléphone. Nous parlons technique, petits détails sur la confection à venir d'une trinquette et d'un génois. La conversation va s'achever. Sans trop y croire, j'escompte une remise.

– J'ai beaucoup aimé votre aventure, la persévérance dans l'accomplissement de votre tour du monde en solitaire. Bon ! Je vous fais cadeau du génois, vous me paierez la trinquette. Ça va ?

– Euh… oui, oui, ça va !

– Je n'attends rien de ce geste, je le fais pour mon plaisir.

Je reste sans voix, trouvant cela extraordinaire. De nos jours, où tout est basé sur la rentabilité, le bénéfice, ce monsieur Tarot que je n'ai jamais vu me fait cadeau d'un bon nombre d'heures de travail, simplement parce que mon histoire l'a touché !

Des conserves commencent à s'entasser à la maison. Corinne s'occupe de l'avitaillement. En fouinant dans les magasins, elle trouve des variétés de produits en boîtes dont je ne soupçonnais pas l'existence.

– Il y avait une promotion sur le confit de canard près de mon boulot, j'ai emporté les vingt-quatre boîtes du rayon !

Je souris. À ma première visite chez ses parents, sa mère m'avait dit :

– Tu verras, Alain, elle est économe.

Naïla partira chargé au maximum. Dix mois de vivres. Ce n'est pas au Cap-Vert, à Trindade ou à Saint-Paul que nous pourrons nous réapprovisionner. Corinne imagine des menus variés sur un mois et multiplie les quantités par dix. Elle arpente les supermarchés à la recherche des produits les meilleurs et les moins chers. Au final, 10 % d'économies. Boîtes de viande et de poisson accompagnées de riz, pâtes, purée ou légumes, etc., remplaceront avantageusement les conserves dites « cuisinées ». Lors de mon tour du monde, j'avais emmené une quantité importante de ces « boîtes pour célibataire » : sauté de porc, mouton haricots, bœuf carottes et autres saucisses lentilles. À la longue, elles avaient toutes le même goût. Pour continuer à les manger malgré mon dégoût, je rinçais légumes et viande, les débarrassant de leur sauce, et me contentais de réchauffer le reste à la poêle. J'en avais pourtant goûtées beaucoup avant de les sélectionner, aidé par Stéphane, mon copain depuis l'école de chaudronnerie. Rapidement, il m'avait accusé de l'avoir pris comme cobaye et de vouloir l'empoisonner. Il me le rappelle encore régulièrement. Le doute subsisterait-il dans son esprit ?

Vivre sans amitié serait une bien malheureuse existence. Stéphane a pris quelques jours de congés pour venir m'aider à la préparation de *Naïla*. L'aide est surtout morale, le principal en somme.

« Avoir un bon copain, voilà c'qui y a de meilleur au monde », depuis la chanson d'Henri Garat, et depuis toujours, rien n'a changé !

Au cours de ma première navigation, en 1988, je n'avais aucun moyen de communication. Six mois durant, sans toucher terre, ma mère n'avait eu de nouvelles qu'à deux reprises grâce à des lettres remises à des pêcheurs près des îles Canaries et de Sainte-Hélène. Six ans plus tard, lors de ma circumnavigation, un émetteur radio m'a permis d'être régulièrement en contact avec la France, grâce au réseau de radioamateurs. Pour ce nouveau périple, Régis, un ami, nous a persuadés d'embarquer un Inmarsat C[2]. Il n'a qu'éloges pour la fiabilité de l'appareil qu'il a pu tester au cours de son tour de l'Atlantique à bord de *Brock*. Les messages écrits sont directs et sans intermédiaire. Nos familles recevront des nouvelles par fax et pourront nous écrire par l'entremise d'Internet. L'appareil étant onéreux, nous tentons de comparer les prix, mais on se demande parfois si certains commerçants ont envie de vendre. Obtenir auprès d'eux un renseignement sérieux par téléphone demande une dose de patience que seule Corinne possède. Il ne s'agit pourtant pas d'un paquet de farine, mais d'un appareil coûtant plusieurs milliers d'euros. Documentation et devis n'arriveront jamais. Nous achèterons finalement l'Inmarsat dans une boutique parisienne en nous rendant sur place.

Corinne n'a aucune expérience de la mer, je suis pourtant confiant. Vu l'état de *Naïla* et la somme de travail qu'il nous a demandé, elle n'a connu de la voile que deux petites sorties devant

2. Système de communications par satellite.

Fécamp. Notre programme : accomplir le tour du monde en deux ans. *Naïla* mesure à peine dix mètres, il n'a rien de comparable à un coursier des mers. Sur deux années, nous passerons la moitié de ce temps en navigation. Les escales seront courtes, il ne faudra pas traîner. J'ai peur de prévoir plus long, peur de m'ennuyer aux escales, aussi étrange que cela puisse paraître. Dans mes précédents périples de cent quatre-vingt-trois, cent quarante et un et cent trente-deux jours de mer, j'avais en permanence le sentiment d'être occupé, d'avoir un but à atteindre. Cette fois, ce voyage me semble équivalent à deux ans de vacances.

La date du départ approche. Nous effectuons un aller-retour jusqu'à Paris, invités à la célèbre émission de Julien Courbet, *Sans aucun doute*. Le sujet est « Je change de vie ». On ne me paiera ni les images de mon film utilisées dans le sujet de présentation, ni la note de restaurant comme convenu. Dégoûtés, nous n'avons aucune envie de perdre du temps à nous bagarrer. Après coup, nous regretterons seulement de ne pas avoir essayé de participer à l'émission suivante *Les Arnaques*.

Pourquoi partir ? « Pierre qui roule n'amasse pas mousse », mon oncle aimait me citer ce proverbe. Une vie de labeur lui avait tiré toute la sève. Enfant travailleur, emploi pénible qui commence à vous grignoter le corps avant même qu'il ne soit formé. Il ne s'en plaignait pas, les heures de jeunesse restent les plus belles, avec des rêves au fond du cœur, jamais dits à personne. Puis, le temps passe et on abandonne ses rêves sur l'autel de la vie. Pourquoi partir ? « Pierre qui roule n'amasse pas mousse. » Pourtant, un jour, au cours d'une conversation, il m'a regardé d'un air que je ne lui connaissais pas, son visage s'est illuminé :

– Vis plutôt dix ans comme un lion que trente comme un mouton.

Immédiatement, comme s'il n'avait rien dit, il a repris son air habituel. Quelques mots, le fond de sa pensée, un message un peu à la manière de cette dame âgée rencontrée à la suite de la projection de *Après l'horizon* au Festival du film maritime de Toulon :

– Ce que vous avez appris, il m'a fallu arriver à mon âge pour le comprendre ! La vie est un grand cadeau dont on connaît le prix sans doute trop tard.

Je l'avais compris, heureux de le savoir à trente-trois ans. À l'image de mon oncle, elle avait prononcé ces mots justes, mais tout de suite ajoutait :

– Maintenant, il faut reprendre une existence plus sage et ne pas repartir sur des mers si dangereuses.

Étrange, cette opposition : savoir que la vie vous tend les bras mais se contenter d'une autre.

J'ai failli perdre la vie en voulant vivre mon rêve, mais elle était assurément perdue si je n'avais pas essayé. Essayer sera toujours une victoire. Vivre de souvenirs plutôt que de regrets.

Mon rêve à moi,
C'est partir avec toi.
Si tu m'aimes un peu,
Ce serait tant mieux.
Si tu m'aimais vraiment,
Ce serait passionnant.
Vivre à bord à deux,
Se regardant dans les yeux,
Se comprenant sans se parler.
Mais je n'ai pas osé
T'écrire que je t'aimais,
Même si j'y pensais.
Si t'y pensais aussi,
Ce serait le paradis.

2. LARGUER LES AMARRES

Le jour du départ approche. Malgré ma conviction, les doutes viennent me titiller. Il y a huit ans, j'apprêtais *Naïla* à son deuxième voyage. Juin, juillet… les mois défilaient sans pouvoir freiner le temps. Sur la zone de carénage, Pépé, mon voisin, préparait son voilier pour une traversée vers les Açores; l'année prochaine peut-être. Il avait le temps. Pas moi. L'après-midi, il rentrait chez lui regarder le Tour de France. Je l'enviais d'échafauder si tranquillement son lointain appareillage. Aujourd'hui, je regarde Régis. Chaque soir, il contemple le coucher de soleil depuis le cockpit de son bateau, paisiblement amarré au ponton; un jour il partira. Songe exquis.

Nous, nous appareillons demain. J'ai toujours souffert le départ. Bien sûr, j'en ai envie. Mais s'en aller déjà demain ! Corinne rayonne de joie. Pourtant, elle part dans l'inconnu. Je m'impose de sourire aux amis venus nous saluer. Larguer les amarres est un instant mêlé de joie et de crainte, moment d'abandon du cocon onirique pour voler dans la réalité. Partir est difficile, mais revenir aussi. À chacun de mes retours, aux joies de l'arrivée se mêle l'inquiétude de retrouver la vie à terre; tout est si simple au large. Malaise de changer d'univers.

Autour du phare, des amis, des parents. Les bras s'agitent. Je repense à mon premier départ, à ma mère seule à ce même endroit. La peine qu'elle a dû ressentir… Je l'aime ma maman, mais ce ne serait pas la remercier de m'avoir mis au monde si mon existence n'était pas vécue. Le mot «pourquoi» est souvent venu à ses lèvres, dans des moments d'égoïsme, où elle aurait aimé me garder près d'elle. Elle essaye d'en faire abstraction, d'être heureuse de me voir vivre mes rêves; elle l'accepte, mais je sais qu'au fond, elle ne comprend pas. Quand un enfant naît, il pleure, et pourtant la vie commence. Partir, c'est pleurer un peu, l'action demande à trancher un lien. Larguer les amarres, mais quel autre quai les reprendra? La peur de l'inconnu est une chaîne difficile à briser, elle emprisonne bien des envies vagabondes.

Marc, ami et équipier hors pair, nous accompagne jusqu'à Porto Santo. Je l'ai connu au retour de ma première navigation dans l'Atlantique. Parti de Fécamp le 6 septembre 1988, j'y revenais en mars 1989. Cinq douaniers m'attendaient sur le ponton.

– D'où venez-vous?

– De Fécamp!

– Je sais bien que nous sommes à Fécamp, mais quelle est votre dernière escale?

S'ensuivit une conversation assez longue. Comment expliquer rationnellement que j'étais parti d'un endroit pour y revenir six mois plus tard, sans m'être arrêté nulle part. Louche. Obligé de veiller face au fort trafic de la Manche, j'avais très peu dormi les jours précédant mon arrivée. J'étais l'image parfaite du camé ayant entamé la cargaison qu'il transportait. J'avais peu conscience d'être cuisiné dans les règles. Après une heure à feu doux, les uns fouillant, les autres m'interrogeant, ils battirent en retraite, abandonnant ce fou avec son histoire de voyage sans escale. Parmi eux, Marc, dévoreur de récits maritimes, était le seul à comprendre. Il repassa après son travail m'inviter à dîner chez lui. Juanita, sa femme, en fut tout d'abord horrifiée.

– Que vas-tu me ramener à la maison? Un individu resté six mois en mer, il doit être propre et sentir bon!

Je ne baignais pas dans mon jus, seulement dans des vapeurs de fatigue, la soirée fut agréable et marqua le début de notre amitié.

Marc était déjà à bord en 1994 lors du convoyage de *Naïla* de Fécamp à Brest, avant mon départ pour la grande boucle en solitaire, puis à nouveau pour le retour. L'intimité de la vie en mer resserre les liens ou les coupe à jamais. Elle nous avait rapprochés. Je m'étais promis de naviguer à nouveau avec lui à la première occasion.

Cinq jours de mer, cinq jours de mal de mer, le regard abattu, un visage vieilli de dix ans. Aucun médicament du bord ne soulage Corinne. Marc ne dit rien. Je devine le fond de sa pensée : Elle n'ira pas loin. Corinne passe ses journées dans la couchette, une cuvette à portée de main. Le récipient plein vient d'apparaître une nouvelle fois au hublot du cockpit. Comme par le judas d'une cellule, je vois son visage de prisonnière. J'essaie de lui sourire. J'ai mal. Au moindre déplacement, elle vomit. Seul le sommeil, quand il veut bien l'emmener, la soulage du présent.

– Essaye de manger un peu.

Assise sans force au fond du cockpit, elle me regarde, abattue. J'approche de ses lèvres une fourchette de riz blanc ; sans même y goûter, le peu d'odeur lui inflige une remontée de bile. Le mal de mer, c'est la fin du monde. J'en ai moi-même souffert, et encore régulièrement, mais je suis le capitaine, responsable de *Naïla*, de sa position, de sa marche, cela m'a toujours obligé à m'accommoder de l'ennemi, à l'apprivoiser. La première fois, sur le bateau d'un copain, je n'avais qu'une envie : retrouver la terre ferme. Je n'étais qu'équipier, je subissais. Le voilier tirait un long sillage phosphorescent, Charlie me tendit une tomate :

– Mange un peu.

J'y mordis une fois et en vomis immédiatement le double. Prostré, je sentais appétissante cette peau douce dans ma main que je finis malgré tout par ouvrir. En tombant, la tomate illumina la mer, et dans cet état de fin de monde, je me souviens avoir pensé « c'est beau ».

Ma main caresse ses cheveux. Petit mousse, je sais ce que tu ressens.

Les nausées diminuent, puis disparaissent. Le vent s'endort, le golfe de Gascogne se transforme en miroir des cieux, Corinne sort son appareil photo et dit en souriant :

– C'est beau.

On ne peut suivre son compagnon sur les mers dans le seul but de lui être agréable. La volonté ne peut suffire quand se présentent les difficultés. Il est indispensable de vouloir cette vie. Voyager à la voile n'est pas un moyen de transport mais un mode de vie.

Le vent revient, et comme s'il était en retard, il arrive en courant. Ris après ris, la grand-voile diminue puis termine ferlée sur la bôme. Le génois petit à petit s'enroule autour de l'étai. Marc et Corinne me questionnent des yeux.

–Ne vous inquiétez pas, on est vraiment loin du mauvais temps.

–C'est quand le mauvais temps ?

–Oh ! Le mauvais temps, c'est quand on envoie la trinquette.

Dans la soirée, le vent forcit.

–Je vais envoyer la trinquette.

Deux paires d'yeux me braquent :

–Tu as dit que le mauvais temps, c'est quand on met la trinquette !

On ne devrait jamais s'aventurer à trop d'explications prématurées.

–On va être sous-toilés, c'est seulement pour être tranquilles jusqu'à l'aube.

Je ne suis pas sûr qu'ils me croient, même si cette réponse semble les rassurer.

Je déteste l'obscurité. Les nécessités m'ont obligé à m'en accommoder, mais un malaise subsiste. La nuit venue, les yeux perdent leur privilège, l'oreille commence son règne : le gémissement d'une écoute, un glouglou soudain. Ils m'emportent vers les souvenirs douloureux du chavirage : noir, froid, mort.

On apprend à vivre avec la peur, même si, comme pour un animal sauvage, on ne peut jamais être sûr de l'avoir définitivement apprivoisée.

La nuit en mer, sans la veilleuse d'une étoile, m'est une épreuve chaque fois renouvelée, où je me dois d'inventer une lumière pour l'oublier. Corinne et Marc m'ont quitté pour les rêves. La lune, de quart avec moi, rend cette nuit amicale. Je retrouve vraiment *Naïla* après ces douze jours de mer. La tension du départ, les éternels petits problèmes à régler avant de larguer les amarres, avaient laissé des traces. La pression commence à retomber. L'expérience m'aide à digérer cette mise en route. Assis sur le banc du cockpit comme à l'école, je réapprends après une longue escale de trois ans. Bercé par le roulis du bateau et la comptine de l'eau glissant sur le bordé, la nuit me prend dans sa solitude. Et passent dans la tête les songes demi éveillés d'histoires sans début ni fin, flashs de souvenirs. L'esprit vagabonde entre rêvasserie et réalité. La vie du bord se fond en une musique si connue que je ne l'entends plus ; toute modification, si légère soit-elle, apporte une note discordante qui détonne telle une fausse note répétée. Plus d'une fois au cours de mes navigations, j'ai été tiré de ma couchette, ou de la lecture d'un roman, dérangé par quelque chose d'impalpable. Monté sur le pont, un bateau était là, sur l'horizon. Moment de symbiose avec son compagnon, avec la nature environnante.

Pourtant, golfe de Gascogne, huit ans plus tôt, un chalutier abordait *Naïla*, le démâtant et lui défonçant une partie du bordé. Rien vu, rien entendu, rien ressenti cette nuit-là. J'étais en mer avec la tête restée à terre. Je partais pour un long voyage l'esprit désassemblé ; une partie de moi le souhaitait, l'autre non. J'avais pris la mer sans être en accord avec moi-même. La fuite où j'emportais mes questions sans réponse me rendait aveugle et sourd, imperméable à mon environnement. Et BOUM ! La sanction était tombée. J'ai mis du temps à l'admettre, pourtant je la méritais.

J'attends l'aube comme une délivrance pour m'abandonner au repos semblable aux bras d'un amour, avec d'autant plus de bonheur que Corinne saura veiller à la bonne marche de *Naïla*. Demain, Porto Santo sortira de l'horizon. À la lueur de la lune, sous une couverture d'étoiles éparses, je réalise que le voyage a vraiment commencé.

Tout va mal
Quand le mal de mer s'installe,
Même les médicaments
Finissent aux poissons volants.
Blanche-Neige
Ne tombe pas dans le piège,
Tu commençais à te dorer.
Mais vite les traits tirés
Jaillissent comme des plaies.
Espoir, tiens
Et tout ira mieux demain.

3. PREMIÈRES ESCALES

Je devine aux premières lueurs du jour l'île de Porto Santo, petite sœur de Madère. Naviguer longtemps loin des terres a développé cette faculté de la sentir quand elle est proche, un rien suffit, une teinte différente à peine perceptible. Corinne et Marc scrutent l'horizon sans rien voir. Je les sens douter.

– Regardez, là, juste devant, un peu plus sombre que les nuages.

Corinne me regarde :

– Où ça ? Plus sombre que les nuages ?

Dix minutes s'écoulent avant que Marc ne confirme mes dires, et me rende mes galons de capitaine.

Le temps passe. La belle Porto Santo posée sur l'océan bleu dévoile lentement ses charmes. Corinne dans le cockpit et Marc debout une main sur le pataras échangent leurs impressions sur cette première rencontre avec une île ; c'est un bonheur de les regarder, de les écouter. Ils ressentent ce que j'ai éprouvé la première fois. L'atterrage donne doucement le temps de se remplir les yeux, d'oublier le mal de mer et le manque de sommeil. Doucement, au fur et à mesure que l'île grandit sur l'horizon, chacun abandonne dans le sillage ses moments difficiles de la traversée. On se lave des jours pénibles pour assister propres à l'arrivée sur l'île.

La dernière goutte d'eau du réservoir est tirée au moment où nous passons les jetées. Les restrictions draconiennes imposées par le capitaine pendant la traversée étaient justifiées. Gérer la consommation d'eau en traversée est une nécessité quotidienne. Les réserves ne sont pas extensibles. Boisson, préparation des repas et toilette se limitent à quatre litres par jour et par personne.

Villa Baleira, le village principal, est à vingt minutes de marche ; nous irons après les formalités. Des sourires, de la gentillesse, mais que de bureaux pour un pays de la Communauté européenne : la douane, l'immigration, la police maritime. Marc n'a ni carte d'identité ni passeport. L'expression « le cordonnier le plus mal chaussé » se vérifie. Devant le douanier médusé, Marc sort sa carte professionnelle : « Regardez, je fais le même métier que vous ! » Avec ses lunettes noires, il fait un peu mafioso notre Marco et on l'imagine bien finir la soirée au placard. Mais non, au culot, tout s'arrange.

Après un rapide tour en ville, nous nous accordons une pause sandwich. Si nous pouvions nous faire comprendre en français au port, c'est moins simple ici. « Vous parlez français ? » Apparemment non. « English ? » Pas davantage. « Sandwich ? » La serveuse nous tend une carte en portugais. Le dictionnaire est resté à bord. Tant pis, on se lance, au hasard : deux comme ça et un comme ça, en indiquant du doigt sur la liste. Sandwichs surprises !

Marc est rentré en France. Drôle de sensation : quelque chose manque à bord. Il n'est pas évident de vivre en vase clos avec les impératifs du bateau. Quand tout se déroule au mieux, c'est vraiment une très belle expérience. Intéressant dans les échanges, discret quand chacun cherche un peu d'intimité, présent dès que le besoin s'en fait sentir, et sur le pont sans rechigner quand sonne l'heure de son quart. L'équipier parfait, une perle en somme. Tu vas nous manquer, Marco !

Les jours s'écoulent paisiblement. Après tous ces mois de préparation, quel plaisir de prendre le temps de ne rien faire. Un paresseux ne pourrait savourer des journées semblables. On apprécie à sa juste valeur le repos quand on a d'abord connu le travail.

– Si on allait au Pico Ana Feirrera, lance Corinne.

Il est déjà 17 heures. Nous regardons rapidement la carte, une heure et demie à deux heures de marche. On doit pouvoir y aller et revenir avant le crépuscule. Un peu d'eau, deux pommes, en route. Après le centre ville, les trottoirs au dallage de pierres s'ombragent de palmiers. En contrebas, des vignes rampantes couvrent le terrain sablonneux jusqu'à la mer. Plus on s'éloigne, plus les vignes non entretenues et clairsemées finissent par abandonner l'espace au sable stérile. Les architectes n'ont pas eu plus d'idées qu'ailleurs, la mondialisation des habitations clapiers sans le moindre style ont sévi jusqu'ici. Nous quittons l'asphalte sans regret pour un chemin bordé d'anciens murs éventrés. Le paysage est désertique, seules des grappes de sapins plantés dans le but de stopper l'érosion apportent quelques coups de pinceau vert au tableau. Le sommet est constitué d'orgues basaltiques s'élançant vers le ciel ou empilés telles de gigantesques bûches de pierres. À perte de vue, une maigre végétation d'herbe rase brûlée par le soleil couvre le paysage vallonné. De chaque sommet, des ravines s'écoulent vers les vallées. En bas sur la piste, deux voitures bloquées par la pente et les ornières font demi-tour. Personne ne continue à pied, tant mieux. Le soleil joue à cache-cache entre les nuages, le vent souffle doux. Abrités derrière le pic rocheux, nous dégustons notre pomme. Le bonheur est un instant à l'image de celui-ci, l'épaule de Corinne contre la mienne. Le temps a œuvré à dissoudre les doutes de l'appareillage. Le cadre à lui seul ne peut suffire, c'est la pensée du départ, d'être en route. Il donne à ce moment un air de félicité.

Naïla retrouve *Biphou* au mouillage. Venant tous les deux de Fécamp, ils ont plein d'histoires à se raconter. Philippe, les yeux rivés sur l'ampèremètre, réprimande Olivia d'un regard noir à chaque ouverture du réfrigérateur. Leurs batteries peinent à se recharger complètement. Jugeant un frigo trop gourmand en électricité, nous n'en avons pas à bord. Les routes de *Biphou* et de *Naïla* se sépareront à Porto Santo après d'agréables soirées passées aux lueurs des lampes à pétrole. Olivia et Philippe quittent demain Porto Santo pour Madère puis traverseront l'Atlantique vers les Antilles, la route classique empruntée par la majorité des voiliers. Nous partirons, quant à nous, bientôt vers le sud. Je sais que notre navigation sera plus difficile. La mer n'est pas uniforme partout sur le globe. Vers les quarantièmes rugissants, les conditions seront… rudes.

Un des voiliers attire notre regard : huit mètres cinquante, neuf mètres peut-être, le type même de yacht destiné à la croisière côtière, étroit, avec un gréement léger convenant à cet usage. Nous pensions qu'il allait se lancer sur l'Atlantique. Invités à bord par un couple fort sympathique, nous apprenons, admiratifs, qu'ils arrivent tout juste de Tahiti avec un crochet par l'Amérique du Sud, la Patagonie. Pas bien grand pour un tel périple. Quelle n'est pas notre surprise quand deux petites têtes blondes arrivent en annexe. Leurs deux enfants.

Depuis plusieurs jours, le temps est couvert chaque matin. Une pluie fine, insuffisante à désaltérer la terre assoiffée, cliquète sur le pont. Égoïstes, nous aimerions un beau ciel bleu pour assister à un lever de soleil sur la côte est, déserte, la plus aride de l'île. Hélas, depuis quatre jours, nous déjeunons à bord du jambon acheté la veille et destiné aux sandwichs de cette randonnée jusqu'alors avortée. Nous ne pouvons plus remettre à demain, aujourd'hui est la veille du départ.

En chemin, le ciel se dégage. Cette partie de l'île est restée intacte, la gangrène des constructions n'a pas encore infecté sa côte. L'herbe y est rare, seuls les cactus distillent des touches de vert. La piste tourne à droite vers les terres ; nous continuons sur un sentier le long de l'océan, ébahis par la beauté du paysage sculpté par la nature. Les falaises y sont constituées d'une roche blanche friable empilée en mille-feuille géant. Des hommes y ont gravé des mots d'amour grignotés par l'érosion. Plus loin, la roche volcanique noire, jaune, rose ondule vers le bleu de l'océan. Le chemin se termine après un tunnel débouchant sur une petite plage déserte, de celles où l'on peut se baigner nus avec pour seuls témoins les roches, le sable, le ciel et la mer.

Les autorisations du parc naturel de Madère sont arrivées, nous accordant le débarquement aux îles Deserta et Selvagens, limité à quarante-huit heures. Malheureusement, le vent vient de tourner au sud-ouest, nous interdisant le seul mouillage sur la côte ouest de l'île

Deserta Grande. Nous partons donc directement vers les îles Selvagens, en espérant d'ici à demain après-midi la rotation du vent au nord, prévue par la météo.

Quelle tristesse de devoir naviguer au près[3] alors que des vents favorables soufflaient depuis notre arrivée. La côte s'éloigne, Porto Santo est triste sous le ciel gris. J'aime les longues navigations parce que je déteste les départs. Sans ces impératifs de dates inhérentes à la visite du parc naturel, je tournerais l'étrave vers le port afin d'y attendre des jours meilleurs. Corinne souffre à nouveau du mal de mer. Je sais qu'elle aimerait être ailleurs, que le doute la terrasse. J'ai mal de la voir ainsi. Avant qu'elle ne retourne recroquevillée au fond du cockpit, avec pour seul espoir, dans le désordre de cette mer, de trouver la paix, ses yeux abattus m'ont demandé : « C'est ça la mer ? Ici, tu as des plaisirs ? » J'ai ressenti un peu plus les mouvements de l'océan. Ce soir, ils me rendent malade, mais surtout ils me blessent car ils essayent d'insinuer le doute en toi. J'aimerais lutter seul contre ce danger, je connais l'ennemi. Trop facile de s'attaquer à une débutante. « Laisse-là et ose venir sur moi. » Mais il a choisi sa proie, et mes ruses ne peuvent l'empêcher de t'atteindre. La mer est hachée, pas un réglage de *Naïla* n'améliore les choses. Tu ne te plains pas, mais à te voir si diminuée je m'interroge sur l'avenir. Impuissant, je lutte contre ces doutes qui me jettent à terre, espérant que les bleus ne mettront pas trop de temps à s'effacer. La direction du vent ne varie pas d'un pouce. Après cinq heures à la cape[4] devant la Selvagem Grande, je laisse porter sur l'archipel des Canaries. La cuvette à la main, elle sourit, un arc-en-ciel passe dans ses yeux. La réalité peut sembler difficile, elle est pourtant l'accomplissement du rêve.

Anéantie durant trois jours, Corinne revient à la vie en dévorant le repas de ce soir :

3. On navigue au près lorsque le bateau remonte le vent à environ 45°, c'est-à-dire le plus près possible du lit du vent.

4. Manœuvre d'attente sous voilure très réduite, en travers des vagues.

– Alain, tu n'as pas faim ?
– Si, mais c'est chaud.
Son bol est déjà vide.
Le soleil se blottit dans un lit de nuages, des cirrus rougeoient. Sur l'horizon, des points lumineux sous les étoiles s'allument les uns après les autres, signalant l'île de Ténérife. La nuit sera une nuit de veille, encore une. La nostalgie des longues traversées m'inonde, la navigation où la terre reste toujours à bonne distance. Le plaisir de regarder le jour se coucher et de suivre son exemple, loin des cargos, sur l'océan libre, là où il n'y a rien d'autre à faire que de se laisser vivre.

Je ne veux pas aller là. Le mousse et moi avons la même pensée en voyant la côte inondée de lumières. Sur tribord, la masse sombre de La Gomera paraît reposante. Poussés par une brise légère, nous nous laissons attirer par les deux éclats du phare de San Sebastián. En pleine mer, il n'y a pas de repères visuels, une journée de calme, de petit vent est une journée comme une autre. Près des côtes, le manque de vent éternise le temps, l'arrivée. La nuit nous joue des tours ; un feu lointain paraît proche ou inversement. Après une longue observation aux jumelles, nous sommes persuadés qu'une épaisse fumée se dégage du port. À l'arrivée, nous découvrons le leurre, une falaise éclairée par des projecteurs. Fatigués, *Naïla* amarré, nous tombons comme deux masses.

La ville s'éveille au petit jour sous le chant des coqs. Deux rues parallèles regroupent les commerces. Dans une ruelle, un barbier attend le client devant sa minuscule échoppe ; deux volets ouverts en guise de porte laissent à peine entrer la lumière. Après des années de pratique, on doit pouvoir couper les cheveux dans le noir ! En hiver, le paysage alentour est verdoyant. En ce début d'automne, tout est roussi. Les collines aménagées en terrasses, abandonnées aujourd'hui, reprennent lentement leur forme, effaçant la trace de l'homme. L'île avec ses profonds ravins et ses montagnes escarpées est parcourue par une multitude de chemins. Avant l'aménagement des routes, c'était un territoire réellement difficile à traverser. Il y a longtemps déjà, j'avais suivi un reportage à la télévision sur le langage sifflé de La Gomera. Il permettait à leurs habitants de communiquer à travers ravins et vallées. Aujourd'hui, la carte de l'île dévoile un réseau routier. Les sifflements se sont tus, le bruit des moteurs les a remplacés. L'intérieur de l'île nous attire. Près du village de Jerdune, un troupeau de chèvres, la cloche au cou, nous accueille sur le chemin et nous coupe du paysage moderne. Reste le décor, le vent dans les cheveux et le bruit de nos pas. Un individu nous rattrape en braillant. Un trésor serait-il dissimulé au bout du chemin ? Nous sommes tentés de le penser devant son déploiement d'arguments pour nous empêcher de continuer. Il claque des mâchoires en criant en patois :

– *Animalo feroço !*

Nous faisons fi des animaux féroces et reprenons la marche. Le sentier s'accroche à flanc de montagne, derrière chaque virage, nous découvrons un nouveau paysage. Vertigineux précipices. Un mauvais pas signerait la fin du voyage cent ou deux cents mètres plus bas. Certaines portions sont dallées de pierres ; combien de pieds nus les ont lissées ? Celle-là, bien calée, a pu être placée cent ans plus tôt. Comme devait s'y atteler chaque passant autrefois, d'un geste naturel, je ramasse des pierres tombées au milieu du sentier. Leur trouver une place sur le côté me donne l'impression que notre passage n'est pas inutile. Au départ, nous baignions dans la fraîcheur, maintenant, le soleil tape, nous abandonnons les pulls. Une première maison apparaît. Les murs adossés au roc, elle surplombe de multiples terrasses. Nous approchons de la porte ouverte. Les habitants auraient-ils quitté les lieux précipitamment ? Chaises, lit, fauteuil demeurent en place. Contre un mur, une étagère supporte des boîtes et des bouteilles, et sur la table une caisse remplie de boutons. Nous poussons une autre porte, une forte odeur de suie se dégage de la pièce. Un gros chaudron noirci, du bois dans un coin attendent. Nous regardons sans oser entrer. Malgré la poussière de l'oubli, le temps semble s'être figé du dernier repas. On a raccroché le chaudron à la crémaillère par automatisme, comme il l'avait été fait des centaines de fois auparavant, mais la soupe n'y a plus jamais mijoté. Un geste ordinaire qui marquait un tournant irréversible. Le sentier descend ensuite au village de Seima, dont nous apercevons les toitures effondrées. Le soleil cogne, pourtant c'est restriction d'eau depuis ce matin. Nous avons oublié la grande thermos à bord.

– Regarde là-bas, la maison blanche habitée.

«*Agua, agua*», nous imaginons prononcer ces mots, accompagnés d'un geste de la main vers la bouche. Une dernière rocaille à grimper et nous admirons les bras ballants une bâtisse à la façade blanche mais sans fenêtre, et bien sûr abandonnée. Dans notre grande naïveté, nous pensions que des hommes pouvaient encore habiter aussi loin des routes et du confort. À l'image des autres habitations, des meubles sont présents, le mobilier jugé impropre à rejoindre la ville. Les objets à emporter ont été choisis, puis on a fermé la porte sur une vie pour ne plus jamais la rouvrir. Corinne sort une table et deux chaises. Nous nous installons à l'ombre d'un arbre solitaire pour déjeuner. Pas un souffle d'air n'agite les feuilles, seul le déplacement des lézards trouble le silence. Sur le chemin du retour, j'ouvre le regard de plusieurs citernes enfouies dans le sol. Elles sont toutes pleines. Aucun puits ici, les habitants devaient se contenter de cette eau. Corinne assoiffée aimerait y goûter. Trop risqué ! Après sept heures de marche, sans avoir croisé ni animaux féroces ni âme qui vive, nous rentrons.

Le lendemain, nos pas nous emmènent vers des figuiers perdus dans les ravins. Les fruits mûrs n'espéraient plus le passage de gourmands avant de tomber au sol. On se gave comme des enfants, puis les sacs pleins, nous rentrons à bord pour les mettre en pots. Mais ils ne seront jamais aussi bons que ceux mangés sous les arbres.

Le carré d'*Arthur* nous accueille pour notre dernière soirée à La Gomera. Les enfants ont préparé une surprise. Entre le thé et la compote maison, nous déballons le cadeau, un récit d'aventures dédicacé par Titouan et Malo.

La nuit est tombée depuis longtemps. De leur couchette, les enfants participent encore de loin à la conversation, puis doucement le sommeil les emporte. Ces rencontres d'escale sont spontanées, facilitées par les mêmes pôles d'intérêt. On échange ses impressions sur le début du voyage, on s'encourage pour la suite. Je devine chez certains l'appréhension de traverser l'Atlantique. L'inconnu paralyse. Pour l'avoir vécu, je comprends ce sentiment. Le plus dur a pourtant été fait. Venir de France jusqu'aux Canaries représente une navigation beaucoup plus périlleuse. Le danger de passer des jours et des jours en mer est la rencontre avec soi. Côté technique, rien de plus simple qu'une traversée océanique. Je redoute davantage une croisière côtière en Bretagne. En pleine mer, pas de courants vicieux, de rochers meurtriers, seulement de l'espace et des jours paisibles à courir après l'insaisissable horizon.

Nous mettons une douzaine d'heures à rejoindre l'île de Hierro. Une houle de nord laisse présager le pire pour l'amarrage dans le petit port de La Restinga. Deux mâts de voiliers dansent derrière la haute digue de béton. Aïe… La marée est basse et le quai bien haut. Un bout d'amarre déchiquetée pend coincée entre deux blocs de béton décalés. Arrivés depuis peu et déjà les pare-battages souffrent. Un morceau de basting trouvé près des poubelles les protègera, en attendant de trouver mieux demain. Je suis obligé de plier légèrement deux chandeliers pour les empêcher de se coincer sous la margelle à marée haute. Je passe une bonne partie de la nuit éveillé, allongé sur le rouf, un pied toujours prêt à repousser l'assaut du quai. Je rêve, nostalgique, à la sérénité des nuits en mer.

Ce matin, *Naïla* est seul au port, les deux autres voiliers l'ont quitté. Des pneus sont indispensables si nous voulons rester ici. Nous faisons le tour des bâtiments du port et de la décharge sans en trouver.

– Tu vois ça ?

Devant la coopérative de pêche, deux bons gros pneus semblent nous attendre. Corinne sort le dictionnaire :

– Possible prêter pneus pour bateau ?

L'homme sourit. Avec ces solides pare-battages, *Naïla* est à présent pourvu d'une bonne protection. Chaque amarre est prolongée d'une longueur de chaîne, là où le bord du quai à marée basse les raguait sans pitié. Nous pouvons maintenant sans crainte découvrir le petit port et les alentours de La Restinga.

Le village semble juste sorti de terre. La plupart des habitations sont neuves ou en cours de construction. Les touristes se reconnaissent à leur combinaison de néoprène. La Restinga est un lieu de rendez-vous des passionnés de plongée. Le paysage alentour n'est qu'un immense champ de lave dévalant jusqu'à la mer. Quelques plantes réussissent à s'y accrocher. Nous tombons en admiration devant une petite fleur tordue, si belle et si fragile, au milieu de ce décor désertique. Le craquement du sable volcanique sous les semelles donne l'impression de marcher sur de la biscotte. La pluie fine tombée avant notre promenade pétille comme une musique remontant du sol.

– Écoute !

Un fragment de scorie porté à l'oreille entonne la chanson du soleil et de la pluie.

Les barques colorées rentrent de la pêche. Le déchargement du poisson a lieu sous les yeux des curieux et des acheteurs. Des thons, et surtout des murènes, par caisses pleines. Le peson fixé à une tige de fer enfoncée dans le mur de la digue annonce le verdict. Rumeur dans l'assemblée, la prise est belle. Le soir, les pêcheurs à la ligne s'installent quelques heures autour de *Naïla*. «*Hola ! Hola !*», un salut qu'ils nous adressent en passant.

Une tortue émerge, une raie passe sous la coque. Un poisson à tête triangulaire couvert de points noirs et de taches bleues s'approche, le corps raide. Seules les nageoires dorsale et ventrale ondulent et lui donnent l'énergie pour se déplacer. Des poissons multicolores broutent la mousse le long du quai. *Naïla* flotte sur un aquarium.

Après cinq jours ici, il est temps de reprendre la route. En mer, je m'occupe de Corinne, au port, c'est elle qui me bichonne. Regrettable de quitter ce confort ! Nous dépensons nos dernières pièces de monnaie en glaces, les dégustons assis sur les rochers en admirant le port tranquille tout en écrivant des cartes postales aux amis.

Nous partons à la recherche d'un mouillage sur la côte sud-ouest, dans la baie de « Mar de las Calmas ». La côte sauvage défile sur tribord. Arrivés près d'une plage, équipé d'un masque, je mets la tête sous l'eau pour observer le fond. Des blocs de roche et de gros galets, mais suffisamment de sable pour y laisser filer l'ancre.

Le mouillage est calme, le vent absent, pourtant je suis nerveux. Je sens l'ancre toucher le fond par les vibrations de la chaîne dans mes mains. La charrue gratte les galets puis s'enfonce dans le sable, immobilisant *Naïla*. Je regarde du coin de l'œil la terre, cette ennemie si proche avec qui il me faudra vivre en harmonie à partir d'aujourd'hui. Les vagues brisent sur la côte, lèvres baveuses de la terre hostile, mangeuse de navires. Après 60 000 milles nautiques, c'est la première fois que je mouille l'ancre de *Naïla* ! Je me lève pour la énième fois au cours de la nuit, pourtant tout est en ordre. Je regarde le large comme une délivrance, enchaînés que nous sommes à la terre du fond de la mer. « Il faut t'y faire mon gars. Dorénavant, ce sera ton pain quotidien. »

Notre programme de croisière nous pousse à continuer. Ce matin, je relève l'ancre et nous prenons la direction du Cap-Vert. Soulagé, je vais pouvoir me reposer. Stupidité de penser ainsi, mais j'ai construit un bateau de voyage, et pour moi, jusqu'à aujourd'hui, l'escale n'est pas le voyage. Je sais qu'il me faut apprivoiser ces pensées vagabondes pour vivre ce pourquoi nous sommes partis : les escales.

Éclairé par la lune,
Je te vois dans les dunes,
Le sable est si beau,
Et il est si chaud,
Comme le vent est bon,
Et le sable blond,
Où ira t-on ?
Que fera t-on ?
Ramasser les coquillages,
Est-ce encore de notre âge ?
Les cheveux au vent,
Je crois t'aimer vraiment.

4. EN ROUTE

Grâce à Régis, à son envoi d'un médicament miracle, Corinne ne vit plus la mer une cuvette à la main. Le Sureptil est normalement prescrit aux personnes âgées atteintes de vertiges. Un comprimé trois fois par jour, deux jours avant le départ et les deux suivants. Le mal de mer n'a maintenant plus sa place à bord.

J'avais promis à Corinne une navigation paisible sous un bleu azur, où flottent les nuages rosés de l'alizé : des conditions qui m'ont accompagné lors de mes deux précédents passages. Les éléments étaient avec moi, le ciel et la mer s'étaient parés de leurs plus beaux atours pour me séduire. Malheureusement, les prémices du beau temps se font désirer. Les poissons volants, eux aussi, ont déserté l'océan. Le ciel déjà gris devient noir, les grains se succèdent. La nuée se déchire un instant et nous laisse deviner São Nicolau recouverte d'un tapis vert. Aujourd'hui le Cap-Vert porte bien son nom.

Dans la baie de Tarrafal, deux voiliers ancrés, à peine visibles dans l'obscurité, se balancent sur la houle. Nous nous écartons et mouillons par neuf mètres de fond, accompagnés des rafales.

Les yeux à peine clos, un choc nous remet sur pied. Un voilier est collé à *Naïla*. Nous appelons, le vent emporte nos cris. Un zombie émerge enfin, visiblement arraché à son sommeil. Son ancre a dérapé sur plus de trois cents mètres. Sans le hasard de nous trouver sur sa trajectoire, il se serait réveillé plus loin sur les hauts fonds. Impossible de retrouver le sommeil après cet incident.

Au matin, nous débarquons sur une plage de sable noir. Assises sur des barques rongées par le temps, un groupe de femmes attend le retour des pêcheurs. Une multitude de bambins s'agite autour d'elles. Lourde ambiance, j'ai l'impression d'être là en observateur observé, mon short délavé me fait l'effet d'un costume. Corinne me rassure, elle a déjà connu cette atmosphère des pays pauvres et ne ressent pas ma gêne.

Les enfants du Cap-Vert ont inventé l'emploi de gardien d'annexes. Payer pour être tranquille, je ressens cette obligation comme une contrainte, mais ne pas y souscrire et les ennuis commencent. Quand on voit cette pauvreté, ces enfants déguenillés, le premier réflexe est d'ouvrir son porte-monnaie. Ce n'est pas miser sur leur avenir que de leur donner, comme le font certains équipages, une pièce fut-elle de faible valeur, car elle sera toujours supérieure au salaire journalier d'un adulte. On appauvrit ces enfants, leur dynamitant les ponts du futur. Au lieu d'aller à l'école, d'apprendre à lire et à écrire, d'engranger un minimum de bagages pour affronter la vie, ils resteront sur les plages à attendre l'argent de l'étranger « cousu d'or ». Ainsi est entretenu et se développe dans tout l'archipel un système auquel il est malheureusement difficile d'échapper. Pour nous, il est hors de question de participer à ce mirage d'un argent facile. Nous préférons donner un tee-shirt à un bambin loqueteux. Ce qui, en définitive, ne change pas grand-chose, hélas ! Le lendemain, il est de nouveau sur la plage habillé des mêmes guenilles !

Situé dans la zone du Sahel, le Cap-Vert connaît habituellement un fort déficit pluviométrique. Cette année, la saison des pluies a été généreuse, l'herbe pousse entre les petits pavés de la chaussée. Point de goudron, la civilisation européenne est bien loin. Les *aluguers*, ou taxis collectifs, sont quasiment les seuls véhicules. De rares habitants possèdent une voiture, dont Henny, un Hollandais de soixante-six ans installé ici depuis un an. Il est l'heureux propriétaire d'une vieille Land Rover importée de son pays natal. L'engin capricieux demande des soins constants. Henny nous propose une virée dans l'île. La route s'étire sur la côte nord-est en direction du village de Juncalinho. Les pluies torrentielles ont rongé la chaussée par endroits, y ouvrant des trous béants. Un simple caillou signale le danger quelques mètres avant. La conduite de nuit doit être un exercice périlleux. La route se termine à Juncalinho, aux baraques de pierres et de parpaings bruts. Les toits de tôles n'ont pas encore supplanté le chaume. La couleur marron domine sous tous les tons, dans un environnement de caillasses, sans l'ombre du moindre arbre.

– Quelle désolation, quelle tristesse de vivre ici.

– Non, répond Henny, ici la vie est comme ça. Où la chèvre est attachée, elle est bien obligée de brouter !

L'océan sauvage bat la côte de basalte noir. Henny insiste pour que nous nous baignions dans un grand bassin creusé par Neptune.

– On peut se baigner tout nu ou en maillot de bain… Tout nu, c'est mieux, nous précise cet inconditionnel du nudisme.

En pleine conversation, à brûle-pourpoint, il nous dit :

– J'ai construit mon bateau tout nu, c'était un sentiment de grande liberté !

Nous prétextons la houle trop forte et déclinons l'invitation. Sentant sans doute notre réticence à la tenue d'Adam et Éve, il plonge en slip kangourou mais ressort très vite devant l'assaut des vagues.

– Vous avez raison, la houle est trop forte, c'est dangereux. Demain, nous pourrons aller dans un endroit plus calme.

Il espère sans doute encore nous rallier à sa cause. Sur le retour, la Land Rover assaisonne copieusement la chaussée d'huile. L'auto au garage, nous rentrons en *aluguer*. Le taxi collectif ne part qu'une fois plein et s'arrête où l'on veut. Il ne faut pas être pressé. Une femme monte avec une bassine en plastique pleine de chaussures ; plus loin, on attend un homme qui n'en finit plus d'embrasser sa famille avant de la quitter. Trois cents mètres à peine et le taxi s'immobilise à nouveau : cette fois le chauffeur dépose un morceau de toile cirée. Une petite fille s'approche, nous regarde et sourit. Avec autant d'arrêts, les kilomètres s'égrènent lentement. Le voyage, c'est s'émerveiller d'un ordinaire différent du nôtre, il ouvre l'esprit.

De retour à Tarrafal, nous croisons un Français habitant São Nicolau depuis des années. Quelques minutes me suffisent à comprendre qu'il n'y a aucune affinité entre nous. Je lui demande ce qu'il aime dans ce pays ; j'imagine les paysages, les gens.

– Vivre ici me permet de côtoyer des personnalités, ministre, ambassadeur…

Quelle tristesse.

La vieille guimbarde rafistolée une fois de plus, nous reprenons la route vers Ribeira da Prata, le village le plus septentrional. Nous croisons des femmes coiffées d'immenses fagots. Plus loin, des cantonniers rebouchent les plus profondes ornières de ce chemin carrossable, seul lien avec le reste de l'île. Dans une descente sinueuse sans possibilité de croisements, je songe qu'il vaut mieux être transporteur que transporté. Sans avoir à se préoccuper de la conduite, nous avons tout le loisir d'« admirer » le vertigineux précipice au ras de la portière.

– Regardez bien devant, Henny !

La piste s'achève en cul-de-sac. Nous continuons à pied sur le sentier au bord du ruisseau. Quand on songe à la sécheresse partout ailleurs, à la difficulté d'obtenir un jerrican d'eau à Tarrafal, nous avons du mal à nous imaginer être sur la même île. La rivière chante au fond de la vallée. Nous arrivons au pied du village de Ribeira da Prata, blotti au cœur d'un cirque ouvert sur la mer. Henny tient à piquer une tête dans un bassin. Des enfants s'approchent timidement. Ils finissent malgré tout par jeter leurs vêtements à terre et plongent le rejoindre. Au détour d'une ruelle, une cour résonne du pilon. Deux femmes écrasent le maïs dans un mortier pour la préparation du *cachupa*, le plat local. Devant l'école, des fillettes jouent à saute-mouton. Elles s'immobilisent à notre vue, puis recommencent de plus belle en riant. Sur l'autre versant, deux maisons isolées apparaissent dans un écrin de verdure. Arrivés en haut de Ribeira, nous jouissons de cette oasis de fraîcheur.

Le mouillage – deux ancres de seize et vingt kilos empennelées[5], plus les quarante mètres de chaîne – s'avère affreusement lourd à remonter. Quand nous sommes arrivés sous les grains, São Nicolau était couverte d'un joli tapis vert. En l'espace de deux semaines, l'aridité a repris place. Chaque jour le décor a jauni un peu plus, le vert a pâli, il disparaîtra bientôt. São Nicolau a été notre dernière escale avant le grand saut vers le sud.

Mer belle, ciel bleu, départ agréable. Bien vite, malheureusement, de gros nuages de pluie s'installent. J'ai l'esprit préoccupé par la suite du voyage. De trop longues distances entre chaque étape ne peuvent convenir à Corinne. Une fois partis vers l'île Saint-Paul, la marche arrière ne sera plus envisageable. À part l'Afrique du Sud, où trouver d'autres escales sur notre route ? Ou alors chambouler dès à présent notre itinéraire et pointer l'étrave vers l'Amérique du Sud ? En faisant le tour du monde vers l'ouest, les possibilités de haltes sont plus nombreuses. Cependant, d'autres problèmes surgissent. Si j'étais seul, j'irais directement à Saint-Paul. Impensable d'imposer cela à Corinne. Ce serait une épreuve qui la dégoûterait à jamais de l'océan. Elle a assuré le quart jusqu'à minuit, et se couche en me cédant la place de veille. La nuit est noire sous le plafond bas. Toutes les dix minutes, je corne la page de mon roman policier. J'éteins la lampe et attends quelques instants afin de m'habituer à l'obscurité. La lumière tue les yeux de la nuit. Au début, même l'arrière si proche du bateau est invisible, puis progressivement les détails apparaissent, les formes de *Naïla* sortent du néant, et enfin, au loin, une tache plus claire, un semblant d'horizon nocturne, la nuit se laisse apprivoiser. De gros cumulo-nimbus annonciateurs de grains se baladent, ils semblent attendre en embuscade. La lune sortira bientôt et nous aidera à déjouer leurs coups fourrés. Après des heures de veille, les petites crêtes blanches des vagues me

5. Mouiller une petite ancre en avant d'une autre plus grosse à laquelle la première est amarrée.

donnent l'impression de mouchoirs agités saluant notre passage. J'allume le radar, fixe une zone de veille et vais me coucher. J'aurais été mieux avisé de me laisser aller dans les bras de Morphée sur le siège de la timonerie. Le sommeil a du mal à m'emporter. J'entends le vent, je sens les mouvements de *Naïla*. Dormir, seulement dormir. J'entrevois en demi-rêve par la porte de la chambre ouverte le lit me tendre les bras. Le rejoindre est une lutte. *Naïla* butte dans une vague, la porte claque, je me réveille définitivement. Rien de particulier à l'extérieur depuis tout à l'heure. Une nuée d'embruns me giflent le visage. J'aimerais dormir. Saint-Paul ou Amérique du Sud ? Nuit blanche.

Un message m'apprend ce matin le décès de ma grand-mère. Je suis triste à l'idée de ne plus jamais la revoir. Encore vaillante à soixante-dix-neuf ans, elle était venue assister à la mise à l'eau de *Naïla*. Je regarde à nouveau sa photo présente à bord. Elle se tient bien droite sur le ponton mouvant, habillée d'un long manteau, un foulard sur la tête, son cabas au bras gauche et la main droite agrippée à la filière de *Naïla*. Tu avais dormi à bord. Après t'avoir expliqué mon projet de tourner autour de la terre sans m'arrêter, tu n'as prononcé aucune parole. Ensuite, tu m'as donné une enveloppe puis, t'adressant à maman :

– Il faut qu'il s'achète un habit bien chaud et rouge pour qu'on le retrouve s'il tombait à l'eau.

Bien sûr, grand-mère, tu ne pouvais pas savoir comme la mer est immense et solitaire. Quand je lui ai dit au revoir, l'idée m'était venue que c'était peut-être la dernière fois. Après l'avoir embrassée, lui disant à bientôt, assise sur son lit, elle s'était tournée vers la fenêtre regardant la vie dehors. Je revois son dos et ses cheveux blancs. Je pense à ma mère, au grand vide qu'elle doit éprouver.

Avoir un but aide à supporter ces durs moments. Un jour, mon père était là et le lendemain, il n'était plus, j'avais à peine dix-sept ans. La vie me l'arrachait en m'arrachant toute envie. La passion est une flamme au fond du cœur, elle illumine votre route, même dans les moments les plus noirs. Devant le gouffre sans fond de tristesse, elle a éclairé le sentier de ma vie. J'étais si malheureux, pourtant le lendemain, seul dans ma chambre, je prenais un crayon pour dessiner un bateau.

Grain violent, le vent mugit. La pluie écrase la mer, lui donnant la chair de poule. Le temps d'enfiler un ciré, *Naïla* est déjà couché. Le génois enroulé, seule reste la grand-voile à un ris complètement débordée. Un porte-conteneurs nous croise et rapidement disparaît, happé par les flots verticaux, masse océanique en suspension. Je siphonne directement l'eau du seau fixé sous la bôme dans le réservoir et les jerricans. Le mousse sort tous les récipients de la cuisine, le bac à lessive. Tout est rapidement plein. Nous nous déshabillons, et toujours assurés du harnais, prenons une douche généreuse. Et maintenant ? Une deuxième douche ? Quel déchirement de voir toute cette eau douce se perdre.

Après huit jours de galère, le pot au noir se termine. Zone de convergence entre les alizés de l'hémisphère nord et ceux de l'hémisphère sud, l'endroit n'accouche que de nuages noirs sous une voûte grise. Des grains fous succèdent à de longues périodes de calme où *Naïla* demeure sur un océan de mercure. Beaucoup de signes semblent annoncer la fin de ce passage : un soupçon de ciel bleu, une mer plus régulière, de beaux poissons volants qui planent en surface et, le plus concret, le vent de sud-est installé depuis hier.

Un banc de thons nous escorte, quelques-uns cabriolent, semblant se moquer de la ligne de traîne ; l'un deux nage collé à l'étrave.

– On ne peut pas l'attraper ?

Le cuistot espère remplir la cambuse de poisson frais. Je pourrais facilement l'avoir au harpon. Qu'il morde à la ligne est une chose, mais fourrer un harpon dans le dos d'un poisson qui nous accompagne ainsi me paraîtrait criminel !

– On ouvrira une boîte.

Le Cap-Vert a disparu dans le sillage depuis treize jours. Tous les capots restent fermés, nous transpirons à grosses gouttes. J'ai envoyé la toile progressivement afin d'habituer peu à peu Corinne aux mouvements brusques du près. Onze, peut-être douze jours encore dans cette position avant d'atteindre Trindade. Petite fête à bord, le mousse se déguise à l'occasion de son premier passage de l'équateur. La vie n'est pas simple, je m'en rends encore mieux compte en voyant Corinne dans ce décor en biais. Préparer les repas s'avère acrobatique. Nous mangeons dans des bols, je lave la vaisselle avec le produit sur l'éponge, sans eau dans l'évier qui ne demanderait qu'à s'éjecter. Nous restons claquemurés, les sorties dans le cockpit se limitent aux manœuvres des voiles et aux douches rapides pour ne pas être rincés à l'eau de mer.

– Comment peut-on trouver du plaisir dans une telle navigation ?!

Que répondre, je n'en ressens aucun aujourd'hui. Voir l'autre évoluer dans ces jours hostiles amplifie l'inconfort du moment. Corinne se languit de l'escale, j'ai remarqué ce matin une larme couler sur sa joue. Cherchant à s'évader, elle tourne la molette des fréquences de l'émetteur radio.

– Alain. Alain, y'a Bernard qui appelle.

Je termine rapidement la prise de ris et me presse vers le micro.

– Je te reçois petit, Bernard, mais ça fait du bien de t'entendre. À toi.

Assise à mes côtés, le visage de Corinne s'illumine d'un sourire. Bernard, Jean-Marie, Guy, tous trois retraités et radioamateurs, ont été les compagnons de mon tour du monde en solitaire. Notre intimité s'était forgée au fil des jours, ils devinaient mes coups de cafard, savaient y répondre par leur présence sur les ondes quand la solitude me pesait, loin là-bas dans le sud. À mon arrivée à Brest, Bernard, que je n'avais jamais vu, m'attendait sur le ponton. Il m'a serré dans ses bras en pleurant, comme il aurait accueilli un fils rentrant d'un long voyage. J'avais ensuite appelé Jean-Marie pour le remercier.

– Tu sais Alain, j'aurai réalisé au moins une chose utile au cours de ma longue carrière de radioamateur…

Il pleurait. J'avais une boule énorme dans la gorge. J'ai compris alors à quel point mon voyage les avait emmenés loin, eux aussi. Bernard m'avouera des mois plus tard :

– Faire de la radio ne me dit plus rien. Parfois, je regarde mon émetteur et me demande à quoi il pourrait bien servir maintenant. Pourquoi l'allumer ? Rien ne me fera plus vibrer à l'égal des contacts vécus ensemble. Et pas seulement ça, mais l'avant, l'après, toutes les heures de ta navigation en somme. Alors autant laisser toute cette ferraille et passer à autre chose.

La « famille » radioamateur, je n'en étais pas. Je m'y étais invité car elle était pour moi le seul lien avec la terre. J'avais écouté, beaucoup écouté, avant d'oser me lancer à parler sur les ondes. Le hasard – la providence plutôt – m'avait envoyé Bernard. J'étais novice en langage radioamateur, lequel comprend toute une liste d'abréviations qui m'étaient absolument étrangères. Bernard terminait toujours nos contacts journaliers par : « Alain et Monique Soiyel se joignent à moi et t'adressent leur 73.88, mon cher Alain ! » 73.88, j'avais fini par comprendre qu'il s'agissait d'amitiés (73), et de bisous (88). Alain était son fils et Monique Soiyel devait donc être la femme de Bernard. Mais pourquoi donc la femme de Bernard Talma, Monique, portait le nom de Soiyel ? Le mystère s'épaissit encore le jour où Bernard me parla de sa femme Micheline. Qui était donc cette Monique Soiyel qui, chaque jour, m'adressait ses amicaux bisous ? Je compris beaucoup plus tard le message. En langage radioamateur, « X.Y.L. » veut dire épouse. C'est l'abréviation anglaise de *Ex young lady*. Le Y se prononçant « ouaï », rapidement épelé par Bernard « mon X.OUAÏ.L. », je l'interprétais Monique Soiyel.

Celui qui pose une question risque cinq minutes d'avoir l'air bête.
Celui qui ne pose pas de questions restera bête toute sa vie.
Proverbe tibétain

Au cours de la journée, les cumulus d'alizés se sont dégonflés progressivement. Ne subsiste ce soir que l'azur pur comme rarement je l'ai vu. Vers l'est, l'horizon trace une ligne parfaite. Tranchée nette, la mer donne l'impression de se terminer là. Le soleil orangé s'écrase lentement sur l'océan, essayant de retarder l'échéance. L'horizon orange jaune arbore une teinte de vert sous la voûte bleue des cieux.

– C'est comment le rayon vert ? me demande Corinne, sans quitter le spectacle des yeux.

– Aucune idée, je ne l'ai jamais vu. Cette teinte verte non plus d'ailleurs.

Les couleurs s'estompent lentement, se resserrant d'abord vers le cœur où a disparu la boule chaude, avant de laisser la place à la voûte étoilée. Le vent a tourné à l'est, je regarde le génois gonflé, la grand-voile débordée, le palan se tend quand la brise complice s'adosse au tissu. Instants de volupté.

Il arrive un moment au cours d'une longue traversée, des jours, des semaines après avoir quitté la terre, où une harmonie s'installe. L'instant est difficile à définir. À quel moment la nuit s'est changée en aube, on n'a pas eu le sentiment de l'avoir vue approcher. Les soucis de la civilisation moderne se sont lentement dissous et ont disparu. Pourtant à bord d'un voilier en haute mer, on est prisonnier, condamné à naviguer. La mer est une école. Assis sur ses bancs, on aimerait parfois se révolter. J'ai souvent eu envie de tout fourguer pour le plancher des vaches, mais la mer s'est toujours arrangée pour que ces pensées me viennent loin de l'escale. Si on accepte l'humilité, la patience, la punition parfois, on finit par se sentir plus libre que nulle part ailleurs. Bien des personnes m'ont conté leur ennui vécu au cours de traversées toujours trop longues. Que leur a-t-il manqué ? Quelle alchimie n'a pu s'opérer en eux ? J'ai vécu l'ennui à terre, jamais en plein océan. Je reconnais qu'une routine s'installe, bien des journées s'écoulent sans activité notable. La sobriété de cette vie rompt avec la frénésie de la vie à terre. Les longues courses océanes sont propices au rangement, au grand nettoyage, un chambardement dans les placards d'une vie. On trie, on jette. On remet son âme en symbiose avec son corps. La vie moderne et agitée nous éloigne de nous-mêmes, les courses après l'horizon nous en rapprochent. L'océan n'a rien d'un désert tel que se le représente la majorité des hommes. Antoine de Saint-Exupéry en a merveilleusement parlé, du désert. « Le désert, c'est faire sa religion d'une fontaine. » En mer, il y a si peu à voir qu'on apprend à mieux regarder. Observer le vol d'un oiseau sans songer à autre chose. Laisser grandir ses ailes. Ne pas passer à côté du voyage, c'est réussir la rencontre avec soi en se rapprochant de son être originel et finir par caresser ce que l'on a de plus beau en soi. L'univers intérieur est aussi vaste que l'océan ; libéré du poids du monde, il mène à des instants magiques qui vous rendent l'égal d'un dieu. Je ne désespère pas d'amener un jour Corinne sur cette voie. Bien que, je me trompe peut-être, mais je crois que l'on ne peut arriver à cette plénitude qu'en solitaire, loin des regards extérieurs.

Corinne me traite de maso. Mais être masochiste, c'est ressentir du plaisir dans la douleur. Je n'en ressens pas d'avoir le dos en compote après des jours de « bûcheronnage » au près serré. L'allure de près serré est loin d'être plaisante, pourtant, dans mes courses solitaires, j'ai toujours su vivre ces moments comme faisant partie d'un tout indissociable et ainsi n'ai jamais souhaité me trouver ailleurs.

Naïla sur-toilé se vautre ; je m'éveille. J'enfile le harnais et sors réduire le génois. Une forme fantomatique s'agite dans le noir. Un oiseau posé sur l'hiloire du cockpit me regarde en poussant un cri. Il m'a foutu la pétoche, ce con ! Je rentre, il reste là. Ce fainéant a trouvé un taxi, il crie de nouveau, semblant hurler au chauffeur : « Trindade ! »

Une histoire comme on en rêve
Quelque part en mer
Une histoire d'...

Un peu de poésie
Un p'tit coin de paradis.
Mais le plus joli
C'est la magie de la poésie,
Caché quelque part entre les lignes
L'invisible qui se dessine.

5. L'ÎLE MYSTÉRIEUSE

L'île apparaît au lever du jour. Un pain de sucre semblable à celui de la baie de Rio me ramène à la vision d'une photo de Trindade vue dans un livre, l'impression aujourd'hui d'être dedans. Devant le village gît la carcasse d'un cargo mangé par la rouille, plus loin repose la coque d'un voilier drossé sur la côte. Joyeuse ambiance !

– Tu as vu, on est passé près d'un rocher.

– Où ?

Je scrute, les nerfs tendus à bloc.

– Il y en a deux autres. Là, juste devant.

Si mon cœur était plus faible, j'en succomberais d'un arrêt cardiaque. La tension retombe d'un coup à en pleurer de soulagement. Deux énormes tortues sortent leur tête de l'eau avant de plonger vers les fonds abyssaux. J'en ai perdu mon bronzage ! Je nous voyais déjà troisième épave jetée à la côte.

Je prends contact avec la base militaire à la VHF[6].

– Qu'est-ce qu'il raconte ? Je n'y entends rien. Tu m'as dit que tu parlais l'anglais. Tiens !

Je tends l'émetteur à Corinne, promue radio du bord.

– Le Brésil aime la France. Heureux de vous accueillir sur le sol brésilien.

– Il dit qu'on peut ancrer là où nous sommes, le meilleur mouillage de Trindade.

Ils sont bien gentils ces militaires, mais j'en doute à la vue de ce cimetière d'épaves. La houle et la brise poussent à terre, nous partons

6. Appareil de radiotéléphonie à faible portée.

sous le vent de l'île chercher un meilleur abri. Une plage de sable doré succède à une autre de sable roux. Nous virons le sud de l'île au pied de falaises couleur ocre rouge, elles forment un écran à l'alizé d'est. Derrière elles, la houle subsiste, pas le vent. Nous mouillons par huit mètres de fond, devant une plage de sable blanc sur laquelle les vagues s'échinent à battre. Le Pão de Açúcar nous domine de ses trois cent quatre-vingt-douze mètres. Des centaines de sternes ont élu domicile dans les anfractuosités de la roche. Les coulures de fiente donnent la touche finale de l'artiste, les derniers coups de pinceau de Dame Nature au pain de sucre.

À notre arrivée, il y a deux jours, la coque était couverte d'anatifes. Des milliers de poissons l'ont décapée à l'image d'un passage au jet haute pression. La moindre pelure d'oignon jetée à l'eau disparaît, instantanément dévorée. À nous dissuader de toute envie de baignade.

– Il sent bon ton gâteau.

J'interromps l'installation des lignes de vie. Assis dans le cockpit, nous dégustons cette tarte sortie du four. Tout en haut de la colline, deux silhouettes se découpent dans le ciel bleu. Des militaires venus sans doute vérifier notre présence ici.

– Regarde, à cinquante mètres à gauche du gros bloc de roche, une petite cascade s'écoule, je crois.

J'observe à mon tour aux jumelles. En effet, c'en est une. Ce serait bien de pouvoir s'y réapprovisionner en eau.

Mais la vision des vagues brisant si violemment sur le rivage nous en dissuade. Les tortues n'en ont cure. Le matin, avant la marée haute, leurs traces nocturnes sont visibles sur la plage. Une retardataire s'efforce de regagner l'élément liquide. Ses nageoires battent le sable tel un naufragé souquant vers les siens. Nous peinons avec elle. Une vague la lèche, la rafraîchit. Sur le point de voir son effort récompensé, elle s'immobilise si longtemps qu'elle semble muée en rocher. Puis la carapace s'ébranle de nouveau vers le salut. Une déferlante roule, s'élève sur la grève, se retire ; la tortue a disparu, happée par le tumulte d'écume. Les sternes figurent aux premières loges, un repas de fête les attend à l'éclosion des œufs. Nous aimerions être là le jour fatidique, assis près du nid, à observer le sable bouger, voir apparaître les petites têtes et les aider à rejoindre l'océan. Comme de bons samaritains des mers du sud court-circuitant ce premier piège de la vie.

La houle s'amplifie, le vent tourne, *Naïla* pivote et offre sa poupe à la gueule écumante du rivage. Je sens qu'il faut partir, mon instinct me le dicte. Corinne ne ressent pas le danger, pour elle, le mouillage tient, donc pas de problème. Seulement j'imagine, si l'ancre dérapait… Si cela ne tenait qu'à moi, je tracerais vers le sud retrouver la haute mer et sa sécurité. Nous restons mais je ne peux dormir. J'essaie de lire, impossible de me concentrer. Je sens monter le stress, amplifié par la nuit sans lune qui rend effrayant le fracas des vagues sur la plage. Debout à l'étrave, une lampe torche en main, j'observe, angoissé. La houle arrive haute devant nous. *Naïla* se cabre, la chaîne se tend. Ah, si seulement le vent portait au large. Trois heures du matin, j'espérais attendre jusqu'au lever du jour mais à force de regarder la montre, les aiguilles ont cessé de tourner. Je réveille Corinne, en lui disant que nous partons. Si le mousse n'avait pas insisté pour faire le tour de l'île demain, nous aurions sûrement continué la route.

Nous allons mettre en panne[7] à quelques milles au sud de l'île. On aurait dû venir ici plus tôt. J'ai commis une erreur. Je me suis épuisé, stressé, allant jusqu'à nous imaginer jetés à la côte. Par faiblesse, par peur de décevoir Corinne. Plus jamais cela. Un capitaine doit rester sûr de lui, quitte à décevoir l'équipage. Prendre des décisions claires, sans tergiverser, montre aussi ma maîtrise de la situation. C'est une bonne leçon. Mort de fatigue, je dors jusqu'au matin.

Avant de la laisser à ses oiseaux, à ses tortues, à sa conversation avec l'océan et à la caresse des nuages, cette île que des tempêtes lointaines nous empêchent de toucher physiquement, nous allons la parcourir des yeux, nous en emplir d'images, pour longtemps encore

7. Position d'attente, le bateau est arrêté en travers du vent.

se remémorer loin d'elle sa beauté inaccessible. Nous longeons la côte ouest, Trindade apparaît radieuse dans son état le plus sauvage. Quelques arbres au sommet, un soupçon d'herbe, une roche aux contrastes étonnants et des petites plages seulement accessibles à la faune composent un décor d'une étrange splendeur. Magnifique Trindade. Nous aurions aimé grimper jusqu'à son sommet, marcher entre ces arbres clairsemés emplir nos poumons de leurs senteurs, nous approcher de sa grande cascade et sentir la brume d'eau douce se vaporiser sur nos visages échauffés par l'ascension, nous asseoir là-haut sur un rocher et regarder le petit *Naïla* tout en bas, rester des heures à nous imprégner de cette atmosphère mystérieuse. Tout cela, nous nous contentons de le caresser des yeux et c'est déjà si beau.

Passé le Pico Monumento, pouce de pierre titanesque, nous mettons en panne au nord de l'île, le temps de déjeuner. Après la dispersion des nuages de pluie, le vent tombe, le ciel bleu se reflète dans le miroir de l'océan. Le relief aux pics acérés paraît inaccessible. L'air d'une chanson, d'abord lointaine, me trotte à l'esprit :

Nautilus, mon vieux bateau,
Disait l'capitaine Nemo,
Si un jour je vais jusqu'à terre,
Ce sera le temps d'un éclair.

Le sous-marin du capitaine Nemo est peut-être caché là, au fond de cette crique. Plus j'y pense, plus je regarde, j'en entendrais presque l'orgue du bord.

– Alain, tu viens manger ?

Le cuistot me ramène à la réalité.

De retour devant la base, Corinne reprend contact avec les militaires.

– Ne partez pas sans débarquer, mes hommes vous aideront. Avec deux ancres, pas de problème.

Un œil vers les coques échouées sur la côte, l'autre dans les yeux de Corinne, je me laisse convaincre par le second.

Nous surfons à bord de *Caliméro*, notre annexe. Deux hommes nous empoignent avant que nous ne heurtions le sol brésilien. Nous égouttons et reprenons notre souffle assis sur le radeau servant au transbordement du matériel et des hommes. *Bossa-Nova* : son nom veut tout dire. Ici, même la mer n'arrête pas de danser.

– Bienvenue à terre ! Ici commence le Brésil !

Daniel, le chef de la base, semble ravi de notre venue qui vient rompre la monotonie des jours. Nous le suivons dans la visite complète de la base comme deux petits moutons suivraient leur berger. Cinquante-deux personnes, tous militaires de la marine, y vivent. Nous avons embarqué en quelque sorte sur un navire immobile. De toutes les installations, le jardin potager, protégé des embruns par de grandes tôles, retient le plus notre attention.

– Regarde.

À en baver. Des laitues ! Nous n'avons plus rien de frais à bord depuis deux mois. Nous pensons parfois à une salade verte, mais la voir en vrai… Nous terminons la visite par la maison du chef, où nous sirotons un jus de fruit tout en écrivant un mot dans le livre d'or.

– Et maintenant, que comptez-vous faire ? demande Daniel.

Depuis notre débarquement, j'ai en permanence un œil sur *Naïla*. Qu'un bâtiment m'en cache la vue, je m'empresse de le dépasser. Alors, que faire d'autre sinon retourner à bord ?

– On part.

Nous pensons choisir la bonne vague, mais un rouleau vicieux nous crache sa hargne à la face. L'annexe transformée en baignoire, nous regagnons malgré tout *Naïla*. Mouillée pour mouillée, Corinne ne résiste pas à l'envie d'un dernier bain avant de lever l'ancre.

Le soleil continue sa course derrière l'horizon, la base s'illumine de la lumière des hommes, les feux d'alignements clignotent, signalant à d'éventuels navires l'emplacement du mouillage.

De nouveau en route, l'étrave a recommencé à chanter. En ombres chinoises, les pics de Trindade, comme les flèches d'une cathédrale, se dressent, mystérieux, dans le crépuscule.

La mer l'enfer,
La mer galère.
Tiens le cap,
Dans ton handicap.
J'écoute du blues,
Quand j'ai le blues.
Ça devient le gouffre,
Quand je souffre.
Escale, escale,
Es-tu là ?

6. ESCALE, ES-TU LÀ ?

Vent faible, grasse matinée, on engrange du sommeil en retard. L'intermède de Trindade, même s'il a été trop court, nous a regonflés. Nous décidons de ne rien changer, Tristan da Cunha et Saint-Paul restent nos prochaines étapes. Débarrassé de ses anatifes, *Naïla* glisse de plaisir. Le trentième degré de latitude sud est dans le sillage. Au cours de ma précédente circumnavigation, remontant du cap Horn, passé les quarantièmes rugissants, j'avais eu l'impression de quitter les hautes latitudes. Aujourd'hui, trente degrés me paraissent déjà sud, la tension monte. Signe de l'entrée dans l'océan austral, pétrels, puffins et albatros ont fait leur apparition et entament leur carrousel. Cette vie aviaire n'existe pas sous les tropiques, où l'on observe rarement la présence d'oiseaux loin au large. À présent, quelle que soit l'heure du jour, par beau temps ou tempête, il y en aura toujours au moins un pour animer le ciel. L'albatros hurleur et ses trois mètres cinquante d'envergure en est le maître. Compagnon du vent, il surfe sans fin au ras des eaux, épousant les vagues sans le moindre battement d'aile. Il est là ce soir comme il l'était déjà ce matin, et comme peut-être cinquante ou soixante ans plus tôt, à suivre un des premiers voiliers à s'aventurer dans les parages. Avec une espérance de vie de quatre-vingts ans, l'albatros peut voir bon nombre de bateaux passer sous ses ailes.

Je repense à une conversation avec un marin pêcheur, vieux loup de mer. Je lui racontais les lendemains de mon chavirage, lui dépeignant le tableau des nombreux albatros posés autour de nous pendant que je m'activais à remonter sur le pont les morceaux de mât tombés à la mer. Me regardant dans les yeux, après un silence, il eut cette phrase :

– Les albatros, ils attendaient que tu tombes à l'eau pour te bouffer ! On ne voit pas toujours les choses de la vie sous cette dure réalité.

Avant de prendre la mer la première fois vers le grand sud, j'avais demandé à mon frère de me traduire les *pilot charts*[8] américaines relatives à cette zone. Il m'avait dit en me les rendant :

– Tu imagines les conditions de temps et la hauteur des vagues qu'il peut y avoir là-bas ?

Excepté mes lectures, je ne savais rien de l'océan. J'ai connu ce qu'était une mer de tempête dans les cinquantièmes. Aujourd'hui, j'ai l'expérience, et je continue d'apprendre. Un proverbe chinois dit que l'expérience est une lanterne que l'on porte accrochée dans le dos et qui n'éclaire que le chemin déjà parcouru. Sous ces latitudes, la peur suinte toujours face à la mer si grosse, au sifflement impressionnant du vent, et on se sent de plus en plus petit. Fermer les yeux, se boucher les oreilles ne servirait à rien. Tout le corps entre en vibration avec le bateau. Rien ne peut l'en détacher. Il faut l'accepter pour continuer. Même en dormant, on n'échappe pas à cette emprise, le subconscient reste sur ses gardes et l'esprit n'a jamais de repos, il veille. L'expérience, c'est apprendre à dominer ses sensations, ne jamais être trop sûr de soi, sans se laisser submerger par la peur. Trouver l'équilibre, comme *Naïla* dans la tempête. Alors, on devient une note sur la partition du présent – une toute petite note – mais qui a sa place dans la symphonie.

Annonce d'un message : l'Inmarsat clignote. C'est Michel, commandant de l'*Austral,* en pêche à la langouste aux îles Saint-Paul et Amsterdam. Nous nous connaissons d'une brève rencontre devant l'île Amsterdam lors de mon tour du monde en solitaire. Il était venu à bord de *Naïla* avec un cageot de vivres frais, souvenir inoubliable. J'avais gardé son adresse et lui envoyais des nouvelles de temps en temps.

8. Cartes marines fournissant les statistiques mensuelles des courants, des forces et directions de vent, des limites des glaces dérivantes, etc.

Nous lui avons écrit une carte postale de Hierro en précisant notre numéro Inmarsat et en l'informant de notre passage à Saint-Paul. Il nous répond qu'il sera sur place jusqu'à début février. Pourvu que nous y soyons à temps ! J'aurais tellement de plaisir à le revoir, et puis cela permettrait à Corinne de vivre une rencontre du bout du monde.

– Moussaillon, deux ou trois tranches de pain grillé ?

– Deux. Sinon, il n'y en aura pas assez jusqu'en Nouvelle-Zélande !

Je prépare souvent le petit déjeuner quand l'allure devient inconfortable. Les premiers jours de près sont pénibles, les suivants aussi, mais il n'y a pas d'alternative. L'espoir fait vivre, l'espoir d'une rotation du vent. Dix jours déjà. Ils s'écoulent, allongés, un livre à la main. La bibliothèque ne suffira pas.

Je dors mieux la nuit depuis que j'ai abandonné la banquette du carré. La couchette arrière est le vrai lieu de repos, là où les mouvements sont les moins durs. Le bruit atténué, on semble isolé du reste du bateau. Pour deux, le couchage est réduit : un mètre dix de large d'un côté, soixante-dix centimètres à l'autre extrémité, soixante centimètres de hauteur. Nous dormons tête-bêche séparés par un duvet plié en quatre. À l'étroit pour se retourner, chacun s'occupe des jambes de l'autre.

– S'il te plaît, tu peux me border. Je sens de l'air aux pieds. Merci.

– Bonne nuit, Poussin.

– Bonne nuit, Chaton.

Deux clodos dans leurs cartons !

Vent de sud, vent dans le nez. Pas facile d'être capitaine. Lourde responsabilité de devoir décider en pensant aussi à l'autre. Mettre le cap sur Saint-Paul ou continuer vers Tristan da Cunha ? Avec le risque d'une escale aléatoire, aucun bon mouillage n'existant là-bas. Blottis l'un contre l'autre dans la couchette, parler nous soulage. On abandonne Tristan da Cunha au profit d'une allure plus « confortable » vers Saint-Paul. La route va être longue : quarante-cinq jours encore, plus peut-être. Mais les dés sont jetés.

La lune, face jaune orangé, élève ses deux yeux au-dessus de l'horizon, le front enturbanné d'un nuage. Ce soir, seul le génois reste à poste, la mer est calme, le vent léger.

Ce matin, j'ai terminé de préparer le cadeau de Noël de Corinne. Emballé dans une feuille de papier journal et enrubanné d'un lacet, je le dépose près du sapin en papier, où mon cadeau m'attend déjà. Le temps clément nous autorise un dîner à la chandelle, canard aux olives et charlotte aux pêches. Corinne déballe son cadeau.

– Une poupée ! Avec quoi tu l'as faite ?

– Bouts de tuyau, chiffons, scotch, la chevelure en cordage dépiauté.

– Elle a même des petites chaussures en cuir, et des seins !

– Bah oui, tout comme il faut.

– Mais, elle n'a pas de mains !

– Ha ! J'ai pas eu le temps !

Éclats de rire.

Mon cadeau est un cahier de poèmes et d'amour écrit avant notre première rencontre. J'en avais eu un aperçu, je pourrai dorénavant le lire en totalité. Lorsque j'écoute Yves Simon chanter *Diabolo Menthe*, je ne peux m'empêcher de comparer Corinne à cette lycéenne amoureuse.

Le traîneau du père Noël a traversé le génois léger. Beaucoup de travail, on se relaie à la couture en pensant à nos cadeaux. Revoir le génois léger en service avive en nous l'espoir de réunir un jour les deux parties du spi explosé. Dix-huit mètres de couture à la main, des jours de travail. Le temps s'éternise, le moral baisse. Je revis les sensations de mon premier passage ici, l'envie d'être plus loin, passer l'étape, changer de carte, sortir celle de l'Indien, ranger l'Atlantique et sa route tordue par les vents défavorables. Préparer la Saint-Sylvestre, étape intermédiaire et artificielle, elle borne la longue navigation vers Saint-Paul. On met un peu de côté l'idée de l'arrivée si lointaine encore, en songeant à un jour différent. Six jours, valeur de temps plus palpable et non aléatoire, car il n'est plus question de distance, de vent contraire ou de son absence pour atteindre le but ; dans six jours, nous serons le 31 quelle que soit la météo. L'espoir de passer le réveillon de la nouvelle année à Saint-Paul s'est envolé depuis longtemps. J'entends battre les voiles. Le lit est si agréable, j'aimerais encore en profiter, mais le claquement du génois m'appelle. Le miroir de la mer reflète un ciel d'aube sans nuages. Tiens, deux gros poissons pilotes sortent de dessous la coque. À voir cette paix, il semble irréel d'imaginer la tempête rugir ici. Je roule le génois, descends la grand-voile et retourne me coucher. *Naïla*, les ailes repliées comme les oiseaux posés autour de nous, attend le retour d'Éole.

Tic tac, la pendule égrène le temps. Couic crac répondent les boiseries au faible roulis. On s'endort en se tenant la main.

Radio France internationale parle beaucoup d'une tempête qui vient de balayer la France. On essaie d'imaginer les forêts dévastées, tous ces arbres couchés comme des allumettes. Les personnes interviewées semblent perdues, cherchant un responsable. Pourquoi avoir besoin d'un bouc émissaire ? Le responsable n'est ni EDF, ni la DDE, ni le maire, ni les gendarmes, ni le président de la République. La nature toute-puissante a juste remis l'homme à sa toute petite place d'humain. Si seulement ce genre de rappel pouvait aider le quidam à méditer.

Je devine nos familles s'angoisser en voyant les arbres se déraciner, les toitures s'envoler. Elles nous imaginent sans doute lutter avec les voiles fouettant dans le vent, *Naïla* malmené par la tempête, alors que de l'autre côté de la Terre, les conditions sont clémentes. À l'inverse, quand en France le ciel est paisible et bleu, je les suppose plus sereins sur notre voyage. Au même moment, le mauvais temps nous montre peut-être les dents. Mais comment imaginer la tempête quand le soleil brille ? Quand j'écris à ma mère, c'est parfois avec un peu de stratégie afin de lui éviter des inquiétudes inutiles. Par exemple, en ce moment, nous sommes par 39°55 sud. 40° sud veut dire quarantièmes rugissants, et je sais qu'elle y pensera, alors sans mentir, j'abrège un peu la position en notant simplement 39° sud. C'est surtout psychologique, car entre 39 et 40°, il y a peu de différence. Psychologique, peut-être, mais 39° ne sont pas encore les quarantièmes rugissants. J'avais envie de lui parler des albatros, de la lecture de *L'Alchimiste* de Paulo

Coelho, et puis je me suis ravisé. Qu'est-ce qui est vraiment important pour elle ? J'ai effacé ces premières lignes sur l'ordinateur et tapé un nouveau mot : « 39° S 58° E. Vent léger, mer belle. Corinne a fait un bon gâteau de semoule à midi. On dort bien grâce au radar. Gros bisou. » Message pour une maman.

Des albatros, des puffins viennent manger les restes de notre repas et le fond d'une boîte de beurre rance. Une arête de maquereau coule lentement, un damier du cap plonge à sa suite, battant des ailes comme s'il volait sous l'eau.

Moral en hausse, moral en baisse, la courbe colle à celle de la météo. Jour de joie, jour de tristesse, l'un suit l'autre de si près pour Corinne. Moi, je ne sais plus. De toute façon, je ne peux pas être bien de la sentir malheureuse. Elle est lasse, je le remarque quand je l'observe du coin de l'œil sans qu'elle s'en rende compte. Ses mouvements lents sont empreints de fatigue, elle se peigne comme dans un ralenti, le regard perdu dans le lointain, ailleurs qu'ici devenu sa prison. Sans cri, sans gémissement, sans bruit, des larmes coulent sur ses joues. Ses pleurs silencieux m'émeuvent au-delà des mots. Je la serre dans mes bras. Son évasion, son repos, elle les trouve dans les rêves loin d'ici. Un bout de son pied nu dépasse de la couette, je le recouvre. Rêve petit poussin, rêve la mer devenue ton amie. En ce moment, je lis *Vers le pôle*, de Nansen. Le récit de sa transpolaire longue de trois ans respire la monotonie des jours à bord. Entouré de glace, il pense à sa femme, à sa fille restées en Norvège. J'ai la chance d'avoir mon amour à mes côtés, même si cela implique de me maîtriser. Parfois, j'aimerais gueuler sur la mer, le vent, mon bateau, fulminer contre leur hostilité comme il m'arrivait de le faire quand j'étais seul. Pourtant, je dois m'imposer de rester positif aux yeux de Corinne, bien qu'il me soit impossible parfois de contrôler la pression. Alors, pour ne pas exploser, j'insulte les embruns qui me giflent, j'en profite, puis vite je souris et tente de dériver sur du positif.

– Tu as vu l'albatros, j'ai l'impression qu'il nous suit depuis des jours !

Coup de vent depuis cet après-midi. La mer devient dure, croisée. Le nordé de ces trois derniers jours a tourné au nord-ouest, puis ouest et sud-ouest au passage de la dépression. Les différentes houles se télescopent. *Naïla* a du mal à trouver sa place. Abrité à l'intérieur, le mousse promu timonier tient la barre.

– Regarde, tu vois quand l'arrière monte sur la vague, le pilote ne réagit pas tout de suite, alors tu dois l'aider avec un petit coup de barre. Quand tu sens qu'il reprend l'affaire en main, tu peux lâcher.

– Comme ça ?

– Pas la peine de tirer si fort. Un petit coup suffit… Voilà, comme ça. Super.

20 heures 30 : la nuit tombe, je m'installe aux commandes. J'ai réduit la voile au minimum, il reste deux mètres carrés de trinquette, le mât vibre. Impossible de discerner les vagues dans ces ténèbres. L'orientation de l'éolienne m'aide à positionner *Naïla*, mais j'ai du mal à la distinguer. J'installe une lampe torche. Elle n'éclaire pas longtemps, retour dans le noir. Les yeux au ras du hublot, j'essuie la condensation d'un rapide coup de chiffon.

« Pourquoi t'es pas là, la lune ? »

BOUM. Coup de boutoir d'une déferlante, la cuisinière a cassé son support et vient de tomber, elle gît au sol devant l'évier. Une autre vague s'invite dans le cockpit, l'eau s'infiltre en force par le pourtour de la porte en m'aspergeant. Je ruisselle comme au sortir de la douche. J'imagine Corinne dans la couchette, le stress doit être à son comble. Elle subit, ressent les chocs, l'agression de l'inconnu. Je n'aperçois la vague, les fantômes blancs effrayants, qu'une fraction de seconde avant le « boum », et mon cœur s'emballe. Mon cœur, dis-moi mon cœur, tu ne vas pas me lâcher ? Une étoile. Il n'y a pas une petite étoile pour nous tenir compagnie. Dans une heure et demie, l'aube diluera l'obscurité. Je l'attends, impatient, cette naissance du jour. Je l'attends tout en appréhendant de découvrir l'état de la mer. Pour l'instant, je l'imagine seulement.

Un jour, lors d'une émission radiophonique réunissant plusieurs navigateurs, j'étais assis à côté d'Olivier de Kersauson. Chacun parlait de sa mer, de son histoire.

– Alain Kalita, après votre tour du monde seul dans votre coin, vous n'aimeriez pas maintenant participer à des courses, sur le trimaran d'Olivier par exemple ?

Sans avoir besoin de le regarder, je sentais les yeux de mon voisin posés sur moi. Il fallait jouer serré, si je ne voulais pas me prendre en pleine poire une vanne de « l'amiral des Grosses Têtes ».

– J'aurais dû commencer à régater plus jeune, maintenant il est sans doute un peu tard.

L'animatrice s'adresse à une autre personne. Olivier de Kersauson se penche vers moi et me chuchote à l'oreille :

– Tu dis des conneries. Les réglages, la régate, tout ça s'apprend. Avoir des couilles, ça ne s'apprend pas !

Naïla se couche. J'aimerais être ailleurs. J'ai sans doute perdu mes couilles. Même si l'esprit tamise les souvenirs, j'ai malgré tout l'impression de n'avoir jamais subi une telle correction. La bouée couronne et le feu à retournement enlevés par une lame traînent dans le sillage, retenus par un bout entortillé autour de la pale du régulateur d'allure, le décor clignotant semble irréel. Pas envie, pourtant il faut. J'ouvre la porte, une vague s'invite. Une fois sorti dans le cockpit, j'aimerais pouvoir la laisser ouverte vers la chaleur et la sécurité de l'intérieur, et garder ainsi l'impression d'y demeurer encore. La porte refermée, je me retrouve orphelin dans la tempête, livré aux éléments. Le mousqueton du harnais croché me réconforte, pas seulement le réconfort d'une sécurité car le danger demeure présent, simplement la sensation de rester en communion avec *Naïla* et Corinne à l'intérieur. Moi qui n'aime pas les ténèbres, je suis servi. Retour à l'intérieur, Corinne ramasse les objets dégueulés d'un placard ouvert.

– Poussin, retourne dans la couchette, je préfère.

Si une déferlante couche *Naïla*, la couchette à l'abri des projectiles divers reste l'endroit le plus sûr.

Le baromètre s'effondre à 968 millibars. La baston n'est pas près de s'achever. Pourquoi je pense toujours à un feu de cheminée quand je suis dans la merde ? Retour à la barre, j'aimerais prendre Corinne dans mes bras, la rassurer, bien que je ne le sois pas moi-même. Surf à 10 nœuds, surtout pas d'erreur de barre. Concentré, rester concentré. Je repense à la première fois, à notre premier baiser sur la plage de Fécamp, assis sur les galets, regardant le soleil se coucher. J'étais impressionné comme un adolescent. L'amour est une aventure, j'embarquais.

– Alain, tu as vu la vitesse sur le GPS ?

Surf à 17 nœuds, cheveux dressés sur la tête.

– Ne regarde plus.

Je vis concentré sur le présent jusqu'à la fin de la vague, rien avant, rien après, seulement l'instant. Je suis dehors sans avoir besoin d'y être physiquement, je ressens parfaitement *Naïla* au milieu des éléments, je suis dans le mât qui vibre, dans le safran qui compense le départ au lof, je suis dans l'écoute de trinquette tendue à mort qui couine en s'écrasant sur la poulie du chariot. *Naïla* est une partie de moi. Cette sensation est effrayante et fabuleuse à la fois, homme-bateau, bateau-homme.

Un coup à droite, un coup à gauche, la correction continue. Le jour se lève sur une mer grosse et impressionnante comme prévu. Fermier au volant d'un tracteur, quel beau métier !

À 8 heures, je tapoterai la vitre du baromètre espérant le voir remonter. En attendant, ne pas regarder l'heure, sûr qu'il n'est pas 8 heures. Impossible de m'en empêcher.

7 heures 20, une vague remplit le cockpit. J'ai faim et soif. Rien mangé, rien bu, pas fait pipi depuis hier.

7 heures 40, je dois me forcer à ne pas regarder l'heure. J'ai envie de dormir, peut-être à 9 heures pourrai-je laisser le pilote seul.

7 heures 50, pourquoi as-tu regardé ? Tu le savais bien.

8 heures enfin, j'abandonne mon poste quelques secondes, le temps de tapoter le baromètre. Toc toc, il monte. « Je t'aime, baro ! »

9 heures, la mer est encore trop forte. Dormir peut-être dans une heure et demie. Surtout, en attendant, ne pas regarder la pendule. Corinne me tend un verre d'eau et des barres céréales.

–Ça va?

–Ça va.

Que dire d'autre? Il nous suffit de nous regarder pour deviner ce que ressent l'autre. À quoi bon dire fatigué, la mer est dure, j'ai peur. On le sait tous les deux, les mots ne feraient qu'amplifier la situation. Quatorzième heure de barre, on ne peut pas imaginer le plaisir de se coucher. Tout à l'heure, je le ferai avec délice, mais quand?

13 heures 30, je peux enfin laisser le pilote seul, après dix-sept heures à ses côtés, debout sur la première marche de la descente. J'enlace enfin Corinne, le temps d'un baiser. Me coucher à présent, quel plaisir, malheureusement je suis une telle boule de nerfs, le sommeil ne vient pas. Quelques heures après le passage de cette dépression à édenter un narval, l'air insuffisant ne permet plus de maintenir les voiles gonflées. Nous endurons l'hostilité des lieux dans l'objectif d'atteindre une escale que l'on imagine unique. C'est le prix à payer, cher certains jours, acceptable d'autres, mais toujours élevé.

La première tâche consiste à remettre de l'ordre dans les écoutes et les drisses, emberlificotées par la mer. Réparer le support de la cuisinière, rongé à force de se balancer. Puis ranger l'intérieur, rapidement effacer les traces de la lutte, retrouver un semblant de confort. Au niveau des quarantièmes rugissants, nous devrions profiter d'un flux d'ouest et pourtant nous tirons des bords, face à un vent contraire, trinquette, grand-voile arrisée. Le près est une navigation brutale, fatigante, bruyante jusque dans les rêves. Tout se lie contre nous. Éole a choisi d'être contraire, et Neptune semble vouloir s'amuser de l'étranger. Petites vagues courtes et de temps en temps, pour rigoler, il en retire une, juste quand l'étrave décolle. Et boum! Dans le trou, pour mouiller le pont jusqu'au cockpit et ébranler le mât au passage. Je le soupçonne parfois de regarder par le hublot. Juste au moment où nous ouvrons un placard, et hop, je te soulève la hanche de *Naïla* pour aider quelques assiettes et tasses à voler à travers la cabine! Avec tout ce remue-ménage, j'ai dû réduire la voilure. Il s'en est donné à cœur joie en m'aspergeant, et flip et flop ! Et je te remplis le ciré par la cagoule mal fermée, je rentre trempé, obligé de me changer. Avec trois ris dans la grand-voile, *Naïla* moins fougueux suit les vagues au lieu de les sauter. Le pont reste sec. Neptune a cessé de jouer. Mais non ! Il attend son heure. De temps en temps, dans un coup de gîte plus prononcé, il vient sournoisement lécher le pavois et s'arrange pour emporter quelques centimètres d'écoute mal lovée sur le winch. Peu à peu, il l'emporte avec lui. Je finis par m'en apercevoir. Le cockpit n'a pas été mouillé depuis une heure. Je sors.

– Tu ne mets pas ton ciré ?

– J'en ai pour dix secondes à remettre une écoute en place.

Il m'attendait. Un coup de gîte. Splatch ! La vague suivante balaye le pont. Je rentre trempé. Saleté de près.

Je plie l'échine, espérant des jours meilleurs. J'entre en hibernation. Assis sur le siège de la timonerie, je rêvasse en regardant mon bateau tailler la mer, cette grande forêt vierge. *Naïla* y ouvre un sentier qu'elle s'empresse de refermer derrière nous, comme derrière tout autre passant. J'aimerais piocher, monter des parpaings, travailler, être fatigué pour quelque chose, pas seulement fatigué d'être secoué dans ce bruit perpétuel. Les regrets me torturent, une escale vaut-elle tant d'efforts et de sacrifices ? Pour m'endormir, j'ai besoin de m'évader, faire le vide, oublier le présent. J'imagine la construction d'une charpente de maison, les fermes, les lucarnes, tout y est. Je songe à chaque assemblage et j'y trouve le repos.

Le tracé de notre route ressemble à un électrocardiogramme. Corinne reporte le point sur la carte. En ligne directe, la distance parcourue depuis hier est ridicule.

Silencieusement, une larme coule sur sa joue.

– Tu pleures !

– C'est tellement dur, l'avance est si lente, et puis y'a rien à voir en mer ! J'ai eu la peur de ma vie dans la tempête… Alain… je t'aime… mais j'en peux plus… Je veux débarquer, prendre l'avion et rentrer en France. J'aimerais être dans le silence et le calme.

– J'aimerais te faire plaisir, mais c'est impossible, on est loin de toute terre, et là-haut, c'est la saison des cyclones… On ne peut faire autrement que continuer.

Serrée dans mes bras, elle pleure cette injustice de la mer, cette prison sans barreaux. J'ai connu cette déprime profonde, où l'on aimerait être ailleurs. Heureusement – et je l'ai compris toujours après –, heureusement que l'escale était lointaine.

Mes trois papys radioamateurs ont été les compagnons de mon précédent voyage. Depuis le départ de Fécamp, Régis a pris cette place. Je ne veux pas dire celle de papy, il en ferait une maladie ! Il a pris la place de l'ami attentif. Il détecte dans nos messages les moments de fatigue, de lassitude. Il trouve les mots et regonfle notre moral en baisse. Nous attendons son message chaque dimanche, il réchauffe nos cœurs et aplanit la mer. Nous en imprimons certains afin d'être sûrs de pouvoir les relire.

« Salut les petits loups, j'ai reçu votre mot où vous parlez de messages de ma part qui sont pour vous des rayons de soleil. Les vôtres sont pour moi des rayons de vie et je vous en remercie plus que vous ne pouvez l'imaginer. Votre position me fait rêver, je voyage avec vous. Merci encore. Ici comme d'hab, froid, verglas, grimaces des gens… Vous êtes heureux, j'espère, et encore plus si vous le savez. Vous vivez des moments vrais, peut-être parfois difficiles mais vrais, et seul cela importe. Je me languis de vous embrasser mais prenez votre temps. Les vieux comme moi ont la patience de laisser vivre les jeunes. Bises à vous deux. »

Je songe à cette phrase de Romain Gary : « Ce dont l'homme a le plus besoin est d'amitié. » Moments difficiles où l'on compte les jours, mais tu dis vrai, Régis. Attention aux images chimériques qui nous projettent seulement les plus belles choses de la vie à terre. L'expérience que l'on vit prendra fin un jour et la vie ne rejoue pas deux fois le même spectacle.

–Alain, et si après l'île Saint-Paul, on allait à La Réunion? C'est une si belle île. On peut marcher des jours sur des sentiers dans des décors spectaculaires.

Cette solution nous permettrait de prendre le temps à Saint-Paul. Trois mois au lieu de deux semaines! Tranquilles jusqu'en mai, le temps de laisser passer la saison cyclonique. Nous en discutons toute la journée, pesant le pour et le contre. Le gros avantage serait d'arrêter de courir. Énorme atout.

–Bon anniversaire, Alain!

C'est vrai, cinq ans déjà, le 21 janvier 1995, je revenais au monde après quarante interminables minutes à l'intérieur de *Naïla* retourné dans la tempête. Cinq ans où tout aurait pu s'arrêter. J'ai vécu des instants de bonheur depuis, même dans cette navigation après tout. Il est si bon de vivre.

Le vent tourne et me tire du confort de la couchette. Rentrer le génois léger, dérouler le génois lourd. Il bruine. La lune reste invisible; hier, la nuit était si belle. La brise n'arrive pas à se décider. Une heure s'écoule, elle faiblit. Je n'ai plus envie de renvoyer le génois léger. Je roule le génois lourd qui ne tient plus et essaie la grand-voile seule. J'aimerais bien un chocolat chaud avant de me recoucher. J'entre, Corinne est levée.

–Je t'ai préparé un chocolat.

Deux moments importants agrémentent nos journées. La partie de yam dans la timonerie quelles que soient les conditions, sauf en cas de nécessité de tenir la barre, bien sûr. Corinne dans le siège, moi debout sur les marches, la planche à pain nous sert de piste. Recouverte d'une couverture, elle empêche les dés de trop rouler. Et puis, le plus important: la demi-heure tendresse. On s'allonge sur la couchette en se serrant l'un contre l'autre. Et nous conversons, de tout, de rien, de souvenirs, de rêves. J'aime ce moment.

–Raconte-moi une histoire.

– Il était une fois, perdue au milieu de l'océan Indien, une île comme seul un conte aurait pu l'imaginer, habillée d'un simple manteau d'herbe, un petit volcan qui, depuis longtemps, ne crachait plus de feu. Il s'ennuyait perdu au milieu de l'océan. Alors un jour, il a ouvert un bord de son cratère pour y inviter la mer. Si sauvage autour, elle s'est blottie au fond de lui, se transformant en un lac paisible, un coquillage de repos pour les voyageurs de passage… Et maintenant, l'île nous attend pour finir d'en écrire l'histoire.

Le vent tourne au sud en diminuant, le ciel se dégage. *Naïla* cingle directement sur l'île Amsterdam, où nous aimerions débarquer pour y poster notre courrier. Le moral remonte en flèche, on met de côté la lecture. Le cuistot confectionne une galette au sucre, je démonte le carburateur du poêle. La vie revient. L'effervescence règne à bord. Les crayons de couleur chahutent gaiement, roulant de joie de la table au plancher pendant que les ciseaux chantent en coupant le bristol des cartes que nous confectionnons pour nos amis.

Hier, grand soleil sans un nuage. Aujourd'hui, ciel gris et pluie. Je récupère deux seaux d'eau, une partie remplit le réservoir, le reste en bouteilles servira à la soupe et au café. Trois exocets égarés sont coincés contre le rail d'écoute de génois. Poissons des tropiques, je trouve incroyable d'en voir là par 37° sud. Dommage, ils sont trop petits pour servir de déjeuner. Un souffle, suivi d'un deuxième, Corinne a les yeux écarquillés. Elle rit, je la sens pleine d'émoi devant l'apparition de deux baleines. Je n'en avais jamais vues d'aussi grosses. On oublie leur haleine fétide devant l'émotion de la rencontre. Elles sondent. Leurs queues énormes s'élèvent hors de l'eau, puis elles disparaissent dans les abysses. Le soleil se couche jaune dans l'horizon dégagé, l'instant de la journée préféré de Corinne.

– Tu sais, Alain, maintenant ça ira. On finira forcément par arriver. C'est dur, mais je songe que l'escale sera belle. Dix jours, vingt jours, aucune importance, je tiendrai. Et puis, les couchers de soleil seront toujours là pour m'aider.

En France, le ciel et les nuages semblent différents. En réalité, ma façon de voir est différente. En France, regarder le ciel signifie seulement penser au soleil ou à la pluie. En mer, j'observe les cieux et j'imagine déjà les futures conditions de navigation, le confort de la vie à bord, agréable ou difficile. Un joli ciel griffé de cirrus rouge pour le terrien annonce peut-être des heures de barre au marin.

J'ai envoyé un message d'anniversaire à mon grand frère ; j'ai failli l'appeler petit frère. Peut-être parce qu'il y a plus de tendresse dans le mot petit.

Nous suivons de près la météo depuis plusieurs jours. Un cyclone se dirige vers le sud. 928 millibars de pression barométrique. Je regarde le baromètre du bord, son chiffre le plus bas affiche 960. Cent nœuds de vent, comment affronter une telle force ? Un voilier peut-il y trouver une place ? Les cyclones portent tous un nom. Le premier de la saison commence par la lettre A, le deuxième par B, ainsi de suite. Parfois les vingt-six lettres de l'alphabet n'y suffisent pas. Celui-là, nommé Connie, me glace d'effroi. J'y vois un signe du destin. Neuf ans plus tôt, *Naïla* a été percuté en pleine nuit par un chalutier espagnol. Mât arraché, coque enfoncée, j'interrompais là ma deuxième tentative de tour du monde sans escale. Ce chalutier abordeur se nommait *Marie Conny*. Six jours de tension où je garde secret cette coïncidence. L'île de La Réunion et Madagascar ont été touchées, Connie continue maintenant sa course vers le sud… sur nous. Pendant qu'il descend, *Naïla* se traîne à l'attendre. Je regarde impuissant les voiles à peine gonflées par le vent. Impossible de fuir. « Ressentez-vous les prémices de Connie ? », nous écrit Michel, inquiet pour nous. Comme par miracle, Connie disparaît au moment où il aurait pu nous happer. Les dieux ont sans doute estimé que nous avions suffisamment payé le droit de passage.

Le premier pas tu m'as dit
C'est le plus difficile
Comme un enfant qui apprend à marcher
Quand la première fois s'élance un bébé.
Mais il n'y avait personne pour te guider
Et pourtant tu as su trouver
Le chemin de la vie
La voie du paradis.

7. ENFIN

Sous un beau ciel bleu, Amsterdam s'élève devant l'étrave. La Terre après soixante-quatre jours depuis l'île Trindade. Nous terminons notre courrier en espérant pouvoir le débarquer avant de continuer sur l'île Saint-Paul, quatre-vingt-dix kilomètres plus au sud. Les îles Crozet, Kerguelen, Saint-Paul et Amsterdam forment avec la terre Adélie et les îles Éparses le territoire des Terres australes et antarctiques françaises. Amsterdam doit son nom au navigateur Van Diemen qui, le 18 juin 1633, donna à l'île le nom de son bateau *Nieuw Amsterdam*. C'est Juan Sebastián El Cano, commandant de l'expédition Magellan, qui l'aperçut le premier et la mentionna dans son journal de bord le 18 mars 1522.

Massive, dépourvue de pointes saillantes comme de criques, Amsterdam s'élève d'un bloc au-dessus de l'océan et culmine à sept cents mètres. Sur la côte nord-est, là où est implantée la base Martin-de-Viviès, une langue de lave bétonnée permet le débarquement. Même ici, au nord devant la base, la mer est formée car le vent de sud n'a rien perdu de sa force après avoir contourné l'île. Les vagues brisent sur le petit quai. Je demande par radio au météorologue s'il a une idée d'un prochain changement du temps. Apparemment, le centre de l'anticyclone devrait passer sur l'île cette nuit. Le vent tombera.

Naïla en panne, nous réfléchissons. Attendre ainsi jusqu'à demain, ou partir immédiatement pour Saint-Paul. Comme toujours, je suis plutôt du genre à foncer et continuer toujours plus loin. Corinne insiste :

– Après tous ces jours de navigation, tu te rends compte ? Plus de deux mois sans escale ! T'aimerais pas débarquer, même une heure ? Arrêtons de courir !

Le temps de prendre un thé, une heure s'écoule à peine et le vent tombe. Le clapot s'apaise et le débarquement devient possible. Cadeau. Nous mouillons en prenant soin de fixer un orin et une petite bouée à l'ancre, car un gros rocher pourrait bien s'amuser à vouloir la garder au fond. Des membres de la base nous attendent sur la cale. Le débarquement s'avère moins acrobatique qu'à Trindade mais guère plus simple. On nous tend un gros cordage grâce auquel on se hisse sur la cale. Un éléphant de mer y a élu domicile. Je me demande quel chemin il a emprunté pour arriver jusqu'ici.

Le sol paraît dur après ces deux mois de navigation, il résiste sous la semelle, alors qu'à bord le plancher semble élastique. Le chef de district nous souhaite la bienvenue et nous propose de dormir à terre. Jamais sans mon bateau ! Manu, le médecin, voileux dans l'âme, se réjouit de notre arrivée. Vingt-cinq personnes vivent ici : météorologue, géophysicien, biologiste, arboriculteur, etc., en mission d'une année. Martin-de-Viviès, du nom de son fondateur, a été créé en 1950. Un petit groupe se forme et accompagne nos déplacements. Elle est mignonne cette base avec ses bâtiments de différentes couleurs, ses phylicas, des arbres sous lesquels j'aimerais me rouler, même s'il ne fait pas très chaud. J'éviterai, de peur qu'on me croie fou. Si *Naïla* était gonflable, je dévisserais les bouchons et le rangerais à l'abri sous les branches, et on pourrait se reposer ici plusieurs jours sans crainte. La fatigue et l'ivresse d'un sol dur m'ont tourné la tête, il faut arrêter de délirer, profiter de ces heures de pause et retrouver *Naïla* avant la fin de l'intermède des dieux. Éole et Neptune sont de bonne humeur, remercions-les.

Il est déjà tard, le dîner est servi après un apéritif donné en notre honneur. À 22 heures, le préposé aux postes ouvre son guichet pour nous. Un vrai bureau de poste aux murs décorés de timbres et de cartes postales. Des philatélistes du monde entier écrivent ici afin d'obtenir des timbres et l'oblitération d'Amsterdam sur leurs enveloppes. Le toubib et deux membres de la base nous accompagnent. Un timbre, deux tampons par pli, nous avons deux cents lettres, du travail pour tous. Ça discute et ça rigole dans une chaleureuse ambiance, le vouvoiement a disparu depuis longtemps. On croit se connaître depuis des années, pourtant cinq heures plus tôt, chacun ignorait l'existence de l'autre.

L'heure de partir a sonné. *Naïla* reste invisible dans la nuit. Deux hommes mettent l'annexe à l'eau après avoir demandé à l'éléphant de mer de bien vouloir se déplacer un peu. Pas content d'être réveillé, mais il consent, la gueule ouverte, à reculer d'un mètre. Nous chargeons *Caliméro* de plusieurs sacs de vivres : oranges, lait, viande et baguettes de pain encore chaudes préparées par le boulanger spécialement à notre intention. De la cale, le tracteur de la base éclaire *Naïla* de ses phares. Corinne explose de joie :
– Ce sont des moments inoubliables !

Je signale à la base notre arrivée à bord à l'aide de la lampe torche. Michel nous a écrit : « Je remonte mardi à La Réunion. » Nous sommes dimanche soir, nous rangeons tous les vivres et décidons de lever l'ancre immédiatement, espérant arriver à l'île Saint-Paul avant le départ de l'*Austral*. La chaîne semble prise sous une roche, je m'attends à ce qu'elle casse à chaque instant sous la violence des coups de rappel. Corinne est à la manœuvre, je crie depuis la proue :
– Avance… Stop… À droite… Stop.

Après bien des efforts et grâce à l'orin sur lequel je tire comme un damné, l'ancre remonte enfin.

Au matin, le vent faible et debout n'aide en rien à avancer. Nous tirons des bords sous génois léger. On se console en mangeant de longues tartines de pain beurré, évoquant, heureux et la bouche pleine, les souvenirs de notre soirée à terre.

Une caresse le matin
Adressée à son poussin
Dans le nid tout chaud
Tu te lèves bientôt.
Mon chaton adoré
Je crois avoir rêvé
D'une île où tu m'emmenais
D'une île où l'on s'aimait
Elle ressemblait à un volcan
Perdue au milieu de l'océan
C'était comme un rêve d'enfant.

8. TROIS MOIS AU PARADIS

L'*Austral*, sans doute mouillé derrière l'île Saint-Paul, reste invisible. *Naïla*, papillon de nuit, se dirige vers le reflet de ses lumières réfléchies sur le ciel nébuleux, virement de bord après virement de bord, sans avoir besoin de recourir au compas. Au matin, l'île apparaît grise sous le plafond bas pommelé. Sans l'idée de ce tour du monde, je pense que j'aurais entrepris un voyage rien que pour elle, parce qu'elle a toujours attiré mon regard sur le planisphère. En approchant, l'île se colore de sa couverture végétale, des tons rouge, jaune et noir strient la falaise au pied léché par les vagues.

Saint-Paul en rêve, un minuscule point sur une carte du monde.

Saint-Paul en vrai, un volcan ouvert, juste devant l'étrave.

Six mètres au sondeur, mon pouls s'accélère. Corinne est à la barre. Trois mètres.

–Corinne, un peu plus à droite.

Mon cœur bat plus fort encore, envie et peur comme le jour d'un premier baiser.

Un mètre cinquante, l'eau frissonne sur quelques mètres de large, au-dessus du seuil.

Vingt-trois mètres, nous sommes dans le cratère, l'eau est lisse comme un lac, le cri des otaries nous accueille. Le bonheur.

Louis Adam Mieroslawski, l'instigateur de la première pêcherie de morue salée installée à Saint-Paul, décrit ainsi son arrivée en 1843: «Il est impossible de dépeindre l'impression ressentie quand on entre dans ce port naturel. Lorsqu'on contemple ce spectacle imposant et sévère, on éprouve une émotion dont on n'est pas le maître.»

Nous mouillons près de la «Cabane du naufragé» et des ruines de l'ancienne conserverie. Extraordinaire: après deux mois de ballottement continuel, *Naïla* ne bouge plus.

Michel arrive en Zodiac. Il pourrait voir en nous deux touristes, rester indifférent, nous regarder de loin. En France, on ressent parfois ce regard des travailleurs de la mer, Vous vacances, Nous travail. Nous nous connaissons à peine. Quinze minutes il y a cinq ans, rencontre éphémère, pourtant j'ai l'impression aujourd'hui de retrouver un ami. Il monte à bord. Je devine son plaisir dans l'esquisse d'un sourire. En lui serrant la main, j'oublie toutes les difficultés de la traversée. Le prix de la fatigue et de la peur s'efface devant cette seconde de fraternité.

– Tiens, écris-moi quelque chose là-dedans.

Il me tend mon récit *Je suis né deux fois*. Sans prétention, cela me fait vraiment plaisir.

– Nous sommes mouillés sur deux ancres et j'ai prévu au moins deux aussières jusqu'à terre.

– Insuffisant, me répond Michel. Je vais t'en donner pour que tu puisses t'amarrer sérieusement. En février 1998, une queue de cyclone a emporté l'ancienne Cabane du naufragé, ravagé les champs de laminaires, la situation a été dramatique ici avec plus de cent nœuds de vent, alors des amarres, mets-en plus que pas assez.

Le soir même, six cents mètres de nylon retiennent *Naïla* comme au centre d'une toile d'araignée.

Chose importante entre marins, nous parlons météo, pas celle de la pluie et du soleil, la météo de marin, celle du vent, des conditions de mer, des heures de veille et de barre. En navigation, la pluie est du beau temps si le vent est léger et favorable.

Michel nous propose des produits frais, une saveur oubliée depuis les Canaries.

– Bon! Je vous mets des oranges, des pamplemousses, une pastèque. Du chou? Un carnet en main, il note.

– Autre chose?

Intimidée, Corinne hésite:

–Des pommes de terre et une plaquette de beurre.

Le lendemain, *Naïla* prend un sérieux coup de gîte au moment du transbordement. Des sacs et des sacs que l'on ouvre comme des enfants leurs cadeaux de Noël.

–Corinne ! Regarde ! Des poires, des pommes.

Corinne sort sa tête d'un autre sac.

–Du saucisson sec, du fromage ! Il a même pensé à la mayonnaise pour accompagner nos futurs plats de langouste.

–Cuistot, j'ai trouvé le beurre. Michel a dû estimer qu'une plaquette serait un peu juste, il t'en a mis un carton de dix kilos !

Cinq kilos de fromage cuit, du camembert, du roquefort, un bloc de trois kilos huit cents de gruyère, vingt-cinq kilos de pommes de terre, un gros sac de carottes, un énorme saucisson à l'ail, quarante-huit boîtes de lait concentré, des magazines et une bouteille de whisky.

Nous partons en chaloupe rejoindre l'*Austral* au sud de l'île. Le ciel est bleu, le vent nul. La côte est bordée de macrocystis, algues ressemblant à de longues tresses dorées ondulant dans la houle. Le moteur force, puis repart de plus belle. Je demande à André, le pilote à la barre, ce qui protège l'hélice.

–Rien, les bords d'attaque sont seulement affûtés.

Je regarde sous le soleil le relief herbeux qui invite à la marche et je pense : cette île, elle est à nous, pendant trois mois, rien qu'à nous, et je suis heureux. Je tourne la tête vers Corinne, son regard caresse la même image, elle sourit. La chaloupe est hissée à bord de l'*Austral*, nous avons juste à sauter en passant au niveau du pont. Avant de déjeuner, nous ne refusons pas la proposition d'une vraie douche. La dernière remonte à quatre mois.

Avec étonnement, nous retrouvons Michel en bottes et ciré au milieu de ses hommes affairés à préparer les langoustes. J'imaginais le commandant toujours à la passerelle, donnant ses ordres douillettement installé dans un fauteuil. Tout en visitant l'usine du bord, il nous explique les différentes étapes de travail. Le quota de trois cent quarante tonnes vient d'être atteint. À la timonerie, Michel me montre la carte météo. Un vaste anticyclone couvre l'océan Indien, de Madagascar à l'Australie :

– Je n'ai jamais vu ça. Nous sommes là depuis des semaines, c'est le premier jour de beau temps.

Lui racontant nos péripéties de mouillage à Amsterdam, il a cette phrase tranchante :

– Moi, si j'avais un voilier, je n'irais jamais à Amsterdam !

Venant de quelqu'un qui y passe plus d'un mois chaque année, je prends définitivement note du conseil.

– Soit tu laisses ton ancre au fond, soit ton bateau part à la dérive, ce qui est déjà arrivé. Heureusement, un navire militaire était là pour rattraper le fuyard. Tu as eu de la chance !

Au sujet de la bouteille de whisky, Michel précise à Corinne :

– Il y a cinq ans, Alain m'avait offert la seule bouteille qu'il avait à bord…

Après le déjeuner, l'*Austral* cinglera vers La Réunion.

Une dernière photo, une poignée de main, rendez-vous dans cinq ans, peut-être. J'avais dit à Corinne : « Tu verras, les rencontres dans ces lieux sont fortes, elles ne s'expliquent pas mais se ressentent. » Des instants de vie dont l'intensité n'a rien à voir avec la durée. La chaloupe s'éloigne de l'*Austral*, un dernier signe de la main. Corinne, la gorge serrée, ne pouvait plus parler.

Nous dormons une nuit entière comme cela n'était pas arrivé depuis longtemps, depuis les îles du Cap-Vert, il y a plus de trois mois. Repos du corps et de l'esprit. Bonheur de s'étirer dans la couchette, la grande couchette avant, sans nécessité de se précipiter sur le pont dès l'ouverture des paupières.

L'endroit de débarquement le plus pratique se situe près de la cabane. Deux petites pièces avec des lits superposés, une cuisine et une remise aux étagères garnies de vivres destinés à d'éventuels naufragés. Des souris s'enfuient dans toutes les directions à notre arrivée. Seules les conserves, pour la plupart périmées, ont résisté à leur appétit.

Les rats et les bêtes aux grandes oreilles introduits par l'homme au XVIIIe siècle ont provoqué des ravages sur l'île. Destruction des œufs, des oisillons et de la végétation native. La moitié des espèces d'oiseaux qui se reproduisaient sur l'île a disparu, certaines espèces endémiques étaient au bord de l'extinction. Une campagne d'éradication a été engagée en 1997. Quinze tonnes d'appâts empoisonnés ont été répandus par hélicoptère. Il semble que ce soit une réussite totale pour les rats. Par contre, un faible pourcentage de cousins du lièvre a temporairement eu plus de chance. Des chasseurs sachant chasser avec leur chien ont achevé le travail. Le chef de district d'Amsterdam nous a demandé d'ouvrir l'œil sur la présence éventuelle d'un ou plusieurs survivants de ces indésirables. La tradition de la marine interdit rigoureusement de prononcer le mot lapin à bord d'un bateau. À l'époque de la marine à voile, les équipages embarquaient des lapins en guise de nourriture fraîche. Ils ont causé de nombreuses avaries et des naufrages, car ils rongeaient les cordages et les coques en bois. La superstition d'animaux de malheur perdure depuis.

Les souris ont survécu à l'éradication, mais elles ne posent apparemment pas de problème aux oiseaux, même si elles en créent pour les bipèdes comme nous. Une couche de poussière recouvre le livre d'or posé sur la table. Nous nous asseyons pour le feuilleter. Des mots, des dessins, des poèmes parfois, pour ce caillou du bout du monde qui a le don d'attiser le rêve. Ce sont surtout ceux des scientifiques venus en mission ou des hivernants rentrant des îles Kerguelen sur le cargo le *Marion-Dufresne*. Des voiliers ? Nous cherchons, tournons les pages ; le dernier est passé il y a deux ans. Une écriture aux caractères indéchiffrables attire notre attention : un mot de l'équipage du *Zuiho Maru*. Le 23 juillet 1995, ce navire de pêche japonais de plus de cinquante mètres de long avec vingt-deux hommes à bord s'est échoué par mauvais temps sur la côte ouest de Saint-Paul. Drossé dans les brisants contre la falaise, l'équipage a dû attendre quatre jours avant de parvenir à évacuer le navire et de trouver refuge dans cette cabane. Aussi dépouillée soit-elle, pour l'homme qui a tout perdu, cette modeste bâtisse est une bénédiction. Deux autres navires de la même compagnie étaient rapidement venus sur place pour observer les naufragés à terre. Situation absurde, les deux palangriers n'avaient pas de canot pour récupérer leurs collègues. *La Curieuse*, petit navire océanographique appartenant à l'Institut polaire français, s'en chargea six jours plus tard.

De l'ancienne conserverie de langoustes, en activité à chaque été austral entre 1928 et 1931, il ne subsiste pratiquement rien. Des pans de murs en pierre sèche, vestiges d'habitations abattues par le temps. Des blocs d'acier, restes de sertisseur ou d'autoclave, retournant peu à peu à l'état de minerai. Les otaries ont repris possession des lieux. Une croix témoigne encore du passé tragique de l'île.

En mars 1930, à la fin de la saison langoustière, sept volontaires sont restés sur l'île afin de surveiller et d'entretenir les installations à terre pendant l'hiver. Au retour du bateau en décembre, ils n'étaient plus que trois survivants, une femme et deux hommes. Mari et camarades ont succombé au scorbut, carence en vitamine C. On leur avait promis un ravitaillement, un bateau qui ne viendra jamais. La nourriture était largement suffisante, mais en plus grande partie sous forme de conserves. L'espérance d'un bateau déçue, désappointement et déprime ont fait leur lit. Plus envie de pêcher, de chasser, de moins en moins de nourriture fraîche, lente descente aux enfers. La tragédie ne s'arrête pas là : au cours de la campagne d'été suivante, quarante-quatre ouvriers malgaches succombent au béribéri, carence en vitamine B1. On avait substitué au riz rouge, leur nourriture de base de l'année précédente, du riz blanc, plus économique, qui ne contenait plus l'élément nutritif indispensable. Tous ces hommes avaient été envoyés ici dans un seul but : le profit. Pour la société exploitant la langouste de Saint-Paul, faire manger des conserves et du riz blanc à ses employés semblait plus rentable que de leur laisser un peu de temps pour planter des légumes. La nouvelle de l'hécatombe eut un tel retentissement en France que la société fit faillite et les installations définitivement abandonnées. Quand on songe que le capitaine Cook, dès 1768, faisait emporter à bord de ses navires des barils de choucroute, du jus de citron et de la levure de bière pour éviter ces maladies…

Soixante-dix ans avant cette tragédie, un Français nommé Vio, avec deux compagnons, a vécu des années à Saint-Paul sans problème. Ils cultivaient des pommes de terre et des légumes qu'ils échangeaient contre du tabac ou du café avec les pêcheurs de morue venus de La Réunion. Ils vivaient sur l'île pour leur propre compte, sans idée de profit. Là réside sans doute la différence.

Nous rejoignons la colonie de gorfous installée à plus de cent cinquante mètres de haut, comme les sentinelles de l'île. La marche s'annonce plus difficile qu'il n'y paraît vue d'en bas. Sans chemin à travers les herbes hautes, le tussock, nos jambes affaiblies par des mois d'inactivité n'aident en rien à l'ascension. Le sentier qu'empruntent les manchots est bien tracé, mais nous le leur laissons pour ne pas les déranger. Ils sont plusieurs milliers à attendre, les ailes écartées au vent, la fin de leur mue dans une cacophonie permanente, toujours prêts à se quereller pour un bout de rocher. Leurs cris nous pénètrent et nous inondent de joie. Nous avançons, lentement, le dos courbé de manière à leur paraître moins grands. Assis au milieu de la roquerie, sur le sol jonché de plumes, on se croirait dans un gigantesque nid. Nous restons émerveillés face au spectacle. Le gorfou kamikaze, prêt à se fracasser, dégringole de son rocher. Il tombe, boule, se relève, regarde à gauche, à droite et s'enfuit en se dandinant. Le peureux, la tête cachée dans les joncs, ne se rend pas compte que son postérieur reste visible. Un agressif crie de plus belle. Le gorfou philosophe, le regard droit, s'interroge. Pourquoi tant d'agitation ? Tous se rassurent très vite de ne plus nous voir bouger et reviennent progressivement à leur place. Alors, nous en choisissons un, et l'observation réciproque commence. Lentement, très lentement, du bout des doigts, on finit par lui toucher le bout de l'aile, puis lui gratter son ventre blanc rebondi. Animaux sauvages, propriété de personne, ils nous accueillent mais restent libres. N'allons pas plus loin pour garder cet instant magique. Ces animaux pacifiques et sans défense face à l'homme ont été impitoyablement massacrés au cours de la période d'occupation de l'île par la conserverie. Les malheureux servaient d'appâts dans les casiers à langoustes.

Des piles de boîtes de conserves s'entassent sur la table du carré, tous les coffres sont vidés. Corinne a entrepris un inventaire au vu de l'escale à venir, plus longue que prévue.

–Bon, je le savais mais je voulais en être sûre : on a largement de quoi tenir jusqu'au mois de juin, sans avoir à manger exclusivement des pâtes et du riz. La seule chose dont on risque de manquer, c'est de papier toilette.

–On pourra toujours utiliser les livres qui ne nous intéressent plus.

–J'ai dit : « On risque. » On ne sera peut-être pas obligé d'en arriver au point de commencer à vider la bibliothèque !

Il fallait bien une touche d'enfer dans ce paradis. Battant des ailes, « elle » est venue s'installer sur le roof nous souhaiter la bienvenue. Sans crainte, « elle » a commencé sa visite de la cabine, pour finir par se poser dans la cuisine. J'ai échangé un regard complice avec le mousse. Sans geste brusque, je me suis emparé du torchon, et d'un geste rapide, clac, j'ai écrasé la mouche dans l'évier. Depuis, ses compatriotes nous asticotent à terre, s'invitent à bord à chaque ouverture de la porte, nous marchent sur la tête et nous bourdonnent aux oreilles. Heureusement, l'intendance avait prévu les plaquettes éradiquantes. Chaque jour, nous évacuons à la mer une centaine de leurs cadavres. Il n'y a pas de paradis parfait. Il convient d'accepter des compromis pour trouver le sien. L'aléa des mouches compte parmi le lot, à prendre tel quel, ou continuer sa route. Nous acceptons cette servitude, eu égard au bonheur d'être ici.

Une fois de plus, ce matin, le ciel bleu porte un seul petit nuage blanc, juste pour faire joli, et deux sternes pour l'animer. Les otaries grognent, en arrière-fond les gorfous jacassent et un bruit de hors-bord envahit le cratère ! Un hors-bord ?

–Un bateau !

Un Zodiac avec six militaires s'approche. Le lieutenant de vaisseau, second de l'*Albatros*, se présente. Nous l'invitons à prendre le café. L'*Albatros* est un ancien chalutier, transformé afin d'assurer le rôle de patrouilleur des pêches des Terres australes. Les ressources halieutiques de ces régions attisent les convoitises, l'*Albatros* essaye de faire respecter la législation en arraisonnant les navires pirates pris en flagrant délit de pêche illicite. Il n'était pas venu à Saint-Paul depuis des années. Invités à déjeuner à bord, nous y restons une partie de l'après-midi. « Quand passe-t-on à Saint-Paul ? » était la question posée cent fois au commandant depuis des mois. Amusant de constater une fois encore le magnétisme de cette île, drôle aussi de voir comment elle semble vite en rassasier les appétits. Une petite balade à terre, et c'est bon. Beaucoup s'étonnent de notre envie de rester trois mois alors qu'un jour leur a suffi. *Naïla* est le seul voilier rencontré par l'*Albatros* depuis plus de dix-huit mois. Champagne.

Nous racontons notre arrivée.

–Corinne voulait que l'on passe entre l'îlot de la Roche-Quille et la côte, mais c'est plein de hauts fonds.

Le commandant sourit.

Un Zodiac nous ramène à terre avec des vivres frais et du gasoil.

–Pourquoi passez-vous entre la Roche-Quille et la côte ?

–Ordre du pacha ! répond l'homme à la barre.

Le soleil continue sa course derrière l'horizon, l'*Albatros* quitte son mouillage et nous salue d'un dernier coup de sirène.

Il convient en premier lieu de prendre l'appât avant d'espérer attraper des langoustes. Néanmoins l'appât demande, lui aussi, à être appâté. Démuni la première fois, j'ai ouvert une vieille boîte de thon et l'ai posée au milieu du casier trouvé dans la cabane. En peu de temps, il était bondé de poissons bleus. Sauvé, j'avais de la boëte à offrir aux langoustes. Beaucoup plus simple, à présent, je jette à l'eau près du rivage le même casier mais vide. Dans le même laps de temps, il se garnit de petits bleus curieux. Depuis deux semaines, nous n'avons pas vu la queue d'une langouste, à douter de leur existence. À Amsterdam, tout paraissait simple: « Vous jetez le casier devant la cabane, il y a des langoustes partout ! »

Suivant ce conseil sans réfléchir, je n'ai remonté jusqu'à aujourd'hui qu'un casier vide. De deux choses l'une: ou bien les langoustes ont disparu ou bien je ne les cherche pas au bon endroit.

– Dans quoi vivent les langoustes ?

– Dans les trous de roche, je crois.

Mon regard parcourt les flancs du cratère... et s'arrête sur un éboulis de roches. J'ai fini par trouver le coin où elles se cachent. Depuis, langoustes au menu au moins une fois par jour. Un soir, je relève le casier avec quarante-neuf d'entre elles. Sous la jupe de *Naïla*, une caisse en plastique sert de vivier. Thons et morues varient nos repas, ainsi que les pieuvres ayant eu la mauvaise idée d'entrer dans le casier pour y dévorer nos langoustes.

Aucune trace pour nous guider jusqu'au sommet. Depuis plus d'un an, personne n'est passé. Est-ce qu'il vaut mieux aller à droite du rocher ou à gauche ? Monter tout droit ou partir en biais ? Plusieurs jours après notre arrivée, à la première tentative d'escalade, la fatigue, l'impression d'être dans un cul-de-sac, le vide à mes pieds, je me suis senti paralysé, pris de vertige et obligé de rebrousser chemin. Aujourd'hui, nous attaquons par un autre versant, bien décidés à réussir. Dans le passage le plus raide, je creuse des trous à coups de pied. On monte, on redescend parfois à la recherche d'une voie plus facile. Nous passons près d'un nid d'albatros, il semble sous-dimensionné. Le poussin d'une belle taille déborde de tous côtés de son piédestal. À genoux, les mains agrippées aux touffes d'herbes, nous reprenons notre souffle. Je butte sur un mur de roche, Corinne part sur la gauche et trouve la porte de sortie. Tout en haut, à deux pas du bord, le silence nous étreint et nous emporte hors du temps face à l'océan infini qui nous entoure. Les herbes et les joncs ondoient en vagues vertes sous le vent et se perdent dans les vallons jusqu'à la mer. Au nord, l'île Amsterdam semble si proche et pourtant aussi loin que le reste du monde. Il y a Saint-Paul, les animaux et nous, deux étrangers spectateurs de la vie sauvage qui règne en maître sur ce petit bout de terre, perdu au bout du monde. Tout en bas, *Naïla* paraît minuscule. On se demande comment nous avons réussi à monter jusque-là. Seuls les derniers mètres foulés sont visibles. Plus bas, rien que le vide. Immobiles, nous admirons cet amphithéâtre à nos pieds.

Nous longeons la crête, évitant les crevasses dissimulées par les fougères. Au sud, la pointe Hutchinson est minérale sur des centaines de mètres carrés, seulement des scories et des coulées de lave figées pour l'éternité, contraste de noir, d'ocres et de bleu foncé. Deux skuas, tels des vautours du désert, nous observent. L'horizon dessine une belle ligne droite; pourtant, arrivés près du rivage, des rouleaux se forment et brisent avec force.

Nous redescendons par un autre passage, où l'on devine des marches creusées dans la terre. La pente est moins raide, nous l'emprunterons dorénavant à l'occasion de nos futures randonnées. Une otarie a élu domicile sur l'un des boudins de l'annexe et ne semble pas pressée de le rendre. Quand elles ne jouent pas dans l'eau, elles passent leur journée à se chamailler ou à dormir, remontant souvent très haut les pentes herbeuses pour trouver un coin tranquille. Attention où l'on met les pieds! Corinne en a fait l'expérience. Une otarie, peut-être sortie trop rapidement du sommeil, l'a chargée. Tombée à terre, elle voit déjà les crocs lui saisir la cheville. Un coup de bâton bien placé sur le museau, et la bête abandonne. Ce genre d'attaque ne se reproduira jamais. Cet incident n'empêchera pas Corinne de se baigner un après-midi au milieu des otaries curieuses, pas trop rassurée tout de même quand une grosse mémère vient la renifler.

Les réservoirs recueillant l'eau de pluie aux deux extrémités de la cabane sont verts d'une eau putride. Nous entamons le grand nettoyage d'une cuve, la vidons et la décapons. Au fond gisent des souris décomposées. Berk! L'eau chocolat recueillie à la première pluie nous laisse perplexes. Je comprends pourquoi une fois sur le toit de la cabane: les gouttières sont à moitié remplies d'une mixture boueuse et puante, que j'évacue à grosses poignées.

Le soleil nous quitte lentement, le soir arrive et, une fois de plus, nous n'avons pas vu la journée s'écouler, prenant le temps d'écouter, d'observer, vivant à un rythme oublié ailleurs. Une vie simple qui occupe chaque instant. La lune émerge de l'horizon sous le cri des animaux. Cri n'est pas vraiment le mot convenant aux otaries. Elles aboient, éternuent, grognent, hurlent, les plus petites bêlent. On croirait entendre un troupeau de moutons, un chien de garde, et une brebis succombant, égorgée par le loup. Les étoiles les plus lumineuses dansent avec les reflets de la lune, sur le miroir de la baie.

La journée a commencé par mon tour au casier. J'y vais en longeant de près la côte, j'observe les otaries dans leurs ablutions matinales. Quelques-unes me suivent, elles sont un peu comme les dauphins, peut-être s'habituent-elles à mon passage chaque matin, cela doit les rendre moins timides, elles obéissent maintenant à leur curiosité.

Neuf langoustes assez petites, plus une pieuvre. Je rejette les cinq plus vivaces et garde celles estropiées par l'intruse. La pieuvre s'enroule autour de ma botte, je la garde aussi, elle variera les repas. Bien battue, sa chair se révèle moelleuse et succulente.

Les langoustes cuisent, je suis assis sur le banc de la cuisine dans la cabane. Une souris est entrée par un trou dans un coin de mur, un espace entre tôles et parpaings, leur porte. Elle longe le bord des meubles, passe sous le frigo puis ressort. Pas grand-chose à se mettre sous la dent par là. Elle renifle une mouche crevée puis monte sur un manche de balai. « Coucou ». Elle me regarde, se jette dans le vide et s'enfuit. C'est mignon une souris, mais quand elles sont des dizaines comme ici, quels dégâts. Elles ont entamé les briques de lait et de jus de fruits qui, en s'écoulant sur les étagères, ont attiré des milliers de mouches. Le tout a fermenté et pue le vin. J'ai trouvé deux tapettes, la guerre est déclarée.

Derrière la baie vitrée, j'embrasse du regard le cratère tout entier. Je feuillette un vieux magazine laissé sur la table par les derniers visiteurs. Les articles paraissent d'un autre monde : une description de la maison du bonheur, le réfrigérateur qui passe commande au supermarché, la porte intelligente où l'on peut enregistrer des messages en votre absence, les murs d'images, l'assistance culinaire par Internet. Et le must : la caméra qui permet de savoir par l'intermédiaire d'Internet qui est à la maison… Pour tout cela, que d'années de métro !

Travailler pour acheter. Le travail peut être une drogue, il empêche de méditer sur la fuite du temps, ses rêves abandonnés et la voie sans issue où l'on s'est engagé. Pourtant, le bonheur, c'est un baiser, un mot d'amour, un instant fraternel ou de contemplation. Les rares instants où l'on touche à la félicité absolue sont les plus immatériels et gratuits qui soient. Au lieu de foncer tête baissée, l'homme devrait regarder un peu plus autour de lui. C'est sans aucun doute dans les moments les plus simples qu'il y a le plus de satisfaction.

Nous sommes là depuis un mois et n'éprouvons même plus l'envie d'écouter la radio. Notre projet de rester à Saint-Paul deux semaines seulement, quelle absurdité ! Pour être honnête, je devrais dire « mon » projet. Corinne n'est pas un forçat de la route à mon image, la tête dans le guidon, foncer, continuer toujours plus loin, la fuite en avant. Le tour du monde, le tour des choses sans chercher à y entrer. La définition du dictionnaire est claire : « Tour, de tourner, dimension de la ligne fermée qui constitue la limite extérieure de quelque chose. » La vie est une belle aventure à vivre, pas à courir, je le comprends un peu plus chaque jour ici. Je suis toujours à cette table de cuisine couverte d'une toile cirée trouée, assis sur le banc. Devant la cabane, les otaries se chamaillent, les petites jouent, *Naïla* se balance à peine poussé par le vent. Je le trouve beau, mon bateau chargé d'histoires, patiné d'amour et d'efforts. La route que l'on a déjà couverte ensemble, le travail qu'il a représenté… Je le trouve beau amarré en étoile. Les aussières se tendent les unes après les autres, sortent et entrent dans l'eau comme les doigts d'un pianiste, il joue une musique pour mon cœur.

Puis-je dire que je parle à mon bateau ? Pas à haute voix en tout cas ; c'est plus intime, à la manière d'une pensée. Quand je nettoie le bordé au tampon abrasif sur des bosses, des éraflures qui ont marqué l'alu, ma main semble frotter moins fort, masser plutôt ses cicatrices douloureuses, caresser ces souvenirs.

Après mon tour du monde, chaque fois que je devais quitter *Naïla* après quelques jours passés à Fécamp, j'appuyais ma joue contre le mât: « À bientôt. » J'ai toujours ce petit chaud au cœur quand je le revois, que ce soit après des semaines ou simplement des heures de séparation. Ce n'est pourtant qu'un tas de tôles, mais aussi la sueur du travail mêlé au rêve, la souffrance aussi. Je ne conçois pas de naviguer sur un bateau sans l'aimer, naviguer seulement pour la mer, l'envie du décor et du voyage. J'ai besoin de plus, besoin d'aimer, de caresser cette monture, comme un cheval qui me permet le voyage.

Les langoustes sont cuites. Avant de verser l'eau bouillante dans l'évier, je jette un œil par la fenêtre pour vérifier qu'aucune otarie ne dort sous la sortie du tuyau d'évacuation.

Chaque jour après le petit déjeuner, nous partons en randonnée ou en annexe à la découverte de la caldeira. De l'autre côté de la passe, une dizaine d'éléphants de mer s'adonnent au farniente, vautrés sur le sable ou le corps en partie immergé. L'un soupire, l'autre éructe. Pris d'un bâillement, une gueule béante laisse entrevoir de longues canines. À intervalles réguliers, ces pachydermes sont pris de soubresauts, genre d'éternuements destinés à chasser les hordes de mouches entrées dans leurs narines. Évitons de rester dans la trajectoire ! Au début, nous n'osions pas trop les approcher, puis à la vue de leur lent déplacement, nous allons jusqu'à leur gratter le ventre.

–Corinne, tu voudrais pas t'asseoir sur son dos pour la photo ?

–Faudrait peut-être pas abuser !

Plus loin, des sources chaudes s'écoulent entre les rochers à marée basse. Empilant des pierres, nous fabriquons une baignoire où nous viendrons prendre plusieurs bains, accompagnés du crépitement d'un grand feu de bois. La côte est parsemée de morceaux de l'ancienne cabane éparpillés par le vent. Le crépuscule nous rappelle à bord.

Les interrogations, les épreuves de la traversée, tout est oublié. Nous rêvions à cette escale, elle est là, nous savons déjà qu'elle nous laissera une trace indélébile sur la rétine des souvenirs.

Depuis des jours, Corinne surveille de loin un jeune albatros hurleur sur son nid, elle caresse l'espoir d'assister à son envol. Ce matin, elle abaisse les jumelles et me regarde attristée :

– Il n'est plus là.

Il est parti pour l'aventure, son long voyage initiatique à sillonner l'océan. Il ne retrouvera la terre qui l'a vu naître que dans sept ou huit ans, une fois devenu mature. Jusque-là, seuls l'horizon et la mer seront son paysage. Une autre grande aventure l'attendra à son retour : trouver la compagne à laquelle il restera fidèle les quarante ou cinquante ans de sa vie d'adulte.

Pour consoler Corinne, je lui conte l'histoire d'une équipe de cinéastes animaliers qui tournait un documentaire sur un couple d'albatros, de la parade amoureuse à la naissance du petit, les étapes de sa croissance, quasiment une année de suivi. Il ne manquait plus que son envol. Le moment fatidique approchait, les hommes se relayaient, prêts à enclencher la caméra à chaque fois que le petit agitait les ailes. L'oiseau étant bien calme sur son nid, le cadreur s'absenta juste le temps de satisfaire un besoin naturel. C'est l'instant que choisit l'albatros pour déployer ses ailes et quitter le nid.

La fin de l'été austral approche, les manchots en petits groupes rejoignent l'océan. Ils sautent de rocher en rocher, parfois sur le dos d'une otarie endormie qui ne tarde pas à leur montrer ses crocs. Tout beaux dans leur nouvel habit, ils semblent se rendre à une soirée, vêtus de leur queue-de-pie. Nous sommes un peu tristes, les gorfous sont les habitants les plus mignons et les plus drôles de Saint-Paul.

Dans les vestiges de la conserverie, nous découvrons une jeune otarie tombée au fond d'un trou béant de plusieurs mètres. Deux gros yeux noirs pleins de détresse nous regardent. Retour au bateau chercher un cordage.

Une fois descendu dans la fosse, elle s'approche de moi, méfiante, son museau me renifle. Je la caresse, elle ne bouge pas. Je sens qu'elle sait, malgré sa peur. Son seul salut repose sur moi.

– Tonton va te sortir de là, mais il faut passer la ficelle autour de tes pattes.

Elle me regarde, se laisse faire. Instant d'émotion inoubliable.

Remonté hors du trou, je n'ai plus qu'à la hisser. Aussitôt au sol, elle tire à la manière d'un chien sur sa laisse, à la recherche de maman. Affamée, elle se dirige vers une femelle qui la chasse sans ménagement, mais les tétines sont décidément trop attirantes : museau à terre, elle s'avance de nouveau subrepticement. Sans pitié, la grosse dame lui mord l'arrière-train. Cette fois, notre petite a compris et s'en va chercher plus loin. Une autre jeune s'intéresse aux deux animaux sur longues pattes que nous sommes, elle nous suit dans la cabane, trempe ses moustaches dans la cuvette où Corinne lave le linge. Si le baquet était plus grand, elle y plongerait volontiers.

Les tapettes tournent à plein régime, le chiffre de cent souris est dépassé depuis belle lurette. Au début, j'installais un appât sur le piège, technique abandonnée depuis longtemps. À présent, je pose simplement la tapette sur leur chemin. La nourriture doit manquer, elles n'hésitent pas à grignoter leur congénère morte prise au piège.

Chaque matin depuis deux mois, assis à la table dans la cabane, mes yeux parcourent le journal, les nouvelles vieilles d'une année. Quelle importance, l'essentiel ne se situe pas à ce niveau. Je me souviens d'un matin de ville où je n'avais pas à aller travailler. Je m'étais pourtant levé à la même heure que d'habitude, pris le volant comme d'habitude, entré au bar près du travail, serré la main de collègues et commandé un café comme d'habitude. Mais au lieu de l'avaler, je l'ai tranquillement savouré en conversant un temps avec la serveuse. Un journal était posé sur le bar, je l'ai ouvert y plongeant ma sérénité. Le reste de mon café fumait sur le comptoir. J'ai ressenti un bonheur incommensurable. Des secondes de plénitude, j'en ai connu d'autres, tombées du ciel sans m'y attendre, en mer après des jours de lutte et de fatigue, flash de bonheur, seconde d'éternité. Combien de fois dans une vie est-il donné à un homme de se sentir heureux ? Je le suis ici, à Saint-Paul, et bien conscient de l'être.

L'air semble avoir vibré d'un son inhabituel. Je sors, Corinne est dans le cockpit.

– Tu as entendu ?

– Oui, trois coups de sirène.

Je rejoins la jetée naturelle, et j'aperçois un petit chalutier blanc se dandiner au large.

– Y'a un bateau.

De retour à bord, Corinne me presse de questions.

– Il est grand ?

– Vingt-cinq, trente mètres !

– Quelle nationalité ?

– Je ne sais pas. Je monte dans le mât avec les jumelles.

– Alors ?

– Une seconde !

– Ça fait deux mois qu'on n'a vu personne, ça fait bizarre.

– C'est *La Curieuse*.

Contactés à la VHF, ils ne peuvent malheureusement débarquer. Causée par le mauvais temps de ces derniers jours, une barre ferme l'entrée du cratère. Ils nous apprennent que le *Marion-Dufresne*, qui assure le ravitaillement et la relève du personnel technique des Terres australes et antarctiques françaises, fera escale ici après-demain. Nous pouvons préparer notre courrier.

– Tu penses qu'il y aura beaucoup de monde ?

– Bah… Les touristes plus la relève des bases de Crozet et de Kerguelen, les otaries risquent d'avoir du mal à circuler autour de la cabane.

Le lendemain matin :

– Tu as entendu siffler ? me demande Corinne.

– Ce doit être une otarie !

Elle se lève et regarde par le hublot. Deux hommes en ciré debout dans un Zodiac se tiennent près de *Naïla*. Jeanjean et Tintin arrivent de *La Curieuse*, revenue mouiller devant l'île ce matin. Nous les invitons à prendre un café à bord.

– D'où venez-vous ? nous demande Jeanjean.

– De Fécamp.

– Je suis né à Fécamp !

Nous commençons à parler de cette ville, puis d'autres choses et le temps passe.

– Il est quelle heure ? s'inquiète soudain Tintin.

Nous nous regardons avec Corinne, comme si nous venions d'être pris en défaut.

– Euh… En temps universel, 6 heures, à notre heure, midi, mais l'heure exacte du fuseau horaire de Saint-Paul… on ne sait pas !

Nous autres humains avons des habitudes ancrées depuis l'enfance, même devenus nomades, on ne peut facilement s'en départir. Petit déjeuner à 7 heures, déjeuner à midi, dîner à 8. En revanche, Corinne et moi ne nous gênons pas pour décaler les aiguilles de l'horloge à notre convenance, et profiter ainsi le plus possible du soleil.

– Le soleil est déjà haut pour 7 heures !

– On pourrait se lever une heure plus tôt.

– T'as raison, avance donc la pendule d'une heure !

Jeanjean appelle *La Curieuse* à la VHF.

– Il est quelle heure ?

– Ils n'ont pas l'heure à bord du voilier ?

– Euh… Si, si, mais je t'expliquerai.

– 10 heures.

Invités à déjeuner à bord de *La Curieuse*, nous repartons avec Tintin et Jeanjean. Comparé à l'*Austral* ou à l'*Albatros,* le bateau paraît minuscule avec ses vingt-cinq mètres. L'équipage est composé de six personnes, plus trois scientifiques qui repartent sur le *Marion-Dufresne* demain. Nous ne sommes plus habitués au roulis et avons besoin d'horizon. Les petits hublots du carré nous sont insuffisants.

À la passerelle, nous respirons de nouveau. Nous déjeunons de langoustes, ce qui ne change pas de nos habitudes, bien que l'on ne se lasse pas de ce crustacé.

Ce matin, la masse imposante du *Marion-Dufresne* est mouillée devant le cratère. Un Zodiac embouque la passe et vient se ranger, moteur rugissant, contre *Naïla*.

– Salut ! Peter Crunelle.

« Belmondo » en pleine action.

Sortis d'un sac, il me tend huit yaourts aux fruits. Le Zodiac, c'était l'arrivée « en douceur ». Maintenant, le débarquement proprement dit commence. Le rotor de l'hélicoptère vrombit dans le cratère, les otaries affolées s'enfuient en tous sens. La machine infernale fait place nette. Quinze rotations de quatre personnes chaque fois, soixante envahisseurs sur « notre » île en moins d'une heure. Les otaries ont disparu au diable vauvert. Heureusement, notre bord reste un îlot inaccessible.

Je reconnais Manu, le toubib d'Amsterdam. Nous l'invitons à bord avant de descendre à terre, conviés par Peter à la grillade-party. Poulet, merguez et chipos, ça change de la langouste et du poisson. Un touriste, la casquette visière sur la nuque, s'approche :

– Depuis combien de temps êtes-vous là ?

– Deux mois.

Ses yeux font le tour de la caldeira et reviennent sur moi. Long silence.

– Deux mois, ici ?

J'imaginais plutôt qu'il me dirait : « Quelle chance vous avez ! »

– Oui, et nous y restons encore un.

Cela dépasse son entendement. Après un tour en hélico, quelques photos et une merguez, je sens son impatience de rembarquer sur le *Marion*. Il a tout vu, pourquoi moisir ici ? Comme s'il était possible de voler un moment de vie sauvage pour l'emporter à consommer au loin. Venu d'un touriste, je peux concevoir cette vision des choses. Par contre, j'ai du mal à comprendre qu'un homme de retour d'une mission d'un an aux Kerguelen puisse dire :

– J'ai parcouru le cratère en trois heures, c'était suffisant !

Le renard aurait dit au petit prince : « On ne voit bien qu'avec le cœur, l'essentiel reste invisible pour les yeux. »

Pour voir Saint-Paul, une journée peut être trop longue, ou deux mois pas assez. Tristesse de se contenter de voir. Le bonheur est une quête, inaccessible aux aveugles des sentiments profonds.

Peter me prend par le bras.

– Viens par là !

Nous entrons dans la réserve, c'est lui qui a construit cette cabane et gère son approvisionnement. S'est-il aperçu que nous avons pris deux boîtes de crème de marrons dont je rêvais ?

– Tu vois tout ça ! dit-il en me désignant les étagères remplies de conserves. Avant de partir, vous ferez le plein du bateau. Évidemment n'emportez pas tout, tu me donneras juste la liste de ce que vous aurez pris quand on se reverra à La Réunion.

Petite compensation pour nous remercier de garder les yeux ouverts sur la présence d'éventuels lapins. Toutes les boîtes sont périmées, certaines depuis des années. Manu me « rassure » :

– Dans les bases, nous recevons souvent les conserves en limite de péremption. Si quand tu ouvres, ça ne fait pas pschitt… c'est bon !

Le soir venu, le *Marion-Dufresne* disparaît à l'horizon, les otaries reviennent peu à peu, nous retrouvons ensemble la tranquillité.

Depuis quelque temps, nous envisageons d'aller jusqu'aux Quatre Collines. Le ciel a l'air propice aujourd'hui. À présent, le chemin est tracé, la montée plus rapide. Les gorfous ne sont plus là pour nous amuser à mi-pente. Un fin gazon commence à pousser à travers l'amas de plumes. Le vent les fait virevolter telles des bourrasques de neige. La montagne, sous sa couette de duvet, s'endort pour l'hiver. Le vent est fort, fatigant. Nous arrivons aux Quatre Collines après deux heures de marche. Du quatrième volcan égueulé s'écoule une large saignée rouge jusqu'à l'océan. La mer bat violemment le pied des falaises, pulvérisant en permanence l'île d'embruns.

Peter nous avait dit : « Vous y allez sans rien. Il y a de la bouffe sur place dans deux caisses en bois, vous pouvez même y dormir. On s'en servait de hutte au cours de l'éradication. »

Malheureusement, les couvercles ont été arrachés par le vent. Les matelas sont détrempés, le réchaud définitivement hors d'usage. Les conserves, dont les étiquettes ont disparu, sont rouillées également. Les seules d'apparence encore convenables, si l'on peut dire, sont des pâtées pour chiens ! Dans une touque, les biscuits et le chocolat sont périmés depuis trois ans. Installés à l'abri du vent, j'ouvre une boîte de rillettes que Corinne, méfiante, a prudemment emportée.

Le sol vibre sous l'assaut des vagues battant la falaise.

– Regarde ce que j'ai trouvé !

– Des crottes de lapin ?

– Ça m'en a tout l'air.

Peter nous avait prévenus qu'il soupçonnait la présence d'un lapin dans ce secteur et d'un autre sur les flancs intérieurs du cratère. La découverte de Corinne confirme au moins l'existence de l'un deux. Si le deuxième est en vie et qu'ils forment un couple, l'éradication est compromise.

– J'en prends un échantillon pour en parler à Peter quand nous serons à La Réunion.

– Si tu veux, mais on le laissera dans la cabane.

Je reconnais être superstitieux. Un peu de tradition que diable, alors emmener des déjections de « lap… », jamais !

J'étais à Fécamp lors d'un gros coup de vent d'hiver. Tous les bateaux stockés à terre sur ber avaient résisté à la tempête. Un seul gisait, basculé sur le sol, son propriétaire avait eu l'inconvenance de l'appeler *Lapin Rose*.

Le ciel s'obscurcit, une averse s'abat au loin, nous repartons mais le rideau de pluie nous rattrape. À l'abri d'un bloc de lave, serrés l'un contre l'autre, la capuche du ciré relevée, nous attendons la fin du déluge. « J'ai connu des lits de camp bien plus doux qu'un oreiller, et des festins de roi sur le zinc d'un buffet de gare», chantait Joe Dassin. Un baiser sous la pluie.

Un bonnet de nuages couvre Saint-Paul. Le soleil levant illumine la baie, lui donnant une couleur émeraude, contraste du vert éclatant et du gris sombre bleuté accroché aux lèvres du sommet. À peine le temps de me préparer un chocolat chaud et la fenêtre lumineuse s'est refermée. Corinne se retourne sur la couchette, me sourit et s'enroule à nouveau dans la couette. Je sors pour ma promenade du matin, l'air frais et humide sent l'automne. J'aime ces instants matinaux, j'y redécouvre le cratère et ses habitants chaque jour. La bruine voile l'atmosphère annonçant une journée de farniente auprès du poêle. Rentrons vite, le petit déjeuner m'attend à bord.

Des vents violents déboulent des sommets, le bassin se frise de moustaches blanches, un tourbillon d'embruns ressemblant à une mini-tornade se forme, se déplace et disparaît. *Naïla* s'incline, une bouteille sur la table se renverse. Le vent siffle, l'éolienne ne demande qu'à s'arracher de son support, une amarre de cent mètres se soulève au-dessus de l'eau, des vaguelettes clapotent sur le bordé, puis l'accalmie revient, jusqu'à la prochaine bourrasque.

Une nuit, le hurlement des otaries nous réveille. Vers le sud caché par l'île, le ciel est lumineux comme si une ville s'y dissimulait. Tombant des étoiles, un drapé de rouge colore la voûte céleste. Une aurore australe! Incroyable, je ne l'imaginais pas possible sous cette latitude. Une épée dorée transperce le ciel, d'où bientôt une tache rosée s'écoule, grandit, se déplace puis lentement disparaît pour renaître plus loin. À peine pris le temps d'enfiler un pull, nous restons un long moment dans le cockpit, debout comme pour ovationner le spectacle.

Naïla a encore passé une nuit à danser avec les rafales. Réveil tardif, on se rattrape du sommeil agité. La météo paraît bonne, le front s'éloigne. Un anticyclone s'approche doucement et nous envoie un vent de sud. Nous aimerions encore rester, mais le mois de mai est déjà là, une occasion pareille ne se représentera peut-être pas avant longtemps. Un mot sur le livre d'or et nous refermons la porte de la cabane pour la dernière fois. Le temps de ranger les amarres, relever les ancres, nous partons.

–Regarde !

Un arc-en-ciel jailli du cratère se jette d'une rive à l'autre. Partant de chacun des pieds à l'horizontal, les couleurs du spectre viennent jusqu'à embrasser le bordé de *Naïla*. Saint-Paul nous dit au revoir, il nous plaît de penser ainsi.

Nous quittons notre île après trois mois d'escale.

–Je sors directement ?

–Non, fais un dernier tour du cratère, le temps que je range *Caliméro*.

Une boule d'émotion me bloque la gorge. Je la dissimule en calant mon œil dans le viseur de la caméra. Je m'approche de Corinne, elle garde la tête baissée, les larmes aux yeux.

–Je ne pourrai pas parler.

–Alors on ne parle pas, il n'y a rien à dire.

J'arrête la caméra, la pose sur le siège de la timonerie et je prends mon poussin dans les bras.

L'image du paradis est souvent associée à la chaleur des tropiques alors qu'il est partout où on sait le trouver. La houle nous attend au sortir de la passe. Après une heure de moteur, l'extrémité nord de l'île passée, le vent de sud nous emporte vers l'île de La Réunion.

Ils aimaient s'envoyer des messages,
Car ils avaient le même âge.
Peut-être qu'ils se comprenaient,
Car c'était le 13 mai
De la même année
Qu'ils étaient nés.

9. RENCONTRE AVEC VULCAIN

Depuis neuf jours et notre départ de Saint-Paul, le vent s'est montré généreux. De travers ou arrière, il pousse *Naïla* à belle allure vers l'île de La Réunion. L'anticyclone semble s'être immobilisé à notre intention, le temps de nous laisser remonter vers le nord et d'attraper ce qui ressemble de plus en plus aux alizés. Grâce à ces superbes conditions, Corinne rayonne de bonheur et vit enfin une vraie navigation de plaisir. De plus, nous voguons vers une île dont elle a déjà apprécié les charmes ; elle se réjouit à l'idée de me les faire découvrir. Hier, j'aurais voulu lui chuchoter à l'oreille : « Les alizés ! » La peur superstitieuse de l'entendre répéter tout fort « Ah bon, les alizés, c'est super ! » m'a retenu. Une tempête australe aux grandes oreilles aurait bien pu nous envoyer un vent contraire et le coup de pied au cul d'une houle vicieuse pour nous montrer qu'elle était toujours prête à répondre. Après l'appontage d'un poisson volant cette nuit, aucun doute ne subsiste.

–Corinne, je crois bien que ce sont les alizés !

Elle pose un doigt sur ses lèvres :

–Chut, ne le dis pas trop fort !

Cette nuit, la lune commence à être grosse, elle sera pleine à notre arrivée sur l'île de La Réunion. « Joyeux anniversaire ! » Corinne a planté deux bougies dans le gâteau préparé ce matin. L'avantage d'être nés le même jour est que nous ne risquons pas d'oublier l'anniversaire de l'autre.

–J'ai accroché le seau sous la bôme pour rien. Je suis sûr que si je ne l'avais pas installé, il aurait plu !

–Tu crois que les nuages l'ont fait exprès?

–Parfois, ils s'amusent en faisant l'inverse de ce que l'on attend d'eux. De même concernant le vent, il suffit de dire un peu trop fort: «Je suis content de ce vent portant», pour qu'il lui prenne l'envie de tourner debout!

–Tu ne serais pas un peu trop superstitieux?

–Tu t'es regardée, ça fait des mois que tu n'écris plus à tes parents qu'il fait beau.

–Plusieurs fois, il a plu après.

–Et toi, tu ne deviendrais pas superstitieuse?

La température atteint des records: 30 °C à l'intérieur. On se sent ramollis. Corinne, affairée aux fourneaux, se retourne le visage ruisselant de sueur:

–Tu sais, je pourrais préparer de superbes salades composées.

–Bonne idée, salade demain. En attendant, viens que je te passe un gant d'eau «fraîche» sur le museau.

Sourires.

L'île apparaît sous une chape de nuages noirs.

–C'est ça ton île merveilleuse?

–Tu verras, l'atmosphère est complètement différente à terre.

Nous arrivons à Port-des-Galets à la tombée du jour et trouvons une place à quai. Un homme prend nos amarres:

–Vous arrivez d'où?

–De Saint-Paul.

–Ah!

Plusieurs fois, on nous demandera notre provenance et, à la réponse Saint-Paul, toujours le même «Ah!» Jusqu'au jour où nous comprenons: Saint-Paul est une ville située à dix kilomètres d'ici!

Quel imbécile, on ne s'est pas amarré à un quai depuis des mois, la marée est descendue, *Naïla* reste suspendu aux amarres tendues à bloc. J'imagine les mecs planqués derrière les rideaux dans leur bateau et morts de rire. Heureusement, ce n'est qu'un rêve. Je sors vérifier malgré tout. Je me recouche avec délice. Huit heures de sommeil. Extraordinaire le bien-être procuré par une telle nuit.

–À quoi penses-tu ?

–J'essaye d'imaginer Jean.

Jean, radioamateur, habite La Réunion. Nous avons été en contact journalier au cours de mon tour du monde. Il relayait les conversations avec mes trois « papys » de France lorsque les liaisons devenaient trop mauvaises. Je lui téléphone :

–Je ne sais pas si vous vous souvenez de moi. Je suis Alain…

–L'imbécile ! Bien sûr que je me rappelle de toi. Où es-tu ?

–Au Port, à La Réunion.

–J'arrive. Tu ne m'as jamais vu mais, t'inquiète pas, je te reconnaîtrai !

Jean arrive et c'est comme si nous nous connaissions depuis des années. Nous nous retrouvons alanguis à la terrasse de sa maison en compagnie de sa femme, Armande. Des margouillats courent au plafond, un caméléon paresse dans un hibiscus, nous déjeunons en regardant des centaines de tisserins manger leur kilo de riz quotidien sur la pelouse.

Un rat s'est introduit à bord, Corinne dans son sommeil l'a senti venir lui baiser la main. Branle-bas de combat ce matin pour mettre à l'abri tous les produits accessibles à ses dents. Il a déjà entamé farine, pommes de terre, papier toilette,… Un voisin nous prête une tapette que nous appâtons la nuit venue d'une rondelle de saucisson sec.

La tapette se déclenche dans un raffut du diable. Nous restons sans bouger, le drap relevé jusqu'au nez, comme deux enfants pétrifiés dans leur lit par la peur d'un fantôme. Le bruit cesse. J'ouvre lentement le coffre, craignant encore qu'un monstre me saute au visage.

L'intrus est mort. Ouf. Dorénavant, nous fermerons tous les capots de pont la nuit.

Brève conversation avec un homme accoudé au comptoir de la buvette du port.

– Vous faites le tour du monde, vous avez de la chance, vous êtes riches !

Cet amalgame m'exaspère. Le train passe pour tout le monde, il faut oser y monter au lieu de rester sur le quai. Malheureusement, la destination n'est pas garantie. Alors, on s'invente mille chaînes de peur d'abandonner ce que l'on tient, toujours avec des raisons valables. Il y a pourtant de la place pour tous les volontaires dans le train de la vie.

Une cigarette grille dans le cendrier. Une bière à la main, il attend ma réponse. À quoi bon, je souris :

– Eh oui. Nous avons la chance d'être riches !

Riches, mais pas de cette richesse qu'il imagine.

Quand j'étais môme, ma grand-mère me donnait cinquante centimes chaque soir quand je lui rapportais une timbale de lait de la ferme. Je notais dans un cahier : « Lundi – lait 50 centimes, Mardi – lait 50 centimes. » Parfois une rentrée inopinée : « Samedi – taillé les troènes 10 francs. » J'alignais des chiffres et je comptais mes pièces, pas tel l'avare pour le plaisir de l'argent, mais pour le rêve. Je rêvais déjà au petit bateau qu'un jour ces pièces me permettraient d'acquérir, et plus loin encore, je rêvais à l'aventure.

Un voyage de mille kilomètres commence toujours par un pas.
Lao-Tseu

Quand j'ai largué les amarres la première fois, il me restait 22,50 francs en poche. Rentré au bout de six mois et ne m'étant arrêté nulle part, je disposais toujours de cette somme. Les premiers mois après le retour ont été difficiles, mais si j'avais attendu d'avoir toutes les sécurités financières possibles, je ne serais jamais parti, et ne serais sans doute pas là aujourd'hui. L'argent n'amène pas au départ, mais l'envie de partir permet d'en trouver les moyens.

Les voyages forment la jeunesse et la volonté déplace les montagnes. Il suffit d'y croire. L'argent aide à acheter sa liberté, il n'est cependant pas le moteur du projet. Corinne et moi sommes riches de notre existence. Nous vivons avec peu d'argent, mais heureux.

Faute d'une bonne brise de volonté, beaucoup de bateaux sont encalminés au port depuis des années, d'autres ont changé de propriétaires. Ils hésitent à se lancer, regrettant sans se l'avouer le temps où ils n'y songeaient qu'en rêve. En mer, un bateau vit ; il supporte le mauvais temps, la chaleur, le manque de vent, il avance, il n'avance pas, mais il est roi. Au port, tout se transforme très vite. Attaché devant, derrière, on lui branche un câble qui le relie à une borne électrique. Un tuyau d'eau fait office de sonde, une climatisation ronronne sur le pont, et lui, quelque temps plus tôt encore roi des mers, se mue en malade. Certains sentent le danger et tirent sur leurs amarres pour tenter de retrouver la liberté, on les punit en leur installant des gros ressorts de fer semblables à des chaînes aux pieds, des « amortisseurs » ils appellent ça. Alors, beaux voiliers d'antan, leurs peintures pâlissent, les mécaniques se dégradent, et ils se laissent mourir. Les grandes marinas couinent de ces agonies et finissent par ressembler à des cimetières ; on y trouve énormément de carcasses, mais plus l'âme de voiliers.

En venant de Saint-Paul, nous arrivons du paradis avec seulement à gérer notre sécurité et celle de *Naïla*. Ici, c'est un retour au monde des hommes avec toutes ses tracasseries et ses misères. Dur de comprendre des personnes qui ont les outils de leur liberté mais hésitent à s'en servir. Peut-être n'ont-ils pas trouvé la clef. La peur de l'inconnu, la crainte d'abandonner son quotidien sécurisant… Il faut se faire violence, essayer puisque l'on y songeait si fort, et puis insister. Quelques jours sont insuffisants pour se libérer du poids des doutes, les mirages sont encore trop éblouissants. L'inconfort du départ enjolive les beaux souvenirs de l'existence passée en occultant les mauvais.

La première fois que j'ai pris la mer, la seule chose qui m'a retenu de rentrer était la honte que j'aurais ressentie face au regard des autres, des copains, de ma famille. Je les avais tant bercés de voyages, de tours du monde, alors m'arrêter après la première nuit…

Je m'étais donné un objectif raisonnable : rejoindre les îles Canaries. Plus d'histoires de tour du monde, seulement atteindre les îles Canaries. Avant d'y arriver, j'avais presque oublié cette lourdeur du départ. Alors j'ai poussé jusqu'aux îles du Cap-Vert. Avant d'y être, j'étais bien en mer, j'étais parti. Devant quelque chose de trop grand, mieux vaut ne pas l'aborder dans son ensemble. Se donner un objectif raisonnable aide à progresser vers le sommet. Le camp de base, c'est partir, ensuite à chacun de décider de ses camps intermédiaires en chemin vers son Everest. L'Everest de l'un ne représente peut-être qu'une colline pour un autre, et alors ? Devraient fleurir autant de rêves que d'hommes. La plus grande difficulté d'un voyage est de prendre la décision du départ. Une fois en route, on s'adapte toujours d'une manière insoupçonnée.

L'escale ne devrait jamais s'éterniser, l'escale « civilisée », celle qui nous attache à un ponton trop confortable, où plus le temps passe, plus larguer les amarres devient difficile. Il arrive un moment où ce n'est plus une continuité du voyage mais un réel nouveau départ qu'il convient d'envisager. La civilisation a eu le temps de nous reprendre en main.

Ma mère m'apprend le suicide d'un ancien camarade de classe. Ce n'était pas un copain, pourtant cette nouvelle m'attriste. Il avait des parents aisés, des possibilités d'accomplir sa vie. Il lui a manqué une passion. J'ai de la chance, pas la chance d'avoir un bateau, de voyager. La chance d'être passionné. Avoir un rêve permet de vivre la vie. J'ai le sentiment qu'elle sera trop courte alors que lui l'a déjà trouvée trop longue. Est-on plus heureux si l'on doit se décarcasser pour aller vers son accomplissement ? Si mes parents avaient pu m'aider financièrement, aurais-je été moins heureux ? Je ne le pense pas, mais comment raisonner à la place d'un autre ?

La vie est un labyrinthe dans lequel une succession de choix s'offre à chacun. Une passion, un projet, c'est le fil d'Ariane qui nous guide et rend belle la traversée. Pour être heureux, il faut apprendre à se connaître pour s'accepter. Sans chercher à ressembler à un autre, mais trouver l'harmonie en soi. Il doit exister de multiples chemins vers cette quête. Peu importe comment l'on si prend, l'essentiel est d'être aussi heureux que possible, car on ne dispose que d'une seule vie.

Nous sommes invités à déjeuner à bord de l'*Albatros* par le nouveau commandant. Nous avons un peu l'impression d'être pris pour des phénomènes, comme s'il était extraordinaire d'être restés trois mois sur l'île Saint-Paul. Nous apprenons qu'après nous avoir vus sur l'île, chacun à bord y allait de son pronostic sur la durée de notre séjour: trois semaines, un mois, deux mois. Personne n'avait imaginé trois. Nous y serions bien restés six, si l'approche de l'hiver ne nous en avait pas chassés. Des moments de pur bonheur qui ne sont pas transmissibles, et donc difficiles à comprendre pour ceux qui ne les vivent pas.

Comme chaque soir, le bitume de l'aire de carénage est inondé d'une grande flaque. Henri vient de prendre son bain. À bord de son bateau de douze mètres en acier qu'il a construit, ce bricoleur du diable a installé une baignoire.

–Au début, je pensais en faire ma couchette de mer! me dit-il à notre première rencontre.

Il n'est pas trop le gars à perdre du temps sur les finitions des aménagements intérieurs. Les siens sont des plus spartiates, bruts de décoffrage dans tous les sens du terme. J'ai remarqué des restes de béton collé sur certains panneaux de contreplaqué brut.

–Je n'ai pas eu le temps de finir de les gratter, ils ont servi au coulage d'un mur de la maternelle de mon patelin. Le chef de chantier est un copain.

La motorisation est originale.

–Le fermier, qui est un pote d'école, changeait de moissonneuse-batteuse, j'ai récupéré le moteur de la vieille, il tourne comme une horloge; le seul inconvénient est la place qu'il prend.

L'intérieur est un capharnaüm de seaux, de seaux et de seaux, pour les outils, le matériel, tout en vrac.

– Ah ça, faudrait pas que je me retourne avec mon barlu !

Henri est un peu bordélique, dirons-nous, mais il a le mérite de naviguer six mois par an ; l'autre semestre, il le passe sur les routes de France au volant d'un camion dans son emploi de routier. J'aime ces personnes qui, avec pas grand-chose, s'invente une existence.

Nous marchons vers le piton des Neiges, le sommet de l'île à 3 069 mètres. Jean et Armande nous ont déposés dans le cirque de Salazie et nous récupéreront dans trois jours de l'autre côté de l'île. Nous nous sentons un peu gênés devant leur gentillesse.

– Mais arrêtez de vous poser des questions. Puisqu'on vous le propose… D'ailleurs, on s'emmerde à la maison, ça nous sortira !

Nous sommes équipés de bric et de broc. Paul, notre voisin au port, nous a prêté un sac à dos, dernier modèle des années 1970, Henri, un autre sac défoncé que l'on a rafistolé, et le fils de Jean et Armande, sa tente datant de l'époque où le camping dans le jardin l'amusait encore. Notre premier campement au Trou de Fer s'avère des plus humides. La pluie tombe à verse et s'infiltre à travers la toile en une petite rigole vers mon duvet qui l'éponge. Nous oublions ces petits tracas dans notre ascension du piton des Neiges. Essoufflant, mais c'est si beau de marcher pour la première fois au-dessus des nuages. Un gîte existe plus bas à trois heures de marche environ. Les randonneurs se lèvent à 4 heures du matin afin de parvenir au sommet avant le lever du soleil. Nous décidons de camper tout en haut pour assister également à son coucher. Deux militaires bivouaquent dans une minuscule baraque entourée d'antennes. Nous passons la soirée en leur compagnie autour d'une soupe et d'un café.

– Vous n'avez rien pour préparer des repas chauds ?

– Nous n'avons pas d'équipement de camping et souhaitions nous charger le moins possible.

– Demain matin, vous viendrez prendre le café.

La tente, à l'abri d'un muret de pierres érigé par nos soins, encaisse malgré tout de sévères rafales. Nous pensons la voir partir en lambeaux à tout moment, mais elle résiste au vent et nous restons au chaud dans nos duvets.

Serrés l'un contre l'autre, malgré tous nos vêtements sur le dos, ciré compris, nous grelottons en attendant le lever du soleil. Il sort lentement de l'horizon, sans chauffer encore, commençant par nous offrir le spectacle de son arrivée. Les randonneurs se devinent à de petits points encore lointains, animés par la lueur de leur lampe frontale. Après un bon chocolat chaud, nous redescendons chargés de boîtes de rations et de barres chocolatées, et surtout empreints d'un souvenir de quelques heures d'amitié que l'on n'imaginait pas trouver là-haut. Nul besoin de sortir absolument des sentiers battus, la différence ne vient pas du lieu, mais de la façon de voyager. En dormant au gîte, nous n'aurions jamais vécu cette rencontre.

Jusqu'à présent, toutes mes navigations solitaires n'ont été qu'une quête de moi-même. En compagnie de Corinne, à Saint-Paul et ici à La Réunion, j'apprends à vivre le voyage. Je me sens encore parfois comme un bernard-l'hermite à qui on tenterait de retirer sa coquille. *Naïla* était mon monde jusqu'alors autosuffisant.

L'*Austral* est à quai. À ma demande, un homme me guide jusqu'à la cabine de Michel Leglatin. Toc, toc.

– Capitaine, quelqu'un pour vous.

La porte grande ouverte, sans un mot, d'un geste il m'invite à entrer et referme derrière moi. Un sourire aux lèvres, il me tend la main, puis d'un grand signe du bras m'indique un fauteuil, s'assied lui aussi, puis seulement :

– Comment vas-tu ?

J'aime ce bonhomme, on a l'impression de converser à bâtons rompus alors que peu de mots sont échangés, des phrases ébauchées, des regards dans un silence complice, plus explicite qu'un long discours. Au centre de nos vies si différentes, il y a la mer, cette même longueur d'onde qui nous unit.

Nous effectuons une randonnée de trois jours dans le cirque de Mafate. Chaque virage du sentier nous dévoile l'esthétique d'un nouveau décor. Les paysages sont en perpétuel renouvellement. Inondé de la fée endorphine, j'ai parfois la sensation de voler sur les chemins. Nous croisons le facteur. Une sacoche, un bâton et de bonnes jambes, il passe la semaine à assurer sa tournée des îlets par les chemins accidentés.

– Je devrais être à la retraite depuis trois ans, personne ne veut reprendre ma tournée. Aujourd'hui la journée est radieuse, cependant, imaginez l'atmosphère sous une pluie battante, les passages à gué devenus impossibles par la montée des eaux, les kilomètres de détour à effectuer dans la boue. Pourtant, ça sera dur quand viendra le jour d'arrêter.

Déjà la mi-octobre, nous pensions partir, mais le volcan du piton de la Fournaise vient d'entrer en éruption. Sacs à dos et duvets sont ressortis des coffres. Je bricole une « tente » d'un morceau de bâche. Les sacs sont bien lourds, chargés de nourriture et d'eau pour deux jours.

Nous marchons depuis des heures dans un cocon de nuages. Les seuls bruits proviennent du crissement de nos pas sur la pierre ponce, parfois de larges tuiles de lave oscillent sous notre poids, s'entrechoquent, battent d'une sonorité de tronc creux, comme un code tambouriné dans la jungle signalant l'étranger. J'ai un doute sur la direction depuis un bon moment. Corinne s'immobilise, je m'écarte sur la gauche, prudemment ; le vert de son ciré se dilue dans la ouate nuageuse. On n'y voit pas à trente mètres, heureusement un cairn de tuiles de lave pointe à l'opposé dans la brume.

– Corinne, par ici !

Nous nous arrêtons près de ce repère et buvons une gorgée d'eau sans dire un mot, envoûtés par cette paix silencieuse qui nous enveloppe. Plus loin, une vieille coulée de lave coupe notre chemin. Dans un interstice, une fleur a trouvé refuge, une reine dans ce paysage minéral. Des gouttes de rosée pendent à ses pétales.

D'abord à peine perceptible, l'air vibre à présent du vrombissement saccadé du volcan. Il est là, le sol en tremble ; mais lui reste invisible. Étirant les préliminaires, parfois la nuée se déchire, nous laissant entrevoir, non pas le geyser de roche en fusion, mais des morceaux de lave, qui, en retombant sur le sol, roulent en boules fumantes sur le cône volcanique.

À la tombée de la nuit, le ciel se dégage entièrement. Le spectacle de la lave rouge éjectée dans la nuit noire étoilée est féerique. Je comprends que l'on puisse aimer autre chose que la mer. Émerveillés, nous avons du mal à nous coucher, peut-être aussi parce qu'il faut être un peu fakir pour s'abandonner à ce lit scoriacé.

Elle lui avait demandé
S'il y avait cru longtemps,
Mais il y croit pour la nuit des temps.
Sa réponse, elle l'avait devinée.

Pourquoi se doutait-elle
Qu'il dirait j'y crois encore aujourd'hui,
Car pour lui le Père Noël
Existera toute sa vie.

10. L'HEURE DES CHOIX

Depuis le départ de La Réunion, un vent défavorable et capricieux nous accompagne. Le temps est gris, humide, de la condensation s'égoutte des hublots, il fait triste. Le cap vers Saint-Paul est mauvais. Fini les tropiques, je ne sors plus vêtu d'un simple bermuda. Il devient nécessaire d'enfiler pantalon, chaussettes polaires, ciré, bottes.

Retour rapide à la couchette après avoir viré de bord. Mais déjà la risée s'éloigne, continue son chemin pour ennuyer plus loin un autre capitaine. Le génois rague sur les haubans, je me rhabille et ressors le rouler.

Corinne, engourdie de sommeil, se tourne vers moi :

– Y'a plus de vent ?

– Non, plus de vent.

Je me faufile sous la couette, attendant la prochaine risée. Renvoyer le génois, puis la grand-voile, puis le génois léger, puis le lourd, hisser, amener. La nuit s'étire, l'aube est si lointaine, mais au bout de la route, il y a le paradis.

Saint-Paul, eh oui, Saint-Paul ! Comment repasser à côté sans s'y arrêter une semaine, un jour, une heure, comme un dernier baiser que l'on voudrait encore et encore renouveler ?

Par mer désordonnée, je prends les commandes de la cuisine. Corinne calée dans la timonerie me dicte les instructions pour la réalisation d'une pâte à tarte flambée.

– Mets plus de farine sur tes mains pour que la pâte ne colle pas. Tu te rappelles d'Olivia à Porto Santo, elle se plaignait de ses pains ridiculement petits, car elle n'arrêtait pas de se laver les mains pour se débarrasser de la pâte collante, au lieu de rajouter de la farine. Penses-y !

– Oui chef.

Une merveilleuse odeur se dégage du four. De bons repas aident aussi à embellir les jours.

Moments de beauté, parenthèse où le temps n'est plus le même. Le voyage m'a adopté. J'éprouve des plaisirs dans des tâches apparemment anodines : graisser le régulateur d'allure, effleurer sa pale aérienne en la relevant de quelques millimètres afin d'affiner le réglage, larguer d'un poil une écoute et avoir l'impression que *Naïla* s'en porte mieux. Bonheur de l'instant.

Quand Saint-Paul apparaît ce matin dans la grisaille et sous la pluie, le tableau paraîtrait sinistre à quiconque. Pour moi, on rentre à la maison. Le vent tombe en passant sous l'abri de l'île. La marée est basse, *Naïla* talonne dans la passe.

Mouillage, amarrage, une heure d'efforts. Je suis trempé de pluie et de sueur. Si l'on ne connaissait pas déjà, l'atmosphère glauque ne nous donnerait qu'une envie, fuir.

Changement total dans l'après-midi. La nuée se déchire, disparaît vers l'ouest et laisse place à un ciel uniformément bleu. Là-haut, les gorfous sont revenus. Leurs cris et le piaillement de leurs petits nous parviennent jusqu'en bas. Dans les ruines de la conserverie, nous découvrons une otarie adulte tombée dans la fosse, la même d'où j'avais ressorti la petite l'été dernier. La mémère est bien plus lourde et nous demande beaucoup d'efforts. Je réussis également à en libérer une autre d'un « collier » en nylon, grâce à la gaffe[9] qu'elle mord quand la sangle s'extrait de sa chair purulente. Notre retour à Saint-Paul aura au moins été utile à ces deux-là.

L'intérieur de la cabane est sale, crotté, paquets de lait, jus de fruit, bouteilles d'huile éventrés. Les souris ont fait bombance. J'aime

9. Longue perche munie d'un crochet.

Tout est paré à bord de *Naïla*.

Trindade, l'île du capitaine Nemo.

Alain avec Catherine Chabaud, au festival du Raid et de l'Aventure des Angles.

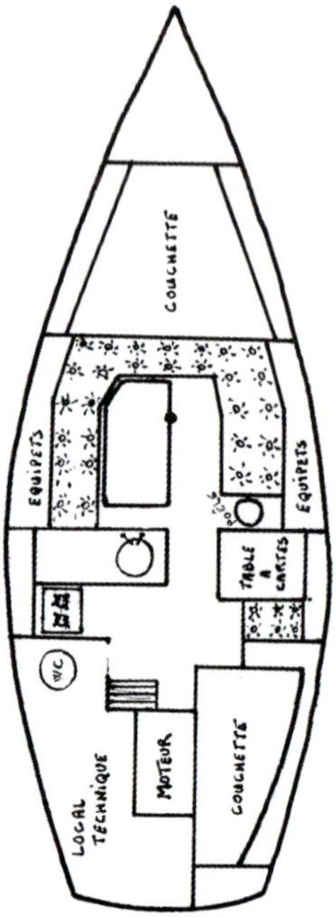

Plan de *Naïla*.

Naïla aux Marquises. © Bruno Calle

Tout le confort pour Alain et Corinne…

L'île Saint-Paul, notre paradis sur terre.

Sauvetage d'un bébé otarie tombé dans une fosse.

Ascension au sommet de l'île Saint-Paul, Terres australes et antarctiques françaises.

Dans les Marlborough Sounds, Nouvelle-Zélande.

En randonnée vers le mont Cook, Nouvelle-Zélande.

Bill, à Te Puru accessible uniquement par bateau, Nouvelle-Zélande.

Instants magiques sur l'île d'Urville, Nouvelle-Zélande.

Anakena, le seul véritable mouillage quand le vent le permet, île de Pâques.

Amarrage à l'abri d'un îlot, Nouvelle-Zélande.

Coucher de soleil sur l'île Tahuata, archipel des Marquises, Polynésie française.

Kaveu, crabe de cocotier.

Teratoa et Corinne, son élève,
à la préparation de la popoi, île de Rapa.

Les paysages humains, les plus beaux
souvenirs d'un voyage, avec Antoinette
et Daniel, baie Hakatea.

Petit cours sur la bonne utilisation
d'un leurre avec des pêcheurs
de l'île Tahuata, archipel des
Marquises, Polynésie française.

Avant la fabrication de notre taud de pluie, *Coco*, l'annexe rigide, nous a longtemps servis à la récupération de l'eau de pluie.

La plus folle des épreuves de la *Tapati*, fête annuelle, qui consiste à descendre la montagne allongé sur deux troncs de bananiers, île de Pâques.

Attachants enfants de Rapa.

Émerveillés devant le spectacle féerique du volcan du Piton de la Fournaise en éruption, île de la Réunion.

Randonnée sur la côte nord de l'île de Pâques avec Patrice.

Naïmoé, aux îles Tuamotu, un lieu où les oiseaux n'ont pas appris à avoir peur des hommes.

Envolée de sternes sur une plage de Nouvelle-Zélande.

Naïla dans la tempête à Raivavae.

Lagon polynésien, un autre monde.

Au petit matin, dans les couleurs de l'automne austral, île Saint-Paul.

malgré tout l'atmosphère de ce lieu, malgré le moisi et l'humidité. Les échantillons de crottes de lapin que nous avions laissés sur la table ont disparu. Un mot sur le livre d'or témoigne du passage du *Marion-Dufresne* en août.

J'ai mouillé une deuxième ancre hier soir, le baromètre dégringole. Ce matin, tempête. Une forte rafale couche *Naïla.* Coup d'œil par la porte de la descente, une amarre a lâché, l'arrière commence à pivoter. Je saute dans l'annexe. L'aussière que je tire vers un nouveau point d'attache se coince entre deux rochers. Le temps de la dégager, une otarie s'allonge plus loin sur l'amarre. « Bon sang, fous-moi le camp ! » Le nœud de chaise à peine exécuté, Corinne restée à bord reprend le mou juste à temps. Une violente rafale s'abat sur *Naïla*.

L'amarre est tendue à mort, un funambule pourrait y courir jusqu'au bateau.

– J'ai eu peur, plein de choses sont tombées à l'intérieur.

– Moi aussi, j'ai eu peur en voyant le haut de la quille sortir de l'eau !

Notre séjour est marqué d'une succession de coups de vent désagréables auxquels, heureusement, succèdent quelques heures de calme et d'azur où l'on vit le plaisir d'être ici.

Huit jours déjà, nous partons demain. Pourquoi devoir partir, alors que l'on se sent bien ici ? La saison, des dates à respecter, un calendrier, je fulmine contre ça et pourtant je m'y plie. Nous n'avons pas encore assez de révolte en nous pour ne partir que rassasiés d'un lieu. Partir avec le sentiment d'en avoir tout pris, tout donné. Mais voyager, c'est ne pas s'installer. Partir plein de beaux souvenirs, sans avoir le temps d'en engranger de mauvais. Alors partir.

Mélancolique, je regarde s'éloigner le volcan de Saint-Paul dans notre sillage, en songeant que nous ne reverrons peut-être plus jamais ce petit coin de paradis.

Interviewée par un journaliste en 1948, quinze ans après son retour de l'île Saint-Paul où elle vécut la tragédie des oubliés, y perdant son mari et son enfant né sur l'île, Louise Brunou à qui on exprimait de la compassion d'avoir tant souffert, abandonnée sur ce rocher, symbole pour elle de cauchemar et de privation, déclara :

– Vous me croirez si vous voulez, je retournerais bien à Saint-Paul. Quand je suis rentrée, je me croyais encore là-bas, quelque chose me manquait. Ce sentiment-là ne m'a jamais quitté.

La vie de traversée a repris, l'œil sur le baromètre et le ciel, à surveiller les signes avant-coureurs de mauvais temps. Naviguer sous les hautes latitudes contraint à vivre en permanence sous cette épée de Damoclès. Le beau temps, le calme, plus encore s'ils durent, sont suspects, à coup sûr quelque chose se prépare, dans un délai plus ou moins long. Voir Corinne tapoter la vitre du baromètre, et deviner son anxiété à la chute de l'aiguille, accentue mes propres affres. Imaginer la tempête peut être aussi inquiétant que la tempête elle-même.

Je m'éveille. 4 heures 10, j'ai dormi sept heures, affalé tout habillé sur la couchette, épuisé après des heures de barre. La nuit est claire, la mer apaisée a lissé ses crêtes. Je sors rouler la trinquette et envoyer le génois, puis bois un chocolat et me recouche.

Le vent vire de nouveau noroît dans l'après-midi en forcissant. Les moutons courent au loin, les vagues courent derrière et *Naïla* court devant. La trinquette reprend ses fonctions. Cinq nœuds au GPS, sept, huit dans les accélérations. La journée s'écoule en surveillance. Corinne s'acquitte à présent fort bien de cette tâche.

Après avoir consulté une fois de plus la météo, un simple regard a suffi. Nous ne descendrons pas sous la Tasmanie. Les dépressions se suivent, gros mauvais temps, stress, des désagréments qu'il vaut mieux s'épargner de vivre à deux.

Avant, les choses arrivaient, je les vivais au fur et à mesure, seul le toc toc à la vitre du baromètre me prévenait ou non de l'évolution du temps. À présent, avec la météo reçue à bord, la façon de vivre les choses n'est plus la même. La tension est là plus tôt. Mais on peut aussi prendre des options plus facilement qu'avec un simple baromètre. Je ne peux pas ne pas en tenir compte.

Naviguer à bord d'un petit bateau sous les hautes latitudes astreint à une vie de rat dans son trou, sans réel repos, à gérer ou en attente du danger. Être deux impose un minimum de tenue, de retenue dans certaines réactions engendrées par cet univers hostile, un effort supplémentaire dans ces lieux où beaucoup d'efforts sont déjà demandés. J'ai navigué seul dans ces régions où un regard extérieur n'a pas sa place, une histoire entre un homme et son bateau. La page se tourne, on ne vit pas à deux comme en solitaire, c'est une autre aventure. Nous continuons vers le détroit de Bass à la limite nord des dépressions. Un seul petit problème : ce détroit est parsemé de dangers et nous n'en avons pas la carte.

Alangui sur le siège de la timonerie, je regarde sans vraiment les voir puffins et albatros planer dans notre sillage. Posé sur les genoux, un catalogue d'outillages et de bricolage m'aide à l'évasion. Je n'aime pas être trop bien installé pour la sieste. Avec trop de confort, je m'endors, je me réveille, c'est fini. Quand on dort, on en est par définition inconscient, et l'on rate le meilleur. Ici, la place est parfaite, je lis une ligne, « Scie circulaire 2 000 watts », mes paupières clignent et je me laisse aller quelques minutes. Je rouvre les yeux sur un réel un peu flou, « Perceuse à roulettes », le décor danse. Je referme les rideaux. Un claquement du génois me ramène à la réalité mais pas assez pour me sortir du brouillard.

J'ai le souvenir d'une angine doublée d'une otite, où ma température était montée à 40,7 °C. La fièvre m'avait emporté en voyage. J'étais mal, mais dans ce mal, je ressentais un bien. Sur un damier, y a-t-il plus de cases blanches que de cases noires ? Bien, mal ? Je ne savais plus. Dans les phases de saut, de l'une à l'autre, j'avais conscience de vivre quelque chose d'étrange, de dangereux aussi. Bien ou mal, je n'étais plus apte à agir.

La privation de sommeil pendant des jours, quand la veille ou les conditions de navigation l'exigent, m'a parfois approché de cette même sensation de détachement, de flottement. La fatigue est terrible, pourtant, comme pour le damier de la fièvre, je passe par d'étranges phases de plénitude.

En navigation, je ne peux ni écrire ni réaliser un travail qui demande de l'attention. En navigation, je navigue et cela m'accapare entièrement. Une monotonie peut sembler s'installer. Corinne pense parfois que je m'ennuie, car je lis beaucoup. C'est une monotonie de navigation que j'aime, quand la météo le permet, rien de spécial à faire, s'occuper un peu de *Naïla* et se laisser vivre.

La bibliothèque a son rôle, romans policiers, récits d'aventures, ouvrages philosophiques… Le choix dépend de l'humeur du moment, de l'envie d'évasion ou d'un nettoyage de cerveau. J'ai quelques livres présents à bord depuis des années, des livres dont on m'a fait cadeau et dont je ne peux imaginer me séparer, même après les avoir lus. Parfois, une énigme l'accompagne : « Quand tu l'auras lu, tu comprendras. » Depuis dix ans, j'ai cet ouvrage offert par mon oncle, l'un des seuls à avoir survécu au chavirage de janvier 1995. J'ai lu, sans trouver la clef du message. Peut-être le moment était-il mal choisi, comme tenter d'écouter la radio sur une mauvaise fréquence. Je sais qu'un jour viendra, je replongerai dans cette énigme. Une feuille glissée entre deux pages est couverte d'annotations de son écriture : « Page 188 – l'oie était trop cuite, le cuisinier reçut cinquante coups de verge ; page 201 – seule lumière, la lueur de la bougie. » Pourquoi a-t-il trouvé nécessaire de les relever ?

Cet oncle, ces amis que j'ai aimés, que j'aime, ont tenu ces livres, caressé ces mots de leurs yeux, vibré d'émotion à leur lecture ; je suis convaincu qu'ils en ont imprégné le papier. Ces livres, je les aime, parce qu'une histoire s'y rattache, en dehors de l'histoire elle-même. Parfois, je prends dans mes mains un de ces ouvrages, le feuillette rapidement, faisant défiler les pages sous mes doigts comme pour en laisser échapper un peu de celui qui me l'a offert. Ils sont bien plus que des livres.

Corinne a cuisiné du riz au lait, sans trop de lait, pas baveux, ça ressemble presque à du gâteau de riz. Après des jours de mer, des choses ordinaires deviennent extraordinaires. Ça fume encore dans la cocotte-minute, j'en mange déjà à la petite cuillère. Je revois les gâteaux préparés par ma mère le dimanche, quand mon oncle venait à la maison. Il les aimait beaucoup aussi et, pour tous ces souvenirs, chaque nouvelle cuillère semble meilleure encore.

L'Inmarsat clignote, signe de l'arrivée d'un message. Nous l'attendions depuis plusieurs jours cette réponse de Régis. « Salut les petits loups, vous pouvez y aller tranquilles, aucun danger dans le périmètre que vous m'avez communiqué. »

La technologie moderne a parfois du bon. J'avais tracé un périmètre à travers le détroit de Bass en prévoyant une marge de sécurité au nord et au sud, demandé à Régis s'il pouvait consulter une carte et nous renseigner sur des dangers possibles.

Régis a téléphoné à Patrick, un copain habitant Paris. Celui-ci est allé dans une librairie maritime commander en urgence la carte du secteur. Quarante-huit heures plus tard, la cartographie du détroit de Bass sous les yeux, il rappelait Régis à Fécamp pour lui indiquer que la voie était libre.

Australie à gauche, Tasmanie à droite, le détroit de Bass dans le sillage, une tension en moins. Ces derniers jours, je me sentais tendu comme une corde de guitare. Trois minutes plus tôt, le ciel était gris, il devient noir, le vent vire de 180°, une baveuse écume blanche mousse à la surface des flots. J'abats la grand-voile, pas le temps de rouler le génois, le vent mugit. J'appelle Corinne endormie dans le carré pour qu'elle prenne la barre. *Naïla* se couche, une manivelle de winch tombe à la mer, la voile en folie fouette au vent, l'orage gronde. Bienvenue en mer de Tasmanie.

Recette de l'électronique au four :

– Choisissez une belle nuit d'orage ;

– Avant que les éclairs ne deviennent aveuglants, et que vous vous demandiez par quel miracle votre mât solitaire à la surface de cette mer déserte n'a pas encore été foudroyé, débranchez ordinateur portable, GPS de secours, caméra, etc., puis enroulez-les dans une papillote de papier alu;

– Enfournez, thermostat zéro! Puis priez les dieux sauveurs, dont vous aviez oublié l'existence, jusqu'à l'éloignement du phénomène.

Cette recette est pleinement réussie si les appareils enfournés ressortent dans le même état qu'ils y sont entrés!

Selon notre copain Bruno, le four métallique crée une deuxième cage de Faraday, et protégerait les instruments ainsi mis à l'abri en cas de foudroiement du bateau.

P.-S.: la papillote en alu est une précaution supplémentaire mais pas indispensable.

24 décembre, jour de réveillon, jour de fête et de cadeaux, nous sommes en fuite plein vent arrière, un mini bout de trinquette bordé plat dans l'axe du bateau. Repas de fête, dinde rôtie, bûche glacée. Pour nous, cacahuètes et compote. Le cadeau espéré, la remontée du baromètre. Les vagues sont courtes, abruptes, mauvaises.

– Poussin, si un jour je parle de construire un nouveau bateau, rappelle-moi ce beau réveillon.

Avant la nuit, le vent faiblit. Merci Père Noël.

31 décembre, jour de réveillon, jour de fête. Tout pareil, semblable à Noël. Nous remplaçons les cacahuètes par des pistaches et grignotons un paquet de biscuits en plus. Ce soir, je serais prêt à vendre mon bateau au premier client intéressé. Arrêter de naviguer. Pourtant, je le sais bien au fond de moi, c'est un serment d'ivrogne, une fois dessoûlé de la tempête, j'oublierai.

Le premier chant d'une cigale,...
C'est joli, un vrai régal.

Gzi gzi gzi. Tu l'entends ?
Gzi gzi gzi. Elle doit être dans le citronnier...
Gzi gzi gzi. Ou peut-être dans l'abricotier,
Moi, je t'entends...

Gzi gzi gzi
Écoute...

O-o-h ! Elle s'est arrêtée,
Je l'ai sûrement effrayée.
Ah ! Elle recommence...
Écoute...

Alors doucement je m'avance,
Ch—ch—u—ut.
Ferme les yeux...
Tu l'entendras mieux.

11. AU PAYS DES KIWIS

Aotearoa: la «Terre du long nuage blanc». Les Maoris venus de Polynésie à bord de leurs grandes pirogues nommèrent ainsi cette île lorsqu'ils l'abordèrent pour la première fois. Bien plus tard, le 13 décembre 1642, le Hollandais Abel Tasman, à la recherche du continent austral inconnu, jetait l'ancre à Golden Bay. Il baptisa cette terre *Nieuw-Zeeland* en l'honneur de la vieille province hollandaise de Zeeland.

Aujourd'hui, de loin, les hauteurs sont plombées de nuages noirs. Triste. Puis, en approchant, la magie de l'arrivée opère. Les couleurs de la terre apparaissent, des îles se détachent. Au ras de la côte, un bateau de pêche traînant un sillage d'oiseaux et deux voiliers kiwis[10] animent la mer. Des petits manchots bleus[11] venus nous visiter s'ébattent autour de *Naïla*.

– Salut les copains !

Malheureusement, le vent et le courant de marée sont contraires, le détroit de Cook a décidé de nous bloquer. Une demi-journée de lutte au près serré inutile, nous n'atteindrons pas Picton avant le crépuscule.

Le capitaine serait prêt à naviguer toute la nuit, le second n'est pas de cet avis.

– Regarde la carte, il y a plusieurs baies où l'on pourrait mouiller ce soir.

10. Surnom des Néo-Zélandais.

11. Ou manchot pygmée, la plus petite espèce de manchots.

– On est censés effectuer les formalités douanières avant.

– Oui, mais bon…

– Tu m'apporteras des oranges ?

– Où ça ?

– Au mitard !

Face à la mutinerie latente, tant pis pour les formalités d'entrée, nous rejoignons une baie abritée.

Devant une minuscule plage de galets plats, nous mouillons par dix-huit mètres de fond. Étrange impression que d'entendre le gazouillis des oiseaux. Un mouton bêle, des vaches paissent sur les collines, quelques pins au bord de l'eau, un lieu ordinaire que l'on trouve beau car il est notre havre de repos après quarante-quatre jours sans escale depuis l'île Saint-Paul.

Confit de canard aux olives. On fête tout ce soir : l'arrivée, Noël et la Saint-Sylvestre avec deux jours de retard. Le vent s'est calmé, nous prenons le thé dans le cockpit, un signe de la main au bateau voisin, on commence déjà à gommer les moments difficiles de la traversée.

7 heures 30. Réveil dans une douce ivresse d'avoir tant dormi. Le vent a tourné comme il sait si bien le faire ici. Un jour nord, un jour sud, parfois nord-sud dans la même journée. La mer est calme, nous atteignons Picton dans la soirée.

Le douanier, accompagné d'un représentant du ministère de l'Agriculture, arrive à 1 heure du matin. Ils nous confisquent les œufs en poudre, les oignons, l'ail et le miel. Nous le savions. Depuis un mois, nous écoulions le stock en sucrant nos thés avec du miel. Chacun une lampe torche à la main, ils soupirent devant la quantité de coffres à visiter (cinquante-neuf !).

– *Oh, my God* !

On sent qu'ils ont envie de rentrer. En une heure, tout est réglé.

Picton, dans l'île du sud, est le port d'arrivée des ferries venant de Wellington, la capitale, dans l'île du nord. Nous y restons trois jours, le temps d'un grand nettoyage et d'un ravitaillement en vivres frais, légumes, fruits, viande et le poulet rôti dont nous rêvions.

Radja et sa femme, puis Jim, ont bien été surpris de voir *Naïla* amarré au wharf de Picton. Je les ai connus à Wellington il y a six ans. Notre allure n'était pas la même. Blessés, le mât en trois morceaux sur le pont, mon bateau et moi transpirions la souffrance. Aujourd'hui, tout est différent, c'est un plaisir de les inviter à bord dans une atmosphère nouvelle.

Les Marlborough Sounds forment une étendue de fjords au littoral dentelé de centaines de baies idylliques. Ils étaient bien connus des explorateurs et des chasseurs de baleines. James Cook les a visités à cinq reprises avant d'y hisser le drapeau britannique le 15 janvier 1770. Nous quittons le Queen Charlotte Sound. Trois heures de haute mer suffisent à rejoindre le Pelorus Sound. L'eau verte remplace le bleu de l'océan.

Dès que le vent monte dans l'échelle de Beaufort, les mouillages abrités deviennent difficiles à trouver, contrairement à ce que laisse supposer la carte. Un bon mouillage le matin se révèle mauvais l'après-midi, les rafales descendent des hauteurs en tourbillonnant, l'ancre dérape. Une tempête sur le détroit de Cook nous oblige à tirer de longues aussières jusqu'à terre. On aimerait bien un peu de repos dans une baie tranquille, qu'on ne désespère pas de découvrir.

Le vent souffle en donnant l'impression qu'il souffle depuis des jours, et pour des jours encore. Éole se calme, la surface de l'eau ressemble à un lac paisible et on imagine que les lieux n'ont jamais été autrement. Magique.

Havelock. En regardant la carte, nous imaginions une petite ville. Ce n'est qu'un village, et pourtant la capitale mondiale de la moule verte, principale activité de la région. Nous arrivons de nuit dans un chenal tortueux.

–Tu vois le feu vert ?

–Non. Et toi ?

Nous finirons par le distinguer, juste avant de nous échouer dans la vase.

Une femme sort de son bateau en pyjama et vient prendre nos amarres. Le ponton est en vieilles planches disjointes, où les têtes de clous dépassent tant le bois est usé. Nous préférons cent fois ces pièges à pied à une marina moderne. À marée basse, le sondeur indique un mètre vingt, la quille creuse son trou dans la vase !

Ce matin, le vent se déchaîne, des *williwaws*[12] dévalent des sommets. *Naïla* prend de violents coups de gîte, il semble esquiver les coups à la manière d'un boxeur. Nous enfilons bottes et cirés et partons au village.

J'en avais tellement parlé à Corinne. Déguster un cappuccino où la cuillère tient debout dans la mousse. Pas de la vulgaire chantilly en bombe, mais du lait écrémé battu à la vapeur du percolateur. Il faut se retenir de la manger et boire le café filtré à travers la crème. Un délice. Ah, comme j'aime la tempête, confortablement installé dans un fauteuil à savourer un cappucino.

Nous nous attardons dans une boutique à la recherche de cartes postales. Elle fait aussi office de poste, syndicat d'initiative, pharmacie, magasin d'articles de pêche, salon de coiffure, etc.

Dans la baie Waihinau, nous retrouvons Denis et Dorry à bord de *Mazurka*, nos voisins de ponton à Havelock. Ils viennent à notre rencontre et nous guident à travers le labyrinthe de bouées d'une ferme à moules. Nous laissons *Naïla* sur un corps-mort et partons aussitôt à Ketu Bay, juste en face, pêcher la coquille Saint-Jacques. Dix minutes de traîne, trois cents coquilles sur le pont et une poêlée de vingt-cinq par personne au dîner !

Denis connaît bien la région avec environ sept cents traversées du détroit de Cook à son actif. Il y a vingt ans, il transportait les bouées des premières fermes à moules. Dix mille d'entre elles ont transité sur son bateau.

–Denis, existe-t-il une baie abritée de tous les vents dans les Marlborough Sounds ?

---

12. Nom d'un vent. Le terme est employé pour désigner les courants d'air froid descendant du flanc des montagnes dans certaines régions côtières.

Il sourit.

– Aucune.

Le décor est définitivement planté.

Visitant son bateau, je m'étonne de la présence d'un seul moteur au regard des traversées qu'ils entreprennent vers l'Australie ou l'Indonésie.

– Alain, il vaut mieux un bon moteur que deux mauvais !

Nous restons plusieurs jours ensemble. Denis nous apporte sa connaissance de la région, sa technique de pêche à la morue bleue, le seul poisson méritant de l'être à ses yeux. Petit déjeuner et café chez nous, repas à bord de *Mazurka*, car il y dispose de l'essentiel : la friteuse à coquilles Saint-Jacques. Nous nous en régalons au moins une fois par jour.

L'anglais, que nous parlons peu, n'est pas une barrière hermétique à l'échange quand vous vous trouvez face à des personnes qui souhaitent partager un moment d'amitié. Des phrases bien articulées, des gestes, parfois un dessin, et la conversation bat son plein, s'étire, inépuisable.

Je compense la faiblesse de mon anglais par une gestuelle conséquente. J'ai le souvenir de mon premier séjour en Nouvelle-Zélande où certaines discussions me laissaient épuisé comme au sortir d'une salle de gym. Avec Corinne à mes côtés, plus habile dans cette langue, ma gymnastique se limite aux membres supérieurs.

Nous profitons d'une accalmie entre deux fronts pour rejoindre l'île d'Urville. Le passage entre d'Urville et l'île Stephens est délicat. Les instructions nautiques précisent : « Seuls les petits navires ayant une bonne connaissance des lieux peuvent s'y aventurer. » Denis m'a persuadé qu'il n'y aurait aucun problème, « tous les obstacles sont visibles ».

Le vent contre courant engendre de gros rouleaux. Notre petit moteur de dix chevaux tourne à plein régime. Le vent forcit mais on s'en fout, car nous sommes arrivés. Une crique juste à la taille de

Naïla. Une ancre, quarante mètres de chaîne, trente mètres d'orin et deux amarres à terre. Coup de vent dans la soirée, je rajoute une aussière sur l'avant, de peur que, dans une bourrasque, *Naïla* arrache le sapin auquel il est fixé. Le fjord mousse, le vent tourbillonne et nous fait jouer au cerf-volant avec l'annexe. Un disque de Gainsbourg pour oublier l'extérieur, on se remémore des histoires passées, à la lueur de la bougie.

– Tu as été une fenêtre par laquelle j'ai vu un autre univers. Avant de te rencontrer, je me relevais la nuit pour t'écrire des poèmes… et ce soir, on est là, tous les deux…

Nuit agitée à danser dans les grains, grasse matinée en attendant que le soleil passe la colline.

– Le pont est au soleil.

– Bon, je me lève préparer le petit déjeuner.

Nous suivons le lit de la rivière pour rejoindre la piste. L'avance est pénible à travers l'enchevêtrement d'arbres tombés, de lianes, de fougères géantes. Une machette serait la bienvenue. De grosses pierres instables se dérobent sous nos pieds. Des cochons sauvages grognent mais restent invisibles, seuls des oiseaux sautillant de branche en branche nous tiennent compagnie, virevoltant jusqu'à vouloir se poser sur nos têtes. Arrivés à la source, nous continuons à la boussole et atteignons la piste au bout de trois heures. J'imaginais une large voie, aux bas-côtés bien dégagés. En fait, c'est un chemin. Un couple à bord d'une camionnette propose de nous emmener. Malheureusement, ils vont dans la direction opposée. Ce sera la seule voiture rencontrée pendant nos trois semaines sur l'île. Après plusieurs heures de marche sur la piste, entourés d'une végétation dense, nous jouissons enfin d'une vue panoramique sur le fjord. Au retour, rencontre avec un oiseau sans ailes, le weka. Il réveille au fond de nous un instinct d'enfant qu'il faut maîtriser pour ne pas courir derrière.

Les îles de la Nouvelle-Zélande se sont détachées du Gondwana il y a environ cent millions d'années, bien avant l'apparition des mammifères. Beaucoup d'espèces indigènes ont adapté, en l'absence de prédateurs, leur habitat et leur nidification au sol. Des oiseaux comme le weka et le kiwi ont évolué et perdu leurs ailes, se contentant de marcher. Cela les a rendus particulièrement vulnérables aux animaux introduits par l'homme.

Que mange-t-on à midi? Des moules? Des huîtres? Il suffit de sauter dans l'annexe avec un bol, un couteau, un tournevis et un maillet. Deux coups de rame, nous sommes à terre. Les rochers sont tapissés d'huîtres. Le tournevis bien placé, un coup de maillet, la coquille saute. Corinne termine le travail au couteau sous l'œil inquiet d'un couple d'huîtriers entourant leur petit. Une cinquantaine d'huîtres remplissent le bol. Farinées et citronnées, elles seront frites à la poêle. On trouve aussi sur les rochers de grosses moules vertes succulentes, dix à treize centimètres pour les plus grosses, progénitures des fermes à moules de la baie. Couvertes de bernicles, Corinne à l'œil pour les dénicher.

Corvée d'eau. Cinq voyages jusqu'au ruisseau en annexe. Sans me voir, une hermine se faufile entre mes pieds.

Nous avions quitté une baie au cœur de la forêt, *bush,* comme l'appellent les Néo-Zélandais, pour une crique à la végétation plus basse, *scrub.* Nous sommes maintenant au milieu des prairies, *grass.* Des générations de moutons ont piétiné les collines, elles semblent aménagées en terrasses. À certains endroits, les ovins disparaissent tant le chemin emprunté a creusé un profond sillon. Vu d'en haut, le terrain couvert d'herbe jaune ressemble à des dunes de sable. Jeu d'ombres des nuages sur le relief saharien. Assis à l'abri du vent, on pourrait rester des heures à ne rien faire, juste écouter les cigales, regarder les moutons qui nous observent, sentir le vent basculer dans le fjord, puis friser de blanc l'eau tout en bas avant de voir *Naïla* saluer la rafale.

En mer, sous les hautes latitudes, nous ne pêchons pas, on se rattrape à d'Urville. Morue bleue à midi, moules ce soir. Nous les ramassons sur les rochers en face, choisissant les moules noires meilleures que les bleues. Le vent s'endort. Tour de notre crique à la rame. Quelques plaques d'eau frisent encore, des formes se dessinent, pichenettes de brise avant l'évanouissement. Le crépuscule se fond dans la nuit. Miroir de l'eau, nos regards se perdent dans les étoiles du ciel à l'envers. Première fois depuis l'arrivée en Nouvelle-Zélande que le calme est si complet. Un mouton bêle, seul l'écho lui répond.

Pendant plusieurs jours, les sommets ont disparu dans les nuages. La prairie desséchée reverdit à vue d'œil. Là où elle a baigné dans l'air humide, un fin tapis vert remplace le jaune.

Sauvetage de quatre moutons embourbés jusqu'au ventre près d'une mare d'eau. Un cinquième gît, déjà mort. Les prisonniers remuent dans la boue pour tenter de s'enfuir comme tous les autres à notre approche. Par la peau du cou, par la peau du dos, je sors les trois premiers sans trop de problème. Le dernier gigote de plus belle, il aimerait courir derrière ses compagnons.

– Mouton, pourquoi as-tu les pattes si longues ? Si elles étaient plus courtes, j'aurais moins à creuser.

J'enfouis mes bras dans la vase pour l'extraire, patte après patte, de ce tombeau gluant. Couvert de boue jusqu'aux coudes et chevilles, mais mission accomplie.

– Tu pues le mouton.

– Tu as raison, je prendrai une douche avant de t'embrasser.

Denis nous avait dit : « Sur la route du retour vers Wellington, arrêtez-vous à Te Puru, mon ami Bill aime beaucoup les bateaux. » Dans le fjord transformé en couloir à vent, nous effectuons, à la vitesse d'un escargot, le dernier mille en une heure avant de trouver l'abri de Te Puru. Devant la maison, *Waimarie*, le bateau de Bill, se dandine au bout de son corps-mort. Le corps-mort d'à côté a été installé à l'intention des visiteurs. *Naïla* en profite, la chaîne reste dans son puits. Bill, soixante-quinze ans, a quitté son short et enfilé un pantalon pour nous accueillir.

Loin de la route, accessible seulement par bateau, Bill est dans son paradis. D'un bâtiment à l'écart nous parvient le ronronnement d'un monocylindre des années 1940. Il entraîne une dynamo et fournit le courant à l'habitation. Sa lente respiration semble à l'unisson des lieux. Huit mois par an, tout fonctionne grâce à l'énergie de l'eau captée cent mètres plus haut, la dynamo et les machines-outils sont entraînées par des mini-turbines. Même la remontée de *Waimarie* sur le slip fonctionne de cette façon. Tout cela grâce à un réseau de tuyauteries et de vannes. Actuellement, le débit de la rivière est trop faible.

Nous passons quelques jours ici. Le matin, Bill est à sa tâche. Nous le voyons souvent au volant d'un vieux tracteur, impossible à dater. L'après-midi, nous prenons le café ensemble. L'intérieur de la maison sent le feu de bois, le poêle maintient une réserve d'eau chaude. Un chat vient ronronner sur nos genoux. Parfois, Bill se lève et observe au télescope un voilier passer au loin, puis revient s'asseoir et nous continuons la conversation. Des gestes, des regards suffisent à se comprendre. Moment d'attendrissement lorsque, assis sur une planche dans son atelier où *Waimarie* peut être tiré, Bill nous mime un travail de ponçage sur la coque imaginaire. Sur l'établi, une ébauche de dessins tracés sur une planche, des objets hétéroclites, sans valeur à nos yeux, des photos souvenirs encadrées couvrent les murs. Bill en décroche une. De sa main, il en essuie la poussière avant de nous la raconter. Ici, tel un artiste, il a sculpté, poli, patiné sa vie. Te Puru, lieu enchanteur. Quand on quitte un coin pareil, on a forcément les tripes un peu serrées.

– Un Norvégien est passé trois fois. Revenez quand vous voulez. Le corps-mort est là pour vous.

Il y a un mois et demi, nous regardions la carte des Marlborough Sounds. Elle est belle cette côte déchiquetée aux fjords parsemés d'innombrables baies. Aujourd'hui, la même carte apparaît encore plus belle maintenant que nous savons qu'elle cache un Bill.

Dans une baie voisine, nous faisons la connaissance d'un couple de Belges arrivés en voilier et installés en Nouvelle-Zélande depuis vingt-cinq ans. Ils nous parlent avec un certain dépit des voyageurs d'aujourd'hui.

–Avant, la plupart des navigateurs voyageaient sans argent, ce qui est devenu rare. Tout le monde s'entraidait. À présent, c'est chacun pour soi !

En nous parlant de leur passage aux îles Marquises, ils nous apprennent que l'*Askoy*[13], l'ancien ketch de Jacques Brel, meurt ensablé sur une plage au nord-ouest d'Auckland. Un groupe de Belges passionnés espère le dégager de son sarcophage de sable et le ramener au pays. Possible rêve. Il suffit d'y croire pour avoir le courage de la tâche.

Dans quelques jours à Wellington, nous apprêterons *Naïla* à sa remontée vers la chaleur tropicale. En attendant, nous profitons de ce dernier mouillage paisible. Au ras de l'eau, les branches des arbres et des fougères arborescentes restent immobiles. Calme complet, le ciel est couvert, il bruine. Les cigales sont parties cogner à la porte des fourmis. Seul un canard, inlassablement, trace son sillage sur les eaux métalliques de la baie.

J'entre dans la rade de Wellington avec beaucoup d'émotion. Wellington, la plus belle ville au monde, ma ville, là où j'ai réappris à vivre, après mon chavirage il y a six ans. La mort est une notion vague. Sentir son souffle froid sur ma nuque m'avait inoculé un insatiable appétit de vivre. Je n'avais plus envie de dormir. Jouir du présent, en profiter le plus longtemps possible. Deux heures, trois heures du matin sonnées me voyaient souvent le long de la plage à contempler les lumières de la ville ou les étoiles. Si belles sont ces lueurs, aussi bien celles du ciel que celles des hommes. J'avais un peu l'impression de veiller sur le monde. Une tasse de chocolat chaud complice en rentrant m'aidait encore à étirer le présent.

13. L'*Askoy* a été désensablé en 2008 et ramené en Belgique, où il a été restauré.

Sur le quai, un vieux monsieur. Il a reconnu *Naïla* et me cherche. En me voyant, il écarte de grands bras comme un albatros ses ailes, et me dit ces deux mots si simples et si beaux :

– Mon ami.

Il y a six ans, pendant les réparations de *Naïla*, il était arrivé avec son dictionnaire à la main.

– Je m'appelle Peter et je voudrais être votre ami !

À partir de ce jour et jusqu'à mon départ, je n'échappais pas à cette coupure agréable dans mon travail, le rituel du thé de l'après-midi, lui avec son dictionnaire, moi avec le mien.

– Venez Peter, j'ai quelque chose pour vous.

Je lui offre mon livre *Je suis né deux fois* dans lequel je parle de lui. Ses yeux s'embuent en lisant la dédicace.

– C'est trop, beaucoup trop !

Nos gorges se serrent en songeant à ces moments passés ensemble de pure amitié.

Wellington est niché au fond d'une grande baie, entourée de collines, auxquelles s'accrochent des maisons en bois de multiples couleurs. Certaines d'entre elles, inaccessibles tels des nids d'aigles, sont desservies par de minuscules ascenseurs privés. Le centre regroupe quelques tours d'où l'on s'évade rapidement vers la périphérie par une myriade de ruelles zigzaguantes ou des chemins traversant des espaces boisés. Un funiculaire nous emporte en dix minutes au jardin botanique, nous offrant une vue sur la ville et le port. Wellington est une ville où l'on ne se sent jamais prisonnier, nos pieds suffisent à en sortir.

La cité du vent porte bien son nom. Quand il s'invite, les rues se muent en fjords dans lesquels les rafales s'engouffrent et nous obligent à marcher courbé, tête baissée, l'épaule en avant, pour ouvrir un passage face aux bourrasques. Heureusement, les trottoirs couverts des rues commerçantes nous tiennent à l'abri de la pluie. Nous pouvons y déambuler au sec à la recherche d'un café pour y déguster un cappuccino, notre péché mignon néo-zélandais.

J'ai réussi à convaincre ma mère de venir à Wellington. Ça n'a pas été une mince affaire. À soixante-quatre ans, c'est le voyage de sa vie. Elle, qui s'éloigne peu de sa maison, vient de parcourir la moitié de la Terre et d'encaisser douze heures de décalage horaire.

Elle a peu dormi, émerveillée du vol au-dessus du tapis blanc mamelonné des nuages. Nous nous délectons à l'écouter décrire cette féerie, ce bonheur qu'elle a ressenti et auquel elle ne s'attendait pas. On regarde la télévision, on surfe sur Internet, et on croit connaître le monde, mais rien n'équivaut à la réalité vue de ses propres yeux.

Chantal et Dave, que je connais de mon premier séjour, insistent pour me prêter leur voiture :

– Il faut que tu fasses découvrir le pays à Corinne et à ta maman.

Aux clefs de voiture, ils ajoutent celles de leur maison de campagne. Nous effectuons un circuit d'une semaine, dont l'apogée sera le passage à Rotorua. Un lieu à l'odeur d'œufs pourris, que l'on sent avant de le voir. Vapeurs, geysers explosifs, énormes bassins de boue en ébullition, sources brûlantes et terrasses multicolores de soufre et de silice. Un véritable décor de science-fiction.

Après deux semaines qui lui ont paru bien courtes, ma mère reprend l'avion. Nous préparons *Naïla* au départ. Corinne revient directement du supermarché avec le caddie. Trottoirs, routes, terrain vague, ponton, rien ne résiste à sa détermination. Quatre voyages bien chargés remplissent à nouveau la cale.

À Wellington, nous avons aussi retrouvé Jane et David. Nous les avions croisés à bord de leur voilier dans un mouillage des Marlborough Sounds. Leur amour de la France et leur envie de s'y installer avaient bien animé notre première soirée. Auckland, Sydney, Paris : avantages, inconvénients, ensoleillement, pluviométrie. Pour David, le top du plaisir, c'est d'être assis à la terrasse d'une brasserie parisienne devant un café noir, une tartine de baguette croustillante à regarder passer la foule.

–David, pour aller t'installer en France, il faudrait déjà faire un peu de progrès en français ! lui avais-je fait remarquer.

Ce soir, prêts à nous coucher avec les poules, fatigués par nos courses à travers la ville, je me sens tout d'un coup très mal en voyant arriver Jane et David en tenue de soirée. J'avais cru prendre rendez-vous le lendemain soir, en utilisant le mot *tonight* qui signifie « ce soir ». David me regarde :

–Alain, je crois que tu as encore un peu de progrès à faire en anglais.

Corinne improvise un rapide repas, l'honneur est sauf.

Un dernier problème de taille à régler : le rechargement des bouteilles de gaz. Chaque pays a ses normes, volume et embout différents. Un véritable casse-tête, insoluble sans véhicule. On nous renvoie d'un endroit à un autre, pour finir à l'usine où ils sont bien disposés à remplir nos bouteilles françaises, malheureusement ils ne possèdent pas le raccord approprié. Retour au bateau, cinquante kilomètres de plus pour revenir avec les divers embouts dont je dispose à bord. Avec un de nos embouts et un des leurs, ils confectionnent un raccord. Après deux jours et cent vingt kilomètres, nos bouteilles sont enfin remplies. Si nous avions eu idée du parcours qui nous attendait, j'aurais bazardé nos deux bouteilles françaises à la benne pour en acheter des néo-zélandaises.

Il est temps de partir. Un moment toujours difficile, même si l'escale n'a pas suffisamment duré pour laisser sonner l'heure des doutes. Trop longue, elle peut métamorphoser le voyageur en papillon de nuit leurré par les lumières de la ville.

Le ciel est sombre,
Il n'y a plus d'ombres.
Et quand vient la tempête,
On ne voit plus à dix mètres,
Puis tout devient blanc.
Et c'est un enchantement
Quand revient le soleil,
Alors je m'émerveille,
Pour photographier alors,
Car tout s'illumine dehors.

12. TEMPÊTE

Nous retrouvons la longue houle des mers australes, respiration sage de Neptune endormi. Éole veille paisiblement sur lui. Nous en profitons depuis cinq jours pour diriger l'étrave de *Naïla* vers les îles Chatham.

Que cherches-tu Albatros ? Tes journées s'écoulent à planer au ras des vagues. Tu pars, tu reviens vers nous. Je ne vois jamais ta tête plonger dans l'onde, pourtant là se trouve ta pitance quêtée tout au long des jours.

L'obscurité dissimule la terre toute proche. Pourquoi Éole émerge-t-il de sa léthargie maintenant ? Toutes les voiles amenées, *Naïla* continue sa dérive à deux, trois nœuds dans la large baie ouest des Chatham. Un piège, un trou à rats. J'ai l'affreuse sensation d'une trappe prête à se refermer. Demi-tour, il faut fuir. Je renvoie de la toile, *Naïla* repart au près serré. Les vagues ne semblaient pas si hautes quand elles nous poussaient. L'étrave s'abat dans un trou, coupe au travers d'une crête, les embruns me giflent. Le gréement vibre de cette lutte sauvage.

J'ai senti une main se refermer sur mon bras. La sensation est si vive que je me retourne. Rien, personne évidemment. Pourtant, je me sens d'un coup libéré d'un poids. La bonne décision a été prise, j'ai retrouvé mon calme.

Corinne, à la table à cartes, suit l'évolution de notre avancée au GPS. Elle me montre notre position sur la carte, éclairée avec la lampe torche derrière la porte de la descente.

– Ça va passer, tu crois ?

– Oui, tout droit, entre la terre et les rochers.

Là où j'avais hésité à conduire *Naïla* en plein jour sous une petite brise, nous allons nous y engager dans l'obscurité totale par une mer grossissante. Je repense à la main. Tout ira bien, je n'en ai aucun doute.

Dans certaines situations, face à un phénomène inexplicable, notre conscience ne se pose plus de questions et accepte les choses telles qu'elles se présentent, comme naturelles. Je me remémore cet épisode où, six ans plus tôt, dans des conditions extrêmes, chavirage, démâtage, stationnement de *Naïla* à l'envers et nuit d'horreur à grelotter dans le marécage de ma couchette détrempée, le jour venu, j'ai ressenti une présence. Toute la journée passée à la confection d'un gréement de fortune, elle veillait sur mes faiblesses. Si j'oubliais de crocher mon harnais, elle était là pour me le rappeler: «Attention!» Et, juste à temps, je retirais ma main avant que le mât cassé ne l'écrase contre la coque.

Qui, quoi? Impossible à définir. Présence invisible. Mon propre inconscient alors que ma conscience était amoindrie? Je ne sais. M'encourageant sans cesse, sans jamais s'attendrir sur mon sort: relève-toi, continue, n'abandonne pas. Le soir venu, *Naïla* à nouveau en route sous gréement de fortune et moi, misérable, effondré dans ma couchette détrempée, elle m'a veillé jusqu'à ce que je m'endorme. Au matin, j'étais de nouveau seul.

La main, l'ange gardien ou un autre soi, présence ou signe, quand l'équilibre physique ou psychique bascule vers l'abîme.

Un suroît musclé s'établit mais, sous l'abri de l'île, le faible fetch[14] ne permet pas à la mer de se lever. À 15 heures, je mets *Naïla* à la cape au plus près de la terre. Nous nous régalons de salade et de fromage, puis nous nous couchons serrés l'un contre l'autre. Nous déciderons de la suite au réveil.

La météo ne prévoit pas d'amélioration avant soixante-douze heures et ne nous permettra pas de débarquer aux îles Chatham. Sous un

14. Distance en mer (ou sur un plan d'eau) au-dessus de laquelle souffle un vent donné sans rencontrer d'obstacle (une côte) depuis l'endroit où il est créé ou depuis une côte s'il vient de terre.

quart de génois, nous décidons de continuer vers Rapa, en espérant y fêter nos anniversaires.

Nous avons passé la ligne de changement de date. Hier, nous étions mardi, aujourd'hui, nous sommes toujours mardi. Si notre cap avait été à l'ouest, nous aurions perdu un jour.

Supposons *Naïla* encalminé sur cette ligne imaginaire. Nous pourrions, en allant du cockpit à l'étrave, sauter de mercredi à mardi ou inversement, tout au long de la journée. J'aime m'abandonner à ce jeu inutile. Les passagers d'un vol Auckland-Tahiti peuvent très bien terminer leur plateau-repas la veille de l'avoir commencé ! Un jour où j'évoquais ce clin d'œil à l'antiméridien de Greenwich, une personne pourtant cultivée me dit : « Impossible ! » Je l'ai invitée à consulter le dictionnaire à la page fuseaux horaires[15], et surtout à laisser un peu de place dans son esprit à l'imaginaire.

J'essaie de capter Radio France internationale. La réception est mauvaise, nous tendons l'oreille :

– Y'a des élections en France en ce moment ?

– Mais non, c'est les résultats de la Route du Rhum.

– T'es sûr ?

– Pas vraiment.

Nous devons nous contenter de l'actualité du bord. La même depuis cinq jours, près serré. Un train de hautes pressions traverse le Pacifique ; centré sous les quarantièmes, il nous envoie ce vent d'est musclé. La vie à bord est, disons-le, inconfortable.

J'ai pris le troisième ris dans la grand-voile. J'effectue toujours cette manœuvre au vent arrière. Dans cette position, la mer semble apaisée, c'est bon de goûter à cette « tranquillité ». J'ai la vision d'une navigation telle que je l'avais imaginée, la mer bleue aux crêtes blanchies d'écume roule en procession derrière nous. Nostalgie des longues

15. Un voyageur partant du méridien de Greenwich vers l'ouest aura perdu douze heures, un autre en sens inverse en aura gagné douze. En arrivant aux antipodes, les deux voyageurs sont donc à la même heure, mais pas à la même date s'ils ne sont pas du même côté de la ligne. On recule d'un jour si on la franchit d'ouest en est et vice-versa.

courses dans le grand sud. Pas de résistance face aux éléments comme aujourd'hui, mais se fondre dans la nature et couler des jours avec elle. Je repositionne le régulateur pour l'allure de près, *Naïla* pivote face aux vagues et reprend son « bûcheronnage ».

On évoque des vents de cinquante à soixante nœuds, mais se rend-on compte de ce que sont déjà vingt-cinq à trente nœuds de vent établi, qu'il faut remonter au près pendant des jours ? Deux, trois ris dans la grand-voile, mouchoir de génois, parfois trinquette afin de se reposer et soulager le bateau. L'expression « tailler la route » convient bien. L'étrave, telle une hache, s'élève à chaque vague et s'abat derrière, rejetant l'écume comme des copeaux de bois. Après toutes ces années, je m'interroge encore : comment bateau peux-tu résister des jours à ce traitement sans te disloquer ?

Les chocs répétés à longueur de journées ravivent mon mal de dos. Reliquat de tous ces parpaings, tuiles et autres sacs de ciment trimbalés pendant des années ; mon rêve de mer était à ce prix. Il arrive un moment où je pourrais ne plus avoir envie de rien, seulement ne plus souffrir. J'essaie d'apprivoiser cette douleur afin de ne pas m'en faire une ennemie ; pas toujours facile, mais je dois bien vivre avec. Harnaché de ma ceinture lombaire, je souffre parfois comme aujourd'hui, mais sans regret. Je n'ai pas de révolte contre les éléments, c'est la principale leçon de la nature de savoir qu'elle est la plus forte. C'est aussi la vie de marin, on accepte ou on change de métier.

– Tu as envie de manger des *nachos*[16] à midi ?

– Super.

– Il faudrait aller chercher les chips dans le coffre avant.

– Qu'est-ce que t'as d'autre à proposer ?

– Des pâtes déshydratées.

– Parfait les pâtes, j'irai chercher les chips demain.

Journées de service minimum. Le credo : trouver l'endroit le moins mauvais, s'y caler en compagnie d'un bouquin et ne plus en bouger.

16. Plat populaire d'origine mexicaine.

Malheureusement, j'ai mal aux yeux, et ne peux plus lire depuis des jours. Corinne est devenue de fait ma lectrice, à l'image d'un feuilleton, chaque après-midi, elle me lit un chapitre de *Premier de Cordée*. Aujourd'hui, j'ai du mal à suivre, à mettre des images sur ces mots. Le spectre du bulletin météo s'immisce dans mes pensées. Une dépression tropicale descend lentement sur nous.

L'avance devenait vraiment dure. J'ai mis à la cape. Le calme revient à bord. Calme physique, pas psychique, le bulletin météo est plutôt alarmant : tempête tropicale, tout bâtiment situé dans un rayon de trois cents milles est invité à se signaler à intervalle de trois heures. Partie comme elle est, nous allons nous retrouver très près de son centre.

Rester à la cape ou fuir dans la direction opposée, en espérant mettre le plus de distance possible entre nous et le centre du phénomène, où les vents seront les plus violents. Plus question de réfléchir à tous ces jours d'efforts perdus à grignoter mille après mille notre route vers Rapa. Le seul mot d'ordre : s'en sortir. Quelques heures de repos, puis je me décide. On part en fuite vers l'ouest. Nous ne signalerons pas notre présence, ce serait un faux sentiment de sécurité ; et puis nous manquerons d'énergie. Hors de question de laisser tourner l'éolienne par un tel vent. Je préfère garder la charge des batteries pour suivre l'évolution de la dépression au bulletin météo.

Ma nuit se passe assis dans le siège de la timonerie, à aider le pilote à bien positionner *Naïla* sur les vagues, je m'endors parfois au creux de l'une d'elles et me réveille juste avant le départ au surf. Et pendant ces quelques secondes, je rêve. Je rêve à autre chose que la mer. Plus le temps passe, plus je dois être sur le coup. La pluie tombe dru. Heureusement, la lune est pleine, malgré la couverture nuageuse, la nuit n'est pas ténébreuse. Le vent monte, ma présence à la barre devient indispensable. La mer nous matraque sévèrement, à présent sous des cataractes de pluie.

Au petit jour, *Naïla* part au tapis pour la troisième fois. Beaucoup de choses valdinguent à l'intérieur. Le bruit s'apparente à un camion déchargeant des pierres. Casseroles, bouteilles, bouilloire, coussins…

La porte des toilettes s'est ouverte, l'eau de la cuvette m'a giclé au visage. Tout ce qui n'était pas convenablement fixé a traversé la cabine. Sur le pont, l'antenne radio et la pale du pilote ont été arrachées. La gaffe et le balai-brosse ont disparu. Prémices d'une sombre journée. Impossible de continuer dans ces conditions.

– Et si on mettait à la cape ? suggère Corinne.

– J'y pensais, d'autant que les conditions s'aggravent.

Naïla aussi semble acquiescer. Il s'est mis plusieurs fois en travers du vent et des lames, me montrant que là était sa place.

Je m'équipe rapidement mais consciencieusement, je sais que dehors, la mort rôde. Corinne à l'intérieur maintient la barre sous le vent. Je sors. Impossible de maintenir les yeux ouverts face à la tourmente. L'atmosphère est un amalgame de pluie et d'embruns, aiguisés en aiguilles par le vent, sans pitié pour mon visage et mes mains sans protection. Le ventre plaqué sur le roof, je rampe jusqu'au pied de mât pour ajouter une deuxième écoute à la trinquette, au mouchoir de poche qu'il en reste. Je ne regarde pas autour de moi, mais seulement le but de ma sortie, le point d'écoute de trinquette.

Le vent hurle dans le mégaphone offert par le gréement. De retour au cockpit, me protégeant de la main, je lève les yeux. La mer, blanche comme un désert de glace sous le blizzard, est effrayante. Plus rien d'humain ne semble subsister.

Je rentre et bloque la porte, plus aucune envie de ressortir.

– Ça va être dur, je ne sais pas ce qu'il va se passer, j'ai fait ce qu'il fallait faire, maintenant… à-dieu-vat !

Calés au mieux côte à côte sur le siège de la table à cartes, nous consultons, anxieux, le dernier bulletin météo. La prévision de trajectoire prévoit le passage du centre de la dépression à cent ou cent vingt milles de notre position. Nous devons nous attendre à des conditions encore plus dures. Le baromètre chute à la verticale. Un cyclone s'annonce. Je trouve cela d'une injustice incommensurable. Sous les hautes latitudes, les quarantièmes rugissants, O.K. On sait à quoi s'attendre. Mais là, par 27° de latitude sud, au mois de mai, hors de la saison cyclonique, c'est une iniquité des dieux.

30° de gîte, 60° dans la rafale, 3,5 nœuds, 4-5 nœuds de dérive au GPS. C'est presque trop beau. *Naïla* se comporte à merveille. Sa vitesse de dérive est notre sécurité. « T'es un bon bateau. »

Pourtant, j'ai peur de penser que tout se passera bien. Ces éléments en furie ont peut-être la faculté de fouiller au fond des pensées. Si je crois trop en nos chances se déchaîneront-ils davantage ? Un peu fou de s'imaginer cela. Et pourtant.

Sans avoir vécu la mer, on ne peut entendre les superstitions, les croyances des marins. Dans des situations extrêmes, croire en des forces supérieures permet de survivre. Quand surgit le moment désespéré, on s'accroche à ses enfants, à sa femme, à ses parents. L'espoir de les revoir aide à croire en la vie, au moment où la mort danse autour de vous sur les vagues. Seul au monde, épuisé, à bout, on s'abandonnerait plus facilement à la délivrance, à la fin.

Dans la tempête, il n'y a de combat que celui de notre imagination, mais en aucune façon contre la nature surpuissante. La lutte se résume à éviter les coups et à survivre sur le fil du rasoir, entre l'arrogance de se croire combattant et l'abandon à l'épouvante. Tant de difficultés, d'inconfort et de stress. Pourtant, toujours autant de marins sillonnent les mers, moi le premier. Allez comprendre !

Corinne est en sécurité dans la couchette. Je conserve bottes, ciré et harnais, prêt à sortir, et m'effraie à regarder la mer. Sur l'arrière, un monticule d'eau s'élève vers le ciel puis éclate en une longue déferlante. Les battements de mon cœur me remontent jusque dans la gorge.

Naïla dérape sur une lame, la crête déferle sans pouvoir le rattraper. Dans ces moments où je le sens si bien, une grande confiance m'habite et me convainc que tout se passera au mieux.

De temps en temps, je descends de mon perchoir. Corinne me regarde, je devine qu'elle a peur. Comme moi. Pourtant son visage semble confiant. J'aurais tellement envie de la prendre dans mes bras. Je ne prends qu'un baiser et retourne à mon poste.

Combien de fois regardons-nous le baromètre au cours de cette journée ?

–Qu'est-ce qu'il dit?

Quand l'un regarde, l'autre questionne.

–Je crois qu'il a arrêté de descendre.

Il peut, après sa chute libre de dix-neuf millibars.

La journée s'achève avec un vent semblant vouloir relâcher sa pression. Les rafales deviennent plus humaines, acceptables si l'on peut dire. La tension est énorme depuis hier soir. Je suis épuisé.

Je m'allonge près de Corinne. Juste le dos sur la couchette, les pieds toujours chaussés des bottes à l'extérieur. J'ai pris sa main dans la mienne. Elle se détend de me sentir près d'elle. Son souffle régulier m'apprend qu'elle s'est endormie, ses doigts commencent à jouer dans ma main la partition d'un rêve que j'espère serein.

Regard sur le baromètre.

–Qu'est-ce qu'il dit?

À peine ai-je bougé qu'elle se réveille.

–Ça y est, il remonte vraiment.

On s'endort cette fois le cœur plus léger.

J'ouvre les yeux. 4 heures. La pluie ne tambourine plus sur le pont, le vent a cessé de hurler. Je me lève.

–Corinne, viens voir. C'est magnifique.

Sous un ciel limpide, la lune éclaire une mer où les déferlantes ont disparu.

Je remets en route sous trinquette après une longue séance de démêlage des écoutes emberlificotées aux winchs par les lames qui y ont déferlé. Pourtant rangé sur le pont, un tangon de huit centimètres de diamètre en aluminium s'est cintré sous la formidable pression de l'eau au moment d'un knock-down[17] avant de prendre la cape. Antenne radio cassée en son milieu, portique du panneau solaire tordu ainsi que le mâtereau de l'éolienne: autant dire pas grand-chose.

17. Sous l'impact d'une lame déferlante, le bateau se couche jusqu'à frapper son mât sur la mer.

Nous avons passé dix-huit heures à la cape dont six sous des vents d'une extrême violence. Les herbes de Provence ont tout assaisonné : instruments de navigation, table à cartes, bibliothèque, chaussons… Après une heure de ménage, nous retrouvons un intérieur agréable, pansé des blessures de la tempête.

Nos appétits retrouvés, Corinne prépare un plantureux petit déjeuner. Le soleil se lève radieux, la vie est belle. *Naïla* file sur l'île de Raivavae, à présent plus proche que Rapa.

Le vent a bien diminué depuis hier. Le génois est devenu trop lourd. Je sors de la couchette sans bruit. La lune n'est pas encore levée. J'y vois suffisamment pour me passer du projecteur de pont. Affairé à l'avant, j'installe l'étai largable, sur lequel j'enverrai le génois léger.

– ALAIN !

L'appel de Corinne vibre comme dans un film d'horreur. Je comprends immédiatement ce qu'elle a imaginé.

– Je suis là !

J'abandonne aussitôt mes outils et la rejoins. Elle m'enlace de toutes ses forces et fond en larmes…

– J'ai glissé ma main sur le siège, tu n'étais pas là. Alors, j'ai regardé dans le carré, dans le cockpit, et même, c'est idiot, dans les toilettes alors que le verrou extérieur était fermé… comme pour retarder la réalité… Je suis sortie, je ne t'ai pas vu, ni sur la jupe, ni dans le mât, ni à l'avant. J'ai regardé la mer tout autour, j'ai cru…

Les mots s'étouffent dans sa gorge. Je l'étreins. En sanglots, elle tremble de tout son corps.

– Je t'ai appelé dans un dernier souffle de désespoir.

En nous endormant ce soir, elle me serre la main un peu plus fort.

13 mai, magnifique cadeau d'anniversaire : ce matin, l'île de Raivavae apparaît sur l'horizon.

Si le bateau chavire,
Ce ne peut être pire,
Mais c'est toi qui navigue,
Et toi l'enfant prodige,
Après avoir fait naufrage,
Il serait peut-être sage,
De s'arrêter au bord d'une plage,
Car tu as besoin de soleil,
Et moi de merveilles.
Nous pêcherons le poisson,
Tout au bord du lagon.

13. ENFIN LES TROPIQUES

Sous un soleil radieux, *Naïla* se glisse dans la passe de Raivavae. Végétation tropicale sur un relief montagneux. Féerie de verts sous le ciel bleu, lagon turquoise entouré de motu[18] : la carte postale polynésienne rêvée pour nos anniversaires. Avant même de mouiller l'ancre, j'ai déjà fait le tri, jeté les mauvais et gardé seulement les bons moments, pour les ranger dans les souvenirs de traversées. Cela m'évitera de vivre avec la peur de retrouver la mer. Et à présent, plus de quarts ni de manœuvres de voile, seulement le repos et le bonheur de l'escale.

Tout en effectuant les formalités d'entrée, nous demandons au gendarme s'il y a une banque sur l'île. Il arrête d'écrire, relève la tête et nous regarde comme une poule ayant trouvé une fourchette :

– Mais il n'y a rien ici !

– On voudrait faire des courses, mais on n'a que 15 euros.

– Avec 15 euros, vous pouvez tenir des mois, il n'y a rien à acheter.

Désabusé, il regrette d'avoir demandé sa mutation à Raivavae. Bloqué dans ce trou, comme il dit, pour trois ans. En voyant l'île par un temps pourtant magnifique le jour de leur arrivée, quelques mois plus tôt, sa femme a éclaté en sanglots.

La fenêtre du bureau donne sur l'eau turquoise du lagon, mais lui n'a d'yeux que pour le fond d'écran de son ordinateur, le Puy de Dôme ! Le paradis se mue en enfer quand on n'y vient que pour la solde.

---

18. Îlots de sable corallien sur la couronne récifale d'un atoll. La plupart portent une faible végétation, notamment des cocotiers. La langue polynésienne comporte peu de consonnes. Le « u » se prononce « ou », le « e » se prononce « é », le « r » est roulé et toutes les lettres d'un mot se prononcent. Par exemple, on dit : « Ra.i.va.va.é. »

Nous savons par ouï-dire qu'un marché de fruits et légumes se tient près du village. Nous allons à la mairie nous renseigner. L'employée nous dévisage tels deux extraterrestres débarqués sur Terre.

–Mais y a pas de marrrrchéééééé!

Nous devons ouvrir d'autres yeux, raisonner différemment, oublier notre vision métropolitaine des grands magasins où l'on trouve tout, des marchés aux étalages débordants de denrées. Nous sommes sur une île, au bout du monde. Vivre la différence fait partie intégrante du voyage. Raivavae est ravitaillée toutes les deux semaines par bateau. Les commerçants sont vite démunis de produits frais, on se contente de viande congelée et d'œufs. Certaines épiceries n'excèdent pas l'approvisionnement d'un cellier.

En fait de marché, si l'on peut dire, c'est un *popaa*[19] installé ici depuis trente ans qui le tient. À trois kilomètres du village, une table au bord de la piste où, deux fois par semaine, il vend, selon la saison, les légumes de son jardin. Grosse déception, l'étalage est vide.

Edmond sort à notre rencontre:

–Je n'ai rien en ce moment. J'ai retourné la terre, je vais ensemencer.

Face à nos moues, il ajoute:

–Venez avec moi, on va voir si on peut trouver quelques haricots et un chou.

Dans la cour, Edmond construit un voilier en contreplaqué. En France, on rêve du bout du monde, mais quand on y vit, à quoi rêve-t-on? À l'autre bout! Envie d'ailleurs. Heureusement, la Terre est infiniment ronde. Chacun peut y cheminer dans le rêve ou la réalité en quête de son Graal. Depuis des années, Edmond travaille à ce rêve, et ce rêve nourrit sa vie. Que ce bateau goûte ou non un jour à l'eau salée, quelle importance.

Le regard avide d'Edmond me demande:

–Des cartes. Tu n'aurais pas des cartes marines?

–De quelle région?

–Ça n'a pas d'importance.

---

19. Terme tahitien désignant les Occidentaux.

Il manque de tout pour terminer la construction de son bateau, mais l'essentiel, pour lui, est de posséder des cartes, des cartes pour rêver.

Ici, on marche lentement, les gens disent « bonjouououorrr », en étirant le jour, ou *iorana*, les plus anciens ne parlant pas le français. Les occupants de la côte grognent à notre passage. Pas de vacanciers. Sur les plages, seulement des cochons. Chaque famille en possède au moins un. Attachés par une patte, ils attendent couchés à l'ombre des filaos[20] les épluchures et les restes de nourriture quotidienne.

Alors que les marins européens ne quittaient pas encore la terre des yeux, des flottes entières de grandes pirogues doubles sillonnaient déjà l'immensité du Pacifique pour en coloniser les îles. Ces pirogues étaient construites sans cordeau ni aucun instrument de mesure. Les arbres une fois abattus, les troncs étaient débités en planches grossières, sans l'aide d'aucune scie, mais avec des coins de bois dur enfoncés à coups de pierre pour les faire éclater. Ces planches étaient ensuite aplanies à l'herminette d'obsidienne. Chacune prenait alors place sur la charpente préalablement assemblée. L'ensemble pouvait mesurer de dix-huit à vingt-cinq mètres de long, dans le cas d'une pirogue double de voyage. Chaque planche de bordé, percée de trous sur son pourtour, était solidement cousue à sa voisine avec de la cordelette tressée à partir de bourre de noix de coco.

Les petites pirogues à balancier en bois cousu, qui reposent à l'abri sur la grève devant nous, sont les derniers témoins de la tradition navale polynésienne. Les six pièces de bois qui les composent sont aujourd'hui liées entre elles avec du nylon, une concession à la modernité.

Peu de voitures circulent sur la piste ceinturant l'île. Deux kilomètres seulement sont bétonnés, le reste est en soupe de corail. Pas de stress, vitesse limitée à quarante kilomètres à l'heure. Hibiscus, *opui*, *riri*, monette, tiaré, bananiers et papayers égayent les jardins. Les

20. Arbres du littoral au bois très dur. Ses feuilles ressemblent à des aiguilles.

citrons sont encore verts, mais les pamplemoussiers portent des fruits mûrs et appétissants d'une taille énorme. Le supplice de la tentation, après ces semaines de mer. Aucun commerce ne vend de fruits, car tout le monde en possède. Devant un faré[21] au sol tapissé de fruits tombés, Corinne demande :

– Vous pouvez nous vendre des pamplemousses ?

« Vous », il faut que l'on oublie ce mot, en Polynésie le tutoiement est de rigueur. Vouvoyer est aussi malvenu que de tutoyer un inconnu en France.

Les choses changeront sans doute avec l'ouverture prochaine de l'aéroport et l'arrivée des touristes mais, pour l'instant, il ne viendrait à l'idée de personne de vendre ce que la nature prodigue sans avoir à fournir d'effort.

Nous repartons le sac rempli de papayes et de pamplemousses merveilleusement sucrés, sans comparaison possible avec ceux de la métropole.

Sur le chemin du retour, nous croisons Anatana et sa fille :

– Vous avez vu le *tiki* ?

Autrefois, Raivavae se caractérisait de ses voisines par ses massives sculptures anthropomorphes. De ce riche passé ne subsiste qu'un seul *tiki*. Les autres, arrachés à leur terre originelle, ornent les jardins du musée Gauguin de Tahiti. La cheffesse, qui avait consenti à leur enlèvement moyennant une indemnité dérisoire, a vu en songe sept de ses ancêtres revenus de l'autre monde pour lui reprocher l'inconséquence de son geste.

La conversation s'engage au bord de la route et se poursuit sur la terrasse de son faré autour d'un café.

J'attache le premier régime de bananes sous le panneau solaire. Vu et revu cent fois en photo, dans des récits ou des magazines. Mais là, il se balance sur mon bateau dans le contre-jour tamisé du soleil couchant. Il en faut peu pour être heureux.

---

21. Maison traditionnelle en Polynésie.

Un margouillat dissimulé dans une main de bananes surgit sur la table et contemple son nouveau décor. Je le ramènerai à terre demain. Pour l'instant, la pluie crépite sur le pont et nous nous amusons de sa compagnie.

Un mandat télégraphique vient enfin d'arriver à la poste. Nous allons pouvoir faire quelques courses, car malgré le défaitisme du gendarme, les épiceries proposent un choix suffisant, quitte à en visiter plusieurs pour réunir un ravitaillement de base correct. Poulet dans l'une, cheddar dans l'autre, œufs dans une troisième.

Sacs aux dos et chaussures de marche aux pieds, direction le mont Hiro à 437 mètres d'altitude, le point culminant de Raivavae. Après une heure de marche, alors que nous hésitons car il n'y a pas de sentier tracé, une vahiné sort de son faré :

– Tu cherches quelqu'un ? Tu vas où ?

– On se promène. On voudrait aller au sommet de l'île.

– Moi, j'ai quarante ans et je n'y suis jamais allée.

Sans plus de mots, elle nous indique la direction et s'en retourne en riant, pensant sans doute : monter là-haut sans raison, encore bien là une idée de *popaa* !

Nous longeons la terrasse d'une habitation avant de traverser sa cour parmi les poules et les cochons. À l'ombre de la forêt, nous atteignons le bassin de captage des eaux, une aubaine pour nous rafraîchir. Avancer devient difficile dans les éboulis dissimulés sous la végétation, les branches mortes et les roseaux. Un paille-en-queue sur son nid nous distrait quelques minutes. Plus haut, les arbres et les roseaux disparaissent, seules les fougères enchevêtrées jouent avec nos lacets et agrippent nos pieds à nous en faire perdre l'équilibre. Des silhouettes de chèvre se dessinent sur la pente.

L'ascension s'achève par une progression sur une crête rocheuse, précipice à droite et à gauche. Nos pieds cherchent des appuis dans ce passage étroit, juste avant le mouchoir de poche de la plate-forme sommitale. Vertigineux. L'atoll de Raivavae nous apparaît dans son ensemble. Son anneau corallien, sa lagune d'un camaïeu bleu laisse entrevoir des nappes de sable entre les bancs de corail, son chapelet de motus aux longues plages désertes, ses vastes étendues d'eau… Féerie de bleus sans limite. Dans le ciel, quelques cumulus taquinent le soleil. Je prends Corinne dans mes bras sous le clin d'œil d'Apollon.

Une abeille se pose sur ma main, je l'emprisonne entre mes doigts refermés.

– Arrête, elle va te piquer !

– Mais non, regarde. L'extrémité de son abdomen est rond et ses yeux se touchent presque, c'est un mâle, un faux bourdon, il n'a pas de dard.

– Comment sais-tu ça ?

– Depuis qu'on connaît Francis, j'ai beaucoup appris sur les abeilles.

Il y a des personnes dont le visage invite à l'échange. Avant même d'engager la conversation, vous avez déjà la conviction qu'elle sera agréable. Francis, enseignant au lycée, est le seul habitant de l'île à posséder une ruche et à avoir la connaissance pour en parler. Je ne soupçonnais pas que la vie des abeilles pouvait être aussi intéressante.

Lui et Noni, sa femme, nous offrent l'hospitalité. Des après-midi et des soirées entières s'écoulent en leur agréable compagnie. Francis est attendrissant quand il conte les Ardennes et son lointain village natal. Il nous semble voyager vers un pays de conte de fées. Je comprends qu'il peut être facile de transplanter un jeune arbuste, mais l'homme, tel l'arbre adulte, laisse toujours des racines dans sa terre d'origine.

Nous marchons, tête baissée, chacun d'un côté de la chaussée. Nos yeux balayent la soupe de corail poussiéreuse de la piste à la recherche de coquillages. Nos poches se gonflent de petites porcelaines aux tons vert, jaune, marron… Une collection débute.

Un couple et leur petite fille devant une habitation isolée sourient à nos affaires.

–*Iaorana.*
–*Iaorana.*
La fillette nous rattrape un peu plus loin.
–Vous aimez les pamplemousses ?
Elle en tient un dans chaque main. C'est une magie de vivre des instants si simples.

À bord de l'annexe, nous slalomons entre les tables de madrépores bien visibles dans le bleu environnant. Au ralenti, nous approchons d'une grande plage de sable blanc pailleté de rose. Vert émeraude, bleu turquoise, mauve marbré de noir… des centaines de bénitiers aux lèvres pulpeuses donnent des sourires aux patates de corail. Des sternes blanches tournoient au-dessus de nos têtes en lançant de petits cris. Le plaisir des pieds nus sur le sable me remonte le long de l'épine dorsale. Rêve polynésien.

Les cocotiers portent de grosses grappes de cocos verts. Je l'ai tellement vu pratiquer à la télé que je ne peux résister à l'envie d'y monter. Juste avant que ma main ne touche le fruit convoité, je dégringole aussi sec vers le plancher des crabes. Heureusement, j'avais eu la bonne idée d'enfiler un pantalon. Et pourtant, je le savais. Lu et relu. En montant à un cocotier, ne jamais attraper en toute confiance la première palme qui n'attend que cela pour se détacher. L'homme est un grand couillon qui n'apprend bien souvent que par ses propres erreurs, au risque d'y laisser sa peau.

En quittant le motu, l'hélice engage dans le sable et la clavette de sécurité casse. Le moteur tourne mais n'entraîne plus l'hélice.
–Tu ne crois pas que l'on est un peu loin pour rentrer à la rame… ?
–En plus, avec le vent contraire, on n'est pas près d'arriver. À moins que tu ne préfères dormir ici. J'ai une autre idée.

À l'aide d'un bout de corail, j'arrive à extraire un clou rouillé d'un vieux cabanon à l'abandon. On se rend vraiment compte de l'utilité d'un outil quand on en est privé. Cette nouvelle clavette en place, nous repartons sur les chapeaux de roue avant la nuit.

Nous sortir de situations apparemment sans issue, avec ce dont je dispose sous la main, me procure des moments de bonheur incomparable.

–MacGyver ! dit Corinne en souriant.

Nous attendons un vent de nord pour descendre vers l'île de Rapa. Ce matin, la météo annonce toujours du sud pour les prochains jours. Corinne et moi, allongés chacun sur une banquette, un thé fumant sur la table, conversons de nos prochaines randonnées. Le ronflement de l'alizé s'estompe et, d'un coup, une bouffée d'air chaud entre par la descente. Le vent a basculé de 180°. Au loin, le pacifique lagon s'est mué en un infâme plan d'eau hérissé d'un clapot déferlant. Le temps d'enfiler mon ciré et déjà *Naïla* se cabre et bondit contre les durs boudins en caoutchouc de l'appontement. Boudins prévus pour les cargos, pas pour la fine peau d'un voilier. Les pare-battages soulevés par le ressac et le vent ne sont plus d'aucune utilité. Le vent hurle sous une pluie battante. Sa force m'oblige à rester à genoux sur le quai pendant que j'ajoute une amarre à l'arrière. Corinne tente de partir à la recherche de pneus. Trop tard. Des tôles meurtrières arrachées aux toitures volent en guillotine.

–Ça ne sert plus à rien de rester à bord. Si la coque s'éclate sur le quai, on est mal. File à l'abri du mur en béton du hangar.

–Et toi ?

–J'arrive.

J'entre dans la cabine, les deux tasses de thé au liquide encore tiède sont renversées. Chaque choc contre les boudins du quai s'accompagne de craquements sinistres, le jeu des aménagements contre l'aluminium de la coque. J'attrape le sac à dos posé sur la couchette. J'attends le moment propice pour sauter sur le quai et rejoindre Corinne.

Elle me regarde pleine de pitié.

–J'ai pris ça, dis-je en lui montrant, dérisoire, le sac contenant l'appareil photo et la caméra.

Et, dans ses bras, je pleure l'agonie de mon bateau. En mer, nous lutterions ensemble, là, nous ne risquons rien. Les douleurs ne sont pas les mêmes. La grande porte coulissante de l'entrepôt du port cède à l'assaut du vent et part en glissade vers le stade de foot. Dans cette apocalypse, un bruit de tôle effroyable, *Naïla* est mort. Insouciants, on trace des plans d'avenir et, en quelques minutes, le sort vous jette à poil sur un quai à l'autre bout du monde.

Nous risquons un œil, imaginant l'horreur. Bonheur dans la tourmente, il est toujours là, brave *Naïla*, malmené, recevant des coups sans pouvoir les rendre, mais toujours là. L'origine du bruit déchirant est le toit du gymnase qui, roulé comme un couvercle de boîte de sardines, vient de tomber dans le lagon.

Une heure s'étire ainsi comme des jours interminables. La tempête continue de mugir, mais ses hurlements ont cessé. Les gendarmes arrivent dans leur voiture chargée de pneus, *Naïla* est sauvé.

Ce matin, les nouvelles de Tahiti parlent du passage d'une bombe météo sur Raivavae, apparemment indétectable par les prévisionnistes. L'île panse ses blessures, arbres déracinés, poteaux électriques cassés, bananeraies détruites, quatorze familles ont perdu leur faré, décapité par le vent. Ceux qui n'ont plus rien trouvent refuge chez des parents. *Aïta pea pea*, mot clef de la philosophie polynésienne, pourrait se traduire par : « C'est ainsi, ça n'a pas d'importance, inutile de se casser la tête, la vie continue. »

Avec quelques bosses, cicatrices supplémentaires de sa vie de voilier, *Naïla* s'en tire bien. Sous le ciel bleu, dandinant son croupion au clapotis qui lèche sa jupe, qui me croira si je dis qu'il m'a souri ?

Je regarde avec plaisir,
Ton joli sourire.
Tu es à croquer,
Et me fais craquer.
Le bleu de tes yeux,
Est si merveilleux.
J'aime le son de ta voix,
Qui m'emporte avec joie.
Je bois tes paroles,
Et je m'envole.

14. RAPA

Adolescent, j'avais fixé au plafond de ma chambre, juste au-dessus de mon lit, un planisphère. Chaque soir avant d'éteindre la lumière, la Terre dans les étoiles, je voguais le monde. J'embarquais dans mes révolutions imaginaires vers une île, étoile isolée, pour une nuit d'escale. Sur mon livre de bord, Rapa, si loin au milieu de l'océan, figurait souvent.

Bien des années ont passé. En attendant le jour, *Naïla* patiente à la cape sous le vent de l'île. Je rejoins Corinne et le repos, le temps d'un rêve. Demain, nous serons à Rapa.

À l'entrée de la grande caldeira centrale de Ahurei abritant les deux seuls villages et ses quatre cent cinquante habitants, nous nous amarrons au quai. Le moteur de *Naïla* tourne encore quand une voiture s'arrête près de nous. Une femme en descend, un sac plastique à la main :

– Tiens.

– Qu'est-ce que c'est ?

– Des *firi firi*.

– C'est quoi des *firi firi* ?

– Tu ouvres, tu manges et tu verras… *Nana*[22]. Et la voilà déjà repartie.

Nous ouvrons. Il s'agit de beignets sucrés que l'on mange tout de suite assis dans le cockpit. Bel accueil.

22. Au revoir.

J'avais rencontré Jacques Salvetat par hasard, mais était-ce vraiment le hasard qui nous avait conduits ce jour-là vers ce même village ? « Un trou du cul du monde », comme l'aurait qualifié un citadin qui n'entendrait rien au bonheur de la vie au grand air. La conversation avait glissé vers la mer et notre proche départ. J'énumérais brièvement les escales. Au mot Polynésie, il m'arrêta :

– Quelle île ?

– Vous ne connaissez sûrement pas, c'est la plus perdue vers le sud, Rapa.

– Rapa ! Mais j'y ai passé un an et demi au moment des essais nucléaires.

Intarissable à l'évocation de son séjour sur cette île vingt-huit ans plus tôt, ses yeux brillaient d'émerveillement pour cet Himalaya qui avait marqué sa jeunesse et sa vie. Après cette rencontre, il m'envoya une série de photos de cette époque bénie, ses copains Rapa et des photos d'enfants à présent bien grands, avec ce mot : « Faites-leur en cadeau. »

Un enfant s'approche de *Naïla* amarré au quai, je sors les photos.

– Tu connais ce monsieur ?

Il regarde, dubitatif. Heureusement, Jacques m'a écrit son nom au dos, c'était son grand copain sur l'île, je lis :

– Awariki.

– Ah oui, il habite la première maison.

Jacques nous a donné une clef magique et merveilleuse. Nous quittons Awariki et sa femme la nuit venue après avoir dîné de poissons et de langoustes.

L'information va se répandre sur l'île comme une traînée de poudre : le voilier est porteur de souvenirs. Une grosse dame, une larme à l'œil sur cette fillette qu'elle fut il y a trente ans, la photo d'un proche disparu, une photo de classe où l'on rit en reconnaissant des têtes qui ont tant changé… Nous circulons dans le village avec ce trésor en poche que l'on distribue au fur et à mesure de nos rencontres.

Le son de la télé s'échappe d'une baraque en contreplaqué, devanture ouverte sur la chaussée. Trois étagères maigrement approvisionnées. Sur le comptoir, des bocaux de bonbons multicolores. Madame Bonnet, soixante-douze ans, tient là son épicerie. Elle abandonne son feuilleton à notre conversation. Elle en a connu des changements, le mode de vie a évolué. Nostalgie de la jeunesse passée :

– Avant, dans les huttes, on allumait un feu et on avait chaud. Maintenant, dans les maisons en ciment, on ne peut plus faire de feu. C'est froid.

Avant de partir, nous avons droit à un bisou et à deux bonbons pour la route.

Assis sur la margelle du pont, un homme âgé nous tend la main. Nous nous asseyons à ses côtés. Il y a plus de trente ans, Albert a planté une bonne partie des sapins présents sur l'île.

– C'était dur, tu vois le terrain comme il est raide !

Petites rencontres rapaiennes, petits bonheurs. Nous rentrons au bateau avec un sac de pamplemousses et un régime de bananes qu'Albert nous a donnés. À Rapa, on ne se complique pas la vie, on ne vend pas, on ne troque pas, on ne calcule rien, on donne.

En suivant le chemin des chèvres, nous atteignons le Pukutaketake, ancien *pare*. Des ruines de châteaux forts bordés de précipices couronnent onze autres pitons de l'île. Pendant la Haute Antiquité, la population s'accrut grâce aux ressources abondantes et forma des clans avec chacun son territoire. Mais, la population augmentant, les clans se mirent à convoiter les mêmes terres. Selon les légendes, des conflits éclatèrent. Les habitants furent amenés à quitter les basses terres pour construire des forts dans les montagnes. Le bâtiment central était entouré de rangées de palissades, plantées régulièrement et descendant jusqu'au pied des collines. Ces palissades en surplomb permettaient à un nombre limité de guerriers de défendre leur citadelle contre de nombreux assaillants. Ces fortifications rappellent les *pa* maoris de Nouvelle-Zélande. Morongo Uta, entre les baies Ahurei et Hiri, la mieux conservée de ces antiques forteresses, a fait l'objet de fouilles en 1956 par une équipe d'archéologues norvégiens dirigée par Thor Heyerdahl. Ce grand fort s'étage en de nombreuses terrasses successives. L'ensemble atteignait cinquante mètres de haut et quatre cents mètres de diamètre. De profonds fossés séparent les terrasses du bastion central ; celui-ci, dont le périmètre dépasse trois cents mètres, est dominé par une double tour de guet pyramidale. Après la victoire d'un groupe sur les autres, son chef devint roi de l'île. La dynastie Ngaitapana régna pendant onze générations jusqu'à l'abolition de la monarchie par les Français en 1887. Au débarquement du premier Européen, en 1816, les forts n'étaient déjà plus habités.

Au sommet de la tour de guet, à 380 mètres d'altitude, un panorama unique s'offre à nos yeux. Rapa n'a pas l'image idyllique d'une île polynésienne. Pas de plage de sable, ni de lagon turquoise, le massif basaltique est directement livré aux assauts des vagues. L'île est déchiquetée, dentelée, résultat des facéties de l'érosion. À certains endroits, les parois des falaises forment des à-pics de plus de trois cents mètres. Partant des crêtes, les vallées s'élargissent en éventails vers les baies, chacune d'elle arrosée d'un ruisseau. Le long du parcours sinueux de ces torrents, des bosquets d'arbres, des fourrés de fougères géantes dissimulent caféiers, bananiers ou orangers. Tout en bas, le lit des vallées a été aplani et aménagé en terrasses irriguées pour la culture du taro[23]. Points minuscules, des chevaux broutent, paisibles. Le chant de coqs sauvages monte en écho vers notre nid d'aigle.

Sur d'autres îles, l'habitat côtier face à l'horizon maritime rappelle sans cesse l'isolement et l'insularité du lieu. À Rapa, les deux villages, Ahurei et Area, cernés par les montagnes, suggèrent un univers clos. On y oublie le monde extérieur. Ce n'est que sur les hauteurs, d'où l'on voit la mer s'étendre à l'infini, que l'on prend conscience de l'isolement.

Sur la piste, des gamins nous interpellent :

– Vous allez où ? Vous avez une salle de bains sur le baaateau ? Et une téélée ? Vous avez le nez pointu !

23. Plante qui constitue la base de l'alimentation locale.

–Et vous, les Rapa, il est aplati car il y a beaucoup de vent sur votre île !

Dix yeux nous dévisagent, étonnés. Éclats de rire collectifs.

Ils nous guident jusqu'au tombeau du roi, sur le haut d'une colline. La chambre mortuaire en forme de grand sarcophage est taillée de profil dans le mur rocheux. Selon la tradition, après leur mort, les rois de Rapa étaient amenés dans cette chambre au cours de grandes cérémonies. Ils reposaient là jusqu'à ce que, par une nuit noire, deux de leurs proches les emmènent en silence jusqu'à la vallée d'Anarua, où tous les rois, successivement, étaient cachés dans une caverne secrète. Les enfants nous content cette histoire à leur façon, ajoutant des langues coupées pour être sûr du silence des porteurs.

La marche et les légendes creusent les estomacs. Nous partageons en sept, fromage et pain, initialement prévus pour deux. Maigre repas, on se rattrape sur le dessert à portée de main, goyaves rouges, goyaves jaunes et orangers qu'il faut escalader pour se rafraîchir de leurs fruits juteux.

Régulièrement, nous passons à la station météo pour consulter la carte de situation et les prévisions à quarante-huit heures. Maurice, le chef de station, originaire de Tahiti, est assis devant la porte en attendant que sèche le carrelage tout juste lavé. Son chien somnole à ses pieds, tandis que sa vache nous observe par-dessus son épaule.

Maurice est arrivé sur l'île vingt ans plus tôt et n'en est plus reparti. Il n'a pas trouvé de femme et ne semble pas avoir ce qu'on appelle chez nous «des amis». L'heure de la retraite approche, pourtant il n'imagine pas vivre ailleurs.

Rapa a une grande particularité par rapport au reste de la Polynésie : la propriété privée n'existe pas. Habiter ici sans occuper d'emploi associé à un logement de fonction, météorologue ou infirmier, n'est pas possible sans partager la vie d'un ou d'une Rapa. Quand un couple souhaite s'installer, l'un d'eux doit obligatoirement être Rapa. Il fait alors une demande au Conseil des sages pour jouir de l'usufruit d'une parcelle de terrain, mais il ne pourra jamais prétendre la posséder. Ainsi, Maurice, s'il veut rester, devra trouver une bonne âme qui lui louera un faré inhabité.

– Hier, nous sommes allés jusqu'au sommet du Pukutaketake.

– C'est où, ça ? demande Maurice.

– Celui qu'on voit sur la gauche, sous le mont Perau.

– Ah, c'est celui-là le Perau.

– Comment ça, Maurice, tu ne connais pas les sommets de Rapa ?

– Non, et je n'en ai même jamais gravi un seul. Ma vie est à la station.

Maurice a passé vingt ans sur un îlot qu'il s'est créé, au centre d'une île trop grande pour lui. Un sacerdoce ou une ruse lui épargnant d'affronter la vie ?

6 heures 30. Punua, gendre de Awariki, nous attrape au saut du lit.

– On va à la chasse au taureau. Tu viens ?

La question ne doit pas être prise sous la forme interrogative mais plutôt comme une affirmation : je viens vous chercher pour aller à la chasse au taureau !

Nous avons appris à décrypter les questions qui n'en sont pas et surtout à éviter de tergiverser. Essayer de planifier pour plus tard nous assurerait de ne rien faire du tout. Une toilette de chat, nous sommes prêts.

– On s'arrête prendre le café à la maison.

Ici, le café est un vrai repas : pain, fromage, poisson cru, fruits. Si nous espérions nous contenter d'une tartine, c'est raté.

Teratoa, maîtresse de maison, nous regarde avec des yeux noirs : « Mange ! » Alors on mange. Peu de mots sont échangés, bribes de phrases ponctuées de longs silences, un haussement discret des sourcils en signe d'acquiescement. Au début de notre séjour, à cause de notre habitude métropolitaine, à parler même la bouche pleine, nous avons eu du mal à interpréter cette attitude. Elle est tout simplement issue d'une autre culture. Leur plaisir est d'être ensemble, avec des amis, des personnes qu'ils apprécient. Assis autour de la table, on se regarde ou on ne se regarde pas, on parle ou on ne parle pas, on se contente d'apprécier pleinement la chaleur de cette coexistence.

Nous partons en direction de Tuko au fond de la baie par la piste en terre. Les bovins y paissent en liberté, de fait les hommes ont clôturé leurs habitations de barbelés. Les bœufs ne sont pas loin aujourd'hui, une aubaine. Punua stoppe le pick-up et empoigne son fusil. On court, Punua devant nous s'immobilise. Le temps de reconnaître sa bête marquée, il épaule et tire. Le taureau s'effondre. Le bord de la piste se transforme en abattoir. L'animal est dépouillé puis coupé en quatre et chargé dans la voiture. Amori a creusé un trou, on y jette la peau et les tripes :

– Amori, Amori !

Punua ironise devant le monticule dépassant du trou trop petit. Quelques branches de goyaviers par-dessus et il n'y paraît plus, ou presque.

Un ruisseau à proximité permet à chacun de se laver les mains. À trente mètres, un taureau nous observe depuis le début de la boucherie. Bien sûr qu'il comprend. Les bovins se vengent à leur manière, si l'on peut dire. Qu'une personne oublie de fermer le portail de la route donnant accès au village, et jardins et plantations en feront les frais la nuit venue.

Retour à la maison, les quartiers de viande sont posés sur des cartons. Couteau de plongée et machette servent à débiter la viande. Des os résistent. Awariki disparaît dans la buanderie et en revient armé d'une hache. Le découpage continue, à mille lieues de l'éthique de la boucherie. Le chat tourne sous la table et le chien Pipo aboie. Sur le feu, les abats cuisent déjà dans la poêle. Tout le monde aura sa part.

– Corinne. Cœur ou foie ?

– Je t'assure Punua, j'ai bien mangé ce matin, dit Corinne accompagnant sa phrase d'une tape sur le ventre.

– Aaahhh… Faut manger, prends avec le taro ou la *popoi*.

– Bon, un petit bout de foie alors, mais gardez plus pour vous, moi je n'ai pas travaillé.

Par politesse pour ces hommes, Corinne refusera une deuxième «tartine de foie», peut-être aussi parce qu'il n'est que 9 heures 30 du matin.

Le taro de Rapa est le meilleur du monde. Paroles de Rapa. Cette plante à rhizome est cultivée comme le riz dans des marécages irrigués. Après avoir été bouilli, le tubercule est débarrassé de sa peau. On le consomme ainsi ou en *popoi* après préparation. Le taro est écrasé à l'aide d'un gros caillou, le *tuki*, sur une grande pierre plate, le *kara*. Il se transforme en une pâte épaisse et gluante, ensuite battue à la main jusqu'à l'obtention d'une pâte souple et homogène qui doublera de volume en fermentant: la *popoi*. Le samedi matin, les arrière-cours résonnent de ce concert de martèlements comme une mélopée primitive, le chant de la *popoi*. Elle est consommée telle quelle en accompagnement de poisson, de viande, ou bien de confitures. Le taro et la *popoi* constituent la base de l'alimentation locale.

Nous marchons sur la chaussée en béton longue de mille cinq cents mètres qui relie le quai au village. Jacques Parent au volant de son énorme pick-up Chevrolet s'arrête et nous invite à monter. Enseignant à la retraite, il cherchait une certaine forme d'isolement qu'il a trouvé à Rapa. Cheveux attachés en queue de cheval et longue barbe blanche, toujours serein, il a l'air d'un sage.

–Bonjour Taku!

Sa fille nous sourit, adorable frimousse dont le métissage a le secret.

Jacques regarde le monde sans le juger et sait tirer de chaque événement et de chaque jour son côté positif.

–Plus je vieillis et plus j'apprends à profiter du temps présent.

À bord de son rutilant pick-up rouge, il aime à cheminer comme dans la vie, doucement, saluant chaque personne croisée, s'arrêtant pour lui dire un mot.

–Ta voiture, elle pourrait atteindre les cent cinquante, mais tu ne dois pas souvent passer la cinquième.

–Jamais. Vingt, trente kilomètres à l'heure maximum. Les gens, et surtout les enfants, n'ont pas la notion du danger de la route. Ils la traversent comme leur cour, c'est une aire de jeux semblable à une autre. Et les animaux, regarde ce chien, il dort au milieu de la chaussée et n'en bougera pas, c'est moi qui vais devoir le contourner.

Avant de le quitter, nous invitons Jacques à venir prendre le petit déjeuner demain matin.

–Oh là là ! Je n'ai pas le temps.

–Après ce que tu viens de nous dire ?

–Enfin… ce n'est pas vraiment le mot qui convient. D'accord, je passerai demain.

Le lendemain matin, sous une pluie battante, sans se presser, comme si le soleil brillait, nous le voyons arriver en ciré sur son vélo.

–Ta voiture a un problème ?

–Non, non, j'avais envie de faire un peu de vélo.

–Mais il pleut !

–La pluie est fréquente à Rapa, c'est l'inverse qui est exceptionnel. Alors quand on a envie de faire quelque chose, on ne s'occupe pas du temps.

Ce matin, la silhouette du *Tuhaa Pae* à peine apparue à l'horizon, tout le monde se dirige vers le quai, en pick-up, scooters, minibennes, baleinières ou à pied poussant une brouette. Dès que la passerelle est descendue, les bambins montent à l'assaut du vraquier. Le *Tuhaa Pae* est le seul lien avec l'extérieur. Un mois et demi, deux mois d'isolement, parfois plus entre deux de ses passages.

Tapi au fond de l'eau, un mauvais génie s'amuse à emmêler la chaîne de *Naïla* aux roches et au corail, un tour à droite, une boucle par-ci, un tour à gauche, une boucle par-là. Complice, le vent tourbillonnant nous rit au nez. Après une heure de recherche, nous trouverons une zone de vase par trente-cinq mètres de fond ! Le moins mauvais emplacement reste à quai, bien que le clapot y rende la station pénible quand les rafales avoisinent les cent kilomètres à l'heure. Nous le quittons uniquement pour laisser place à la goélette. Être au quai, c'est rester à portée des habitants pour participer à la vie locale.

Il pleut depuis des jours. Quelques barques partent tout de même à la pêche, cirés jaunes, cirés rouges, seules couleurs noyées dans la grisaille. La rive opposée se devine à peine. Vision fantomatique, le mont Perau apparaît suspendu dans les airs.

Nord, sud, est, ouest, ces mots n'ont pas de signification. Les Rapa se repèrent à l'instinct ou par expérience. Si le vent vient de là, il fera beau, s'il dégringole de ce contrefort, le mauvais temps s'annonce.

La pluie se calme mais le ciel reste chargé.

–Punua, tu penses qu'il va pleuvoir ?

Il lève la tête.

–Non, ça va rester comme ça.

Et ça reste comme ça ! Clapot et rafales tourbillonnantes, bardé de pneus, le pauvre *Naïla* résiste. Nous étions chez Teratoa. Le vent plie les arbres, je rentre à bord. Je ne pense pas que cela change grand-chose, mais je me sens mieux.

Cette nuit, des petites pattes courent sur le pont. Derrière le hublot, un rat nous observe. Pour éviter qu'il choisisse de venir explorer notre côté, nous lui avons préparé un bon casse-croûte au fromage posé sur la table-tapette. La gourmandise, quel vilain défaut !

Sans énergie, malades tous les deux, nous traînons une angine depuis deux semaines. Aux premiers contacts avec les Européens en 1791, puis en 1816, la population de l'île comptait environ deux mille habitants. Cinquante ans plus tard, il en subsistait à peine cent cinquante. Comme partout en Polynésie, des épidémies ont provoqué une hécatombe. Aujourd'hui encore, on vit sur l'île à l'abri des maladies. Que le *Tuhaa Pae* débarque avec à son bord un malade porteur d'un virus, et plus de la moitié de la population de l'île l'attrape.

Teratoa nous appelle « ses gosses », bien qu'il n'y ait pas dix ans de différence entre nous. Une vraie maman d'adoption. À peine poussons-nous la porte de la maison que le café fume sur la table. Vous mangez quoi ce soir ? Poulet ? Poisson ? Il vous reste du pain ? Des *firi firi* ? Hier, nous lui donnions la moitié de notre cueillette de framboises sauvages. Aujourd'hui, trois pots de confitures nous attendent. Nous sommes un peu déboussolés face à tant de prodigalité et de cœur. On participe à la récolte du café, Corinne confectionne des gâteaux, j'aide Punua à des travaux de mécanique. Nous serons toujours redevables.

–Mange !

J'en sursaute en lâchant presque ma quatrième crêpe que je grignotais nonchalamment.

–Je mange !

Il faut tout finir, dit-elle en désignant un plat en contenant encore une bonne dizaine.

–Mais c'est trop, s'alarme Corinne.

–Alors, tu ramasses et tu emmènes sur le bateau, avec pain et poisson.

–On ne va pas prendre tout ça.

–Aaaaahhh… si tu prends pas, c'est Naf Naf qui va rigoler.

–C'est qui Naf Naf ?

–Le coooochon, dit-elle en riant.

–Merde !

–Qu'est-ce qui se passe ? me demande Corinne, alors que seul mon postérieur dépasse du local moteur.

–Le coude en fonte du collecteur d'échappement est fendu.

–C'est grave ?

–Il peut s'ouvrir complètement et rendre le moteur inutilisable.

–Tu peux pas le ressouder ?

–Ce serait très provisoire. À l'endroit où l'eau de refroidissement rejoint les gaz brûlants de l'échappement, après avoir circulé dans le moteur, le métal est soumis à de terribles contraintes. C'est là que ça a pété. Je vais démonter la pièce et voir à l'atelier de la mairie si je peux trouver une solution.

Comme des médecins autour d'un malade, avec les employés présents à l'embauche du matin, nous observons en cercle le collecteur fendu posé sur l'établi. L'unique solution pour une réparation durable est de trouver un bout de tube de cinquante millimètres de diamètre déjà cintré.

Nous cherchons dans l'amas de métal hétéroclite entassé dans les herbes folles devant le hangar. Soudain, le visage du chef d'équipe s'illumine d'un large sourire en découvrant un vieux lampadaire. Génial. Le diamètre et le cintre du tube correspondent presque. J'ai juste à le couper à la bonne longueur, puis à récupérer la platine de fixation de l'ancien collecteur pour ressouder le nouveau dessus en y piquant un tube plus petit pour l'arrivée d'eau. Poste de soudure et outillage sont laissés à ma disposition.

– Tu fermeras la porte en partant.

Le soir même, le moteur est de nouveau en état.

Les fêtes de juillet, *Heiva*, se déroulent du 13 jusqu'à la fin du mois. Artisanat, porteurs de fruits, course à pied, concours de pêche, veillées, etc., les équipes des cinq quartiers s'opposent. La veillée est un spectacle de danses et de chants polynésiens auxquelles Corinne participe. Sans connaître la langue tahitienne, elle apprend aussi les chants. Répétition chaque soir pendant une dizaine de jours, la patience est de rigueur pour supporter la nonchalance du groupe composé d'une vingtaine d'adultes et autant d'enfants. Zorika devient son professeur. Elle lui apprend comment confectionner son costume en roseau. C'est la première fois qu'une étrangère se joint aux festivités. Le maire et le public en sont ravis. À la fin de la représentation, une percussion encore résonnante du spectacle, un *toere*, tronc de bois creusé, nous est offerte.

Sur les conseils de Jacques, nous décidons d'organiser une projection de notre film tourné à l'île Saint-Paul pour remercier les Rapa de nous accueillir aussi chaleureusement parmi eux. À l'heure dite, quelques personnes seulement, celles que l'on connaît vraiment ; la salle des fêtes paraît immense devant le peu de monde. Le temps de régler le magnétoscope, d'autres personnes commencent timidement à entrer. Puis c'est un flux ininterrompu, les chaises manquent, les jeunes s'assoient sur les tables, les derniers restent debout au fond de la salle. Complet.

L'auditoire réagit devant la taille des éléphants de mer, les mignons bébés otaries et surtout, les commentaires vont bon train comme une salle de classe agitée quand apparaissent à l'écran nos prises de langoustes et de poissons. Nous savourons à notre tour le plaisir de donner. Soirée réussie.

Les Rapa sont une grande famille : frère, tante, cousin, belle-sœur, presque tous ont un lien de parenté. Lors d'une naissance ou d'un mariage, toute l'île est en fête. Chacun apporte son concours. Un groupe part à la pêche, un autre à la chasse aux chèvres. Au village, les femmes préparent le *ma'a*, le repas. Aujourd'hui, un homme est décédé, la fête s'arrête, tout le monde porte un peu le deuil.

On pourrait imaginer ces insulaires comme de vieux casaniers jamais sortis de leur trou. Pourtant, beaucoup ont vécu des années à Tahiti, dans d'autres îles ou en métropole. Mais ils sont revenus, ici où l'on prend le temps de vivre, proches de la nature, faisant les choses quand ils en ressentent l'envie. À l'époque où les femmes accouchaient sur l'île, on enterrait le placenta sous le plancher ou le seuil de la maison familiale. Un lien indestructible obligeait l'enfant devenu adulte à revenir sur la terre familiale malgré tous les voyages qu'il pouvait entreprendre.

Guénolé : le roi de la mécanique et de la bricole. C'est le super dépanneur de Rapa. On vient souvent le voir comme des parents inquiets de la santé de leur petit viendraient consulter un médecin. Une tronçonneuse qui refuse tout service, une voiture qui tousse, une pédale de vélo qui se fait la malle. C'est grave, docteur Guénol ? Mais non, mais non, un écrou, un coup de tournevis, un petit réglage et basta.

Aujourd'hui, Corinne et moi sommes descendus dans la baie de Hiri rejoindre Guénolé, sa femme Léa et Maréko, un jeune. Ils travaillent à la tarodière. En fin d'après-midi, nous sommes tous prêts à repartir. Léa s'apprête à endosser un sac chargé de quarante kilos de taro.

– Donne, je vais le porter.

– C'est lourd.

– Pas de problème, laisse.

Maréko s'adresse à elle en rapa.

– Qu'est-ce qu'il dit ?

Car j'ai bien compris qu'il parlait de moi.

– Il a dit que si c'est le *popaa* qui porte le sac, on en a pour trois heures.

– Donne.

– Tu vas te péter le dos, me dit Corinne.

– Ça ira, il m'a vexé le morveux. Question d'honneur.

Oh putain ! Je me rends compte du poids en chargeant le sac sur mon dos. J'ai l'impression de m'enfoncer jusqu'aux genoux dans la terre. De plus, le taro, comme autant de balles de tennis, me rentre dans le dos.

Maréko part comme une flèche, je sue tel un damné en enfer, mais je le suis. À cinq cents mètres du col, je le laisse sur place et m'envole. Mon cerveau m'injecte de l'endorphine, un vrai bonheur. Arrivé en haut, je me décharge rapidement pour reprendre un rythme de respiration normal. Il faut bien le dire, malgré les endorphines, j'en ai plein le cul. Je m'adosse nonchalamment au sac en voyant Maréko déboucher du sentier. Il souffle et crache comme un bœuf épuisé.

– Dis-moi Maréko, qu'est-ce qui t'a si longtemps retenu en chemin ?

Rien, aucune réponse, seulement l'esquisse d'un sourire au coin de la bouche.

Le lendemain à la poste, la préposée s'adresse à Corinne :

– Ton mari, il a porté le sac de taro hier…

Le « tam tam » local s'est vite propagé dans l'île : le *popaa* du voilier, il a porté le taro.

Depuis des jours, nous espérions une nuit sans vent pour aller à la pêche aux *marara,* poissons volants. Nous nous éloignons de l'île sur une mer d'huile. Une seule pagaie à bord, quelle confiance dans la mécanique ! Armé d'un projecteur, Punua balaie la surface de l'eau. Le barreur au moteur suit ses instructions.

– *Atau, atau !*[24]

Une petite tache bleutée dans le faisceau du projecteur, le premier *marara*. Il donne l'impression de dormir à fleur d'eau. Le bateau s'approche de lui, Punua saisit l'épuisette, et déjà l'exocet se débat au fond de la barque. Un monstre de cinquante centimètres de long, un kilo. Rien de comparable avec les petits que l'on récupère parfois le matin sur le pont de *Naïla* en traversée. Ils ne se laissent pas tous attraper aussi facilement. Certains tentent de s'enfuir en battant des ailes à la surface. Le pêcheur joue alors du projecteur, donne des ordres au barreur, et hop, un coup d'épuisette. Si le poisson plonge, la partie est perdue. Quelquefois ils sont deux, trois ou quatre à sommeiller côte à côte. Il faut aller très vite. Quatre sur quatre. Punua rit de bon cœur, on voudrait applaudir. 22 heures, nous rentrons, couverts d'écailles et sentant le poisson.

– Soixante-quatre *marara*, pêche moyenne. Parfois on revient avec trois sacs de farine de cinquante kilos.

Sacré Punua, toujours aussi modeste !

Toujours prêts, nous embarquons dès que Punua ou Rému, son fils, nous le propose. Ce matin, départ au large pour la pêche aux cailloux. Cette technique est surtout utilisée pour pêcher le thon. L'hameçon appâté est posé sur un caillou rond autour duquel la ligne est enroulée trois fois. Des morceaux de *marara* sont ensuite déposés par-dessus, puis enroulés à nouveau avec le nylon lui-même stoppé par un nœud simple. L'ensemble est lentement largué en mesurant la profondeur des deux bras écartés. À la profondeur voulue, le pêcheur donne un coup sec à sa ligne, qui détache le nœud et fait tomber la pierre au fond. Les morceaux d'appât se répandent en nuage autour de l'hameçon. Les requins étant toujours à l'affût, si un thon mord, il faut rapidement le haler au risque de n'en remonter que la tête.

Amori a un petit creux, il mord dans un poisson volant qui nous sert d'appât, des morceaux de chair s'accrochent à sa barbe.

24. Droite, droite !

–Alain, le requin, c'est le poisson le plus fainéant que Dieu ait créé ! Au lieu de chercher seul sa nourriture, il vient manger nos appâts !

Trois petits requins remontés tour à tour reçoivent un coup de couteau dans le ventre.

–Comme ça, ils ne reviendront plus !

À peine jetés à l'eau, leurs congénères les dévorent. Les eaux en sont infestées, les plongeurs vivent avec depuis toujours. Un soir, devant mes craintes, l'un deux m'explique :

–Tu sais, c'est simple. Si tu as peur du requin, le requin vient vers toi. Si tu n'as pas peur du requin, le requin ne vient pas vers toi.

O.K., je m'en tiendrai à la pêche à la ligne.

La chasse, et surtout la pêche, qu'y a-t-il de plus important au monde aux yeux d'un Polynésien ? Je l'ai encore mieux compris lors de la projection de notre film. Chasser avec eux en apnée leur prouvera l'intérêt que je porte à leur style de vie.

J'ai quelques affinités avec Rému. Je me sens en confiance pour aller plonger avec lui.

–Rému, si un requin vient vers moi, qu'est-ce que je fais ?

–Tu lui dis bonjour.

–Mais s'il vient trop près ?

–Aaaahh… tu ne lui fais pas de bisou, tu tires dans la tête.

–Comment ça, je tire dans la tête ?

–La tête du requin, c'est dur, la flèche ne rentre pas, mais il va avoir mal à la cervelle et il s'en ira.

Comme toujours, quand on a l'habitude de quelque chose, tout paraît simple.

De la barque au mouillage, je me glisse dans l'eau à la suite de Rému, pas trop rassuré. Rému, qui, à terre, semble parfois embarrassé de son corps un peu trop enrobé, se métamorphose sous l'eau. Sa respiration prise, il se laisse couler vers le fond et se met aussitôt à l'affût du poisson autour d'une construction corallienne. Je remonte reprendre mon souffle à deux reprises, alors que lui continue à évoluer dans cet autre monde avec l'aisance d'une otarie. Au début,

Rému garde un œil sur moi, puis, me voyant détendu, il m'oublie et se consacre entièrement à sa pêche.

Le premier requin gris surgit. Puis deux et trois. Je n'ai pas peur et m'en étonne presque. Rému est si serein que son calme agit sur moi.

Le poisson harponné est enfilé sur un câble, fixé à une bouée. Un requin s'approche trop du festin, Rému lui décoche une flèche sur le museau. En général, les requins gris se tiennent à l'écart et se contentent des poissons blessés ayant fui la pointe du harpon.

J'ai rapidement froid avec mon shorty. Les Rapa plongent avec des combinaisons intégrales.

Score sans appel après trois heures de chasse : Rému 31, Alain 2. Nous terminons par le ramassage d'oursins, beaucoup plus facile. À l'aide d'un pic, nous en remontons cinq ou six à la fois que l'on jette sur une bâche étalée au fond du bateau.

De retour sur la plage au fond de la baie, Hiri, la femme de Rému, et Corinne se chargent d'ouvrir les oursins. Avec un bâton, elles cassent les aiguilles et fendent la carapace pour en extraire l'intérieur. Nous terminons la matinée en festoyant de mes deux poissons sur un feu improvisé, avant de nous endormir pour une sieste bien méritée à l'ombre des pandanus[25].

Tôt ce matin, tous les pêcheurs que compte l'île se sont regroupés sur le quai du village d'Aréa, le temps d'une courte cérémonie au cours de laquelle le *rahui* est levé pour la matinée. Le *rahui* est une période de prohibition ou de restriction d'exploitation des ressources terrestres ou marines. Il laisse à la nature le temps de se ressourcer. Après la bénédiction du pasteur, les baleinières chargées chacune d'une dizaine d'hommes partent pour les baies sanctuaires interdites au fusil harpon tout le reste de l'année.

Pêche miraculeuse, les poissons y sont plus nombreux, plus gros et moins craintifs. Qui en tirera le plus, qui harponnera le plus

25. Plante tropicale traditionnellement utilisée pour le tressage artisanal (toiture, vannerie).

gros ? Défi entre les chasseurs, gloire d'un jour ou d'une année, un champion feindra de rester modeste mais n'en ressentira pas moins le plaisir et la fierté d'avoir été un vainqueur.

À midi, au déchargement des bateaux, le quai est littéralement tapissé de perroquets, mérous, carangues, langoustes, etc. Le partage est égalitaire entre toutes les familles, qu'elles soient jeunes, âgées, ayant participé ou non à la pêche. Autant de tas que de familles. Chacun vient ensuite chercher sa part avec sa brouette.

– Toi aussi, prends ! dit un pêcheur à Corinne.

– Je vais nettoyer la coque du bateau avant de partir.

– Où ça tu vas nettoyer ? me demande Rému.

– Eh bien là, au quai.

– Aaaahh, c'est pas bon.

– Pourquoi c'est pas bon ?

– À cause des requins.

– Mais il y en a partout des requins, et puis j'ai vu en plongée qu'ils n'étaient pas méchants.

– Pas pareil.

– Quoi pas pareil ?

– Au quai, ils n'ont pas l'habitude des plongeurs, ils vont venir t'embêter, et puis y a les requins tigres.

– Hein ? Il y a des requins tigres au quai ?

– Des fois.

– C'est embêtant, la coque est tellement sale…

– Bon, je viendrai avec toi, c'est mieux.

Chacun à l'ouvrage d'un côté, la coque est propre en une demi-heure, sans que nous ayons vu un seul requin. Ou bien étions-nous trop occupés à la tâche !

Rapa, une escale exigeante par sa météo ventée et son manque de bon mouillage, pourtant il est difficile de s'en arracher. Quel dommage de ne pouvoir arrêter le temps. Nous avons l'impression qu'il y aurait encore tellement à faire. Deux mois sont passés en un clin d'œil.

Teratoa, Punua, Hiri, Rému, Jacques, Cathy, Taku, Guénolé, Léa… sont sur le quai. Régimes de bananes, papayes, taro, du pain frais, des *firi firi*, des cadeaux que l'on nous offre pour la traversée. Chacun nous passe autour du cou des colliers de coquillages par série de dix, parce qu'un seul à leurs yeux ferait minable. On nous couvre la tête d'un chapeau tressé d'amitié. Teratoa nous offre en supplément deux superbes colliers de fleurs confectionnés cette nuit. Il devient urgent de larguer les amarres parce qu'on a la gorge tellement serrée, Corinne et moi, qu'on va se mettre à chialer comme des mômes.

Je prends la dernière amarre que Jacques tenait encore, je l'embrasse.

– Merc…

Le « i » n'a pas réussi à sortir.

Naïla s'écarte du quai, les universels signes de la main. Corinne pleure, je m'attelle à ranger les pare-battages pour ne pas l'imiter. J'ai l'impression d'en avoir un coincé dans le gosier. Reçus et choyés comme des amis venus de loin, des liens invisibles nous attachent désormais à Rapa.

Ce matin, le ciel est gris,
Il annoncera bientôt la pluie,
Mais les arbres sont si beaux,
Que je dois te les décrire à nouveau.
Ils se parent de multiples couleurs,
Que je t'offre de tout cœur.

Leurs feuilles plus belles les unes que les autres,
Passent du vert tendre à un jaune ocre,
Puis éclatent comme un coucher de soleil flamboyant
Et retombent majestueusement
Avant d'être transportées par le vent.
Et c'est tout naturellement
Qu'elles viennent bientôt composer
Un tapis sur lequel j'aimerais avec toi me poser.

15. HISTOIRES DE FRANCE

Naïla sorti de l'eau et calé sur un ber à Taravao au sud de Tahiti, nous rentrons dix-huit mois en France.

Partir en mer, voyager, n'a jamais été pour moi une fuite, mais l'envie de vivre différemment. J'aime cette idée de retrouver la France, la famille, les amis. Je n'ai plus le culot de la jeunesse qui vous fait partir avec trois euros en poche. Maintenant, j'aime bien savoir qu'en cas de coup dur, nous ne nous retrouverions pas sans un sou.

Fin novembre, nous retrouvons la Seine-et-Marne, mon petit studio, les oiseaux de fer au-dessus de nos têtes, le travail, le RER et le métro, mais avec une grande différence comparée à ceux que nous côtoyons en ces lieux. *Naïla* nous attend à Tahiti. Avec cette pensée, tout est acceptable. J'en viens même à aimer mes journées de travail. Je sais que, si l'envie me vient, je peux partir au Chili, en Nouvelle-Zélande, en Alaska… Je me sens libre.

Dans la pile de courrier en attente, une enveloppe kraft. Tiens, c'est mon écriture ! J'ouvre. L'émotion me gagne en découvrant l'appareil photo. Cette adresse, c'est bien sûr moi qui l'ai écrite, au milieu de l'Atlantique des années plus tôt, en remontant vers Brest pendant mon tour du monde en solitaire. J'avais fabriqué une maquette de bateau sur laquelle était solidement fixée une boîte étanche contenant un appareil photo jetable vierge et un mot promettant une récompense de cent dollars au découvreur, à charge pour lui de se faire photographier à côté de la maquette.

Larguée entre les îles du Cap-Vert et les Canaries dans les vents d'alizé, celle-ci a dû traverser une partie de l'Atlantique, avant de remonter vers le nord et retraverser l'océan en direction de l'Europe, pour enfin être découverte par un pêcheur au large des côtes portugaises.

« Cher ami Alain,

Nous sommes marins pêcheurs du bateau *Sonho de Infância* de Péniche, Portugal. Le 10 décembre, nous avons trouvé cette maquette avec votre message. Ce jour-là, notre position était 10° ouest 38° nord. Nous vous demandons pardon pour vous écrire seulement maintenant, mais nous passons notre temps en mer... »

Démangé de curiosité, je file donner la pellicule à développer. Elle a souffert de son long séjour à la chaleur, néanmoins une prise s'avère parfaite. La photo dévoile un homme tenant la maquette devant lui. La peinture antifouling a disparu ainsi que le mât et la voile, mais le colis solidement fixé à la planche a résisté à quatre ans et demi de navigation.

Suite à la projection de mon film *Après l'horizon*, on m'a souvent demandé :

– Et la maquette, vous avez des nouvelles ?

Je répondais : « Peut-être un jour, dans très longtemps, le facteur sonnera à ma porte et, malgré mes rides et mes cheveux blancs, j'aurai un visage illuminé d'enfant en voyant le paquet qu'il me tend. »

La succession de mes grands-parents paternels, bloquée depuis trente ans, va enfin se régler. Je peux devenir propriétaire de leur petite maison pour 15 000 euros. Enthousiaste, j'emmène Corinne en visite. Pas d'électricité, pas de plomberie, les pièces sont rikiki, délabrées, les escaliers craquent dangereusement.

– Ici, je pète les cloisons pour aménager un salon avec cuisine américaine ; au premier étage, il y aura deux chambres avec salle de bains et sous les combles... Attention il manque une marche ! Donc je disais, sous les combles, après avoir rehaussé le toit, ce sera une grande chambre avec un immense Velux.

J'exulte ; Corinne ne dit rien. Les pieds calés entre les planches pourries, elle regarde les murs lépreux et fissurés, la charpente affaissée, les nombreux trous dans la toiture par où l'on aperçoit le ciel, et pleure.

– Ce n'est pas une maison, c'est une ruine… tu vas te tuer au travail.

– Ne pleure pas, je sais bien que tout est pourri. Heureusement qu'elle est mitoyenne des deux côtés, sinon elle se serait écroulée depuis longtemps.

Un sourire se dessine sur son visage.

– Mais alors, pourquoi veux-tu l'acheter ?

– Parce qu'à ce prix, je ne trouverai même pas un terrain. Une fois reconstruite, cette maison, c'est ma retraite ou dix ans de voyage. En plus, on a un jardin avec un bâtiment. Bon, il est rempli de tout un bordel, un vrai dépotoir, mais je pense pouvoir l'aménager rapidement pour en faire notre nouvelle habitation.

Après deux mois de travail, nous emménageons dans la cabane au fond du jardin. Vingt-sept mètres carrés avec un coin cuisine et une salle d'eau alimentés par une citerne. Devant la porte, le jardin, les arbres et le chant des oiseaux. Un petit paradis.

La culture du qu'en-dira-t-on est profondément enracinée dans les mentalités. L'image que l'on donne de soi est plus importante que la perception de son propre reflet. « Il a réussi dans la vie ! » Belle phrase sur le mirage matériel, malheureusement il ne fait pas progresser vers la seule chose importante : le bonheur.

> *Aujourd'hui même dans le plus petit des villages, les gens travaillent comme des sauvages pour se payer tout le confort. Quand ils ont tout… ben… ils sont morts.*
>
> Henri Salvador,
> *Le travail c'est la santé*

Dans notre cabane, le regard des autres, nous nous en foutons. Les gens pensent ce qu'ils veulent. Nous, nous sommes heureux à la lueur de notre lampe à pétrole, sans télé, à parler de souvenirs, de projets, à nous aimer. Chacun peut faire un bon plat de sa vie. Que personne d'autre ne l'apprécie n'a aucune importance, l'essentiel est de s'en régaler soi-même.

Mes journées se passent entre mon emploi d'éclairagiste et le travail sur la maison. La ruine, je n'en conserverai que deux pans de murs et quelques poutres palières. Corinne, qui a repris un travail de secrétaire comptable, m'aide comme elle peut le week-end. Le reste du temps, je travaille seul. La mer m'a appris à ne plus avoir peur du silence de ma compagnie, celui que l'on meuble par la présence d'une radio. Je vis de réels plaisirs dans l'accomplissement de certaines tâches. Deux pièces de bois s'emboîtent à la perfection. Divin.

En plein océan Indien, fatigué de la navigation, je rêvais de charpente, aujourd'hui j'en sue à soulever ces lourds madriers et en viens presque à rêver de navigation. L'odeur de résine dégagée par la coupe d'une poutre en sapin me ramène direct à mon enfance, dans un travail similaire aux côtés de mon père. À cinq ans, on dit : « Mon père, il sait tout faire. » À dix ans, on dit : « Mon père il sait presque tout faire. » À quinze ans, on se dit : « Mon père, il ne comprend rien. » À vingt ans, on pense : « Après tout, mon père, il n'était pas si mal. » Et après, on songe : « Cher papa, j'aimerais bien que tu sois encore là. » Y penser le ramène près de moi, je l'imagine assis sur la poutre faîtière, me regardant à l'œuvre.

L'écriture d'un article pour la revue *Bateaux* et une conférence au Crouesty remplissent le peu d'espace disponible qu'il nous reste. Ma parole, on devient comme tous les gens qui nous entourent. On n'a plus le temps !

Nous retrouvons avec plaisir le milieu de la voile, dont on est bien loin en région parisienne. « Comment faites-vous financièrement ? »

est la question classique. On ne voyage pas au long cours comme on passe un mois de vacances. En clair, tout ce qui n'est pas indispensable est superflu. Cela nous permet de durer. Au cours de la dernière année, nous avons dépensé en moyenne trois cents euros par mois. « Il faut les avoir… », dit un homme dans la salle. Il nous laisse sans voix. Effectivement, il faut se bouger le cul, les trois cents euros ne tomberont pas du ciel.

Nous essayons, lors de ces conférences, de transmettre au public notre conviction de ne pas laisser à d'autres le soin de rêver à votre place. D'ailleurs, nous repartons bientôt appliquer ce précepte.

Un matelas de velours
Pour se donner de l'amour
Écoutant la mer chanter
Contemplant le soleil se coucher.

Ou mieux encore
S'offrir nos corps
Admirant le soleil se blottir
Et pour la vie s'unir.

16. ENTRE LE CIEL ET L'EAU

L'aube nous surprend, médusés par la vision de notre premier atoll. Aucun relief n'accroche le regard, l'horizon n'est qu'un pointillé d'arbres semblant plantés sur l'océan. Ce n'est plus la mer sans être vraiment la terre.

Un atoll, c'est une ceinture de corail à fleur d'eau, constitué de squelettes de milliards de petits animaux, les madrépores. Cet atoll, comme tous les autres, a d'abord été un volcan. À la fin de son activité, un récif frangeant bâti par les coraux est apparu sur ses flancs. Million d'années après million d'années, au fur et à mesure que l'île s'enfonce dans la plaque continentale sous l'effet de son poids, les madrépores se développent sur son pourtour. Aujourd'hui, le volcan minéral a disparu et ne subsiste que le récif organique.

La largeur d'un anneau corallien excède rarement quelques centaines de mètres et une altitude de quelques centimètres à cinq mètres pour les plus hauts. En revanche, leur diamètre est très variable. À titre d'exemple, l'atoll de Rangiroa ou de Farakava aux Tuamotu pourrait englober Paris et sa banlieue.

Avant l'avènement du GPS, la navigation en ces lieux n'était pas de tout repos. Tapis au ras des vagues tels des crocodiles en quête de nourriture, les récifs coralliens de l'archipel attendaient la nuit pour croquer l'étranger. Voiliers ou cargos, le même sort guettait l'égaré.

À l'écart de la route des voiliers pressés, attirés par les lumières de Tahiti, Naïmoé, atoll désert aux îlots à peine plus hauts que le niveau de la mer, attend. Il attend le retour des hommes.

L'émotion nous gagne en embouquant la passe. L'eau y est si claire qu'on imagine s'échouer à chaque instant. Je guide Corinne depuis les barres de flèche, le courant sortant file comme celui d'une rivière :

– À fond Corinne ! Pousse le moteur à fond !

– Mais je suis à fond…

Après une zone de remous, nous arrivons sur un véritable tapis roulant. « Allez *Naïla* ! Allez, allez, allez ! » Un petit quai nous apparaît, telle une main tendue, mais impossible d'atteindre ses doigts secourables. La passe mesure quarante-cinq mètres de large, pourtant elle semble ridiculement étroite.

– Milieu, Corinne, milieu !

Peu à peu, *Naïla* gagne sur le courant. Le seuil franchi, l'eau est plate et calme. Deux frégates nous survolent. Le regard de mon timonier croise le mien dans une explosion de joie.

Nous amarrons *Naïla* au mieux contre un quai constitué d'un empilement de dalles de corail sans trace de ciment.

– Tu peux couper !

Le moteur tousse une dernière fois et s'endort.

Une navigation, même mauvaise de souvenirs, se justifie souvent par ce plaisir de l'arrivée. Les voiles rentrées, le bateau amarré ou mouillé en sécurité, la traversée se termine et l'escale peut enfin commencer. Comment décrire ce moment d'accomplissement ? Pas de mots, juste un brin d'amour. Nous scellons, comme chaque fois, cet instant d'un baiser.

Aucune vie humaine ne semble émaner du lieu. Main dans la main, nous partons à sa découverte. Des dizaines de bernard-l'hermite se replient dans leurs coquilles à notre approche. Des bancouliers et des *miki miki*[26] apportent un peu d'ombre aux trois cabanes de ce « village » fantôme. Une tôle, en partie désolidarisée de sa toiture, grince au vent. Tout est rafistolé de matériaux usagés, des semelles de chaussures vivent une deuxième vie en charnières de porte. Les

---

26. Arbuste présent sur de nombreux rivages tropicaux.

gouttières pendantes n'alimentent plus la citerne percée. Sur une table, un jet-ski sculpté dans la mousse d'un flotteur repose sur une mer d'objets abandonnés, le temps des pirogues appartient au passé. Côté lagon, logée dans une niche en ciment, une statuette de la Vierge, des coquilles de nacre déposées en offrandes à ses pieds, ne veille plus que sur des souvenirs. L'endroit s'éteint doucement de la vie des hommes. Pourtant, une grande sérénité s'en dégage.

– On ne pouvait pas espérer mieux : un quai privé et une île rien que pour nous.

– Tu crois qu'on ne verra personne ?

– À voir les fûts d'essence rouillés et l'état des cabanes, il ne doit pas y avoir beaucoup de passages.

Nous traversons la passe en annexe vers le motu d'en face. Les crabes de terre ont bouché l'ébauche de puits que nous avons creusé hier. Nous recommençons le travail à l'aide d'une demi-coque en noix de coco chacun. En principe, on trouve des nappes phréatiques sur les îles coralliennes. L'eau de pluie pénètre le sol et se pose sur l'eau de mer sous-jacente ; moins dense que l'eau salée, elle flotte à sa surface. À soixante centimètres de profondeur, l'eau sourd. Rapidement, le fond de notre puits se remplit. Je trempe un doigt et y goûte.

– Pouah !

Déception, l'eau est salée. L'atoll est sans doute trop bas ou le motu trop petit. Nous abandonnons notre outil de puisatier et continuons l'exploration de notre domaine. Toujours pousser plus loin, découvrir ce qui se cache derrière un rideau de *miki miki*, un amoncellement de coraux, écarter les palmes d'un jeune cocotier pour pénétrer un nouveau monde, abandonné par les hommes. Nous découvrons les vestiges d'une construction. Des dalles de corail plantées sur chant délimitent un emplacement rectangulaire. Nous déblayons les branches qui l'encombrent pour mieux nous rendre compte de sa taille. Quinze mètres de longueur sur sept de large, il s'agit peut-être d'un *marae*. Le *marae* était consacré à l'ancêtre de la famille ou aux dieux des pêcheurs, des chasseurs, des constructeurs de pirogues ou des bâtisseurs de maisons. Il s'y tenait tout événement d'importance : intronisation d'un roi, conseil de guerre, célébration d'une victoire, d'un mariage ou préparation d'un grand voyage.

Plus loin, une langue de sable longe un *hoa*, faille peu profonde dans le récif permettant à marée haute une circulation d'eau entre le lagon et l'océan. Au bord du lagon, un toit de tôles dépasse de la végétation, à côté repose une embarcation en contreplaqué qui retourne à la poussière. Nous nous approchons, baissant la voix d'un ton, sachant bien qu'il n'y a personne. Pourtant, nous finissons par chuchoter pour ne pas déranger ces lieux, souvenirs de vie. Le sol matelassé d'aiguilles de filao donne envie de s'y allonger à l'ombre du soleil de midi. Des objets sont éparpillés alentour : lampe de poche, bleu de travail, un fût d'essence et une brouette ratatinée sur elle-même mangée par la rouille. Quatre flotteurs de filets, épaves trouvées sur la côte, ramenés ici dans l'idée de servir, et de nouveau abandonnés. Des tôles arrachées à la toiture sont parties au vent, la charpente s'affaisse à la manière d'un vieil arbre voyant l'hiver s'abattre sur lui sans promesse de printemps. Dans la baraque délabrée, nous tombons pieds à pattes avec un crabe de cocotier monstrueux, trois ou quatre kilos. Corinne lui tend un bâton, il s'y accroche. Il ne ferait pas bon lui confier un doigt. L'image de la vie dans cet environnement à l'abandon est rassurante, nous n'avons pas faim de la chair de ce crabe. Avouons qu'aujourd'hui, il nous réjouit davantage vivant que dans notre assiette. Après une série de photos, nous laissons tranquille ce gardien des lieux.

Le soir venu, nous rentrons au village avec une cargaison de cocos germés. Dire qu'en partant de France, je pensais m'ennuyer aux escales ! Tout a changé, je ne peux plus imaginer une escale de trois ou quatre jours, passer pour voir, prendre sans rien laisser. Nous avons entrepris de reboiser le motu du village qui ne comptait que six cocotiers. Une quarantaine de noix germées ont déjà traversé la passe pour trouver ici leur nouvelle résidence.

Comme chaque soir, je reviens de la citerne, un seau d'eau à la main, c'est l'instant des couleurs les plus belles. Dans une demi-heure, le soleil disparaîtra derrière l'horizon. Six casseroles d'eau remplissent le seau pour la douche, j'en laisse une sur le bord de la citerne à l'intention des oiseaux. Retour sur le chemin bordé de *miki miki*. Le travail fourni à la remise en état de la citerne rend ce seau léger. L'escale ne doit pas être trop courte, avoir le temps de s'investir, semer de son temps, puis patienter pour récolter le plaisir.

– Regarde, on a de la visite, chuchote Corinne.

Un margouillat se déplace sur le hublot intérieur. Je l'attrape à l'aide d'un fond de bouteille en plastique pour ne pas lui casser la queue, et hop ! éjecté sur le quai. Il y reste sans bouger, nous regardant indigné.

Le lendemain matin, il est de retour à bord.

À défaut d'autres fruits, nous nous spécialisons en noix de coco. De la noix verte, on boit d'abord son eau légèrement sucrée, puis, après l'avoir fendue, on mange à la petite cuillère la gelée blanche du fruit immature. L'étape la plus goûteuse à nos papilles.

Du coco mûr, on consomme la noix telle quelle ou bien en la râpant, puis en la tordant dans un linge, on obtient le lait de coco qui accompagne le poisson cru. Quand la noix est germée, l'eau a disparu et laissé la place à l'*uto*. Il rappelle l'aspect de la meringue sans en avoir le goût. Pain coco, gâteau coco, confiture coco, etc. : coco sous toutes ses formes.

Cet après-midi, j'ai planté quatre gros blocs de corail sur le quai, chacun porteur d'un *miki miki*. Plusieurs seaux de sable tassé autour les aideront à développer de nouvelles racines. Un jour, devenus grands, ils abriteront du vent le voilier venu à quai.

Aux Tuamotu, la lumière est reine. Elle tombe du ciel, mais remonte aussi du fond des eaux. Corinne, accroupie sur la jupe de *Naïla*, observe les poissons multicolores de la passe, perroquets, carangues, mérous, des jaunes, des rouges, des bleus fluos… Il ne se passe apparemment pas grand-chose ici. Les jours s'écoulent, nous prenons simplement le temps de vivre. On peut s'asseoir sur le sol, regarder un lézard sortir sa tête d'un bout de tuyau, on s'observe et le temps passe sans compter, relever la tête, contempler le platier découvert par la mer, l'aileron d'un requin trancher l'eau turquoise, le bleu profond de la passe et le vert des motus : ça doit être ça la vie au paradis.

Au cours de nos randonnées le long de la côte, chaque épave a droit à une visite d'inspection. Bouées, caisses plastiques, jouets d'enfants, souvent transformés par le temps, sculptés par la mer et le corail, polis par le sable et le vent. Œuvres éphémères des hommes puis de la nature en perpétuel changement, jusqu'à dissolution complète. Dans un agglomérat de chaussures collées entre elles, telle une œuvre d'Arman, en le manipulant, sortent par surprise trois margouillats dont le plus gros trouve un nouveau refuge dans notre sac à dos posé à terre.

– Allez, sors de là ! On te laisse ta maison, rends-nous le sac !

Plus loin, nous découvrons une porte de cargo en teck massif. Nous la tirons à l'abri de l'océan, le plus haut possible sur la grève. Je reviendrai avec une scie pour la débiter, de quoi refaire des lattes de cockpit pour *Naïla*.

Nous étions passés trois fois devant sans la voir : une sente part de la plage et s'enfonce dans la végétation. De loin, nous avions cru à un *marae*, c'est un cimetière. Cinq tombes encore visibles sont délimitées par des blocs de corail plantés sur chant. Le lieu ne semble pas à l'abandon, quelqu'un vient probablement l'entretenir. Sur l'une des stèles est inscrite l'année 1913. Ces lieux ont été habités, pas seulement visités. Des hommes ont vécu en autosuffisance sur cet atoll si austère à nos yeux. Ils ont dû y déployer des trésors d'ingéniosité pour s'adapter à ce contexte hostile. Chaque motu a une histoire, belle ou tragique, que l'on peut s'inventer avec quelques indices de départ. Nous l'imaginons belle, car nous nous sentons bien ici. J'ouvre un chemin à la machette au milieu d'un fouillis de branchages.

– Ça va ?

Je me retourne, Corinne sourit.

–J'ai l'impression de vivre les aventures du *Club des Cinq,* les livres préférés de mon enfance. Il me semble que nous aussi sommes à la recherche d'un trésor. Tiens, là, ce serait l'endroit idéal pour construire la cabane du camp de base.

Nous retrouvons ici la capacité de l'enfance à vivre intensément l'instant présent.

–Le trésor, je crois bien qu'on l'a trouvé, c'est notre vie !

Au cœur de ces lieux sauvages, enchevêtré dans les *miki miki*, une trace de la civilisation moderne se manifeste par un poteau en bois rectiligne. Quelques coups de machette libèrent une odeur goudronneuse de route nationale, une incongruité. D'où vient-il ? Qui l'a perdu ? Un cyclone, une vague monstrueuse. Le diable en visite au paradis l'a planté ici.

Pour la deuxième fois en trois jours, j'emporte deux seaux pleins de bernard-l'hermite, mille environ, au motu des exilés. Ils sont beaucoup trop nombreux au village pour les jeunes plants appétissants que nous y plantons. Pelle et machette dans le sac à dos, je pousse jusqu'au troisième motu planter quelques cocotiers dans une zone dégagée. Quelle frivolité de s'atteler à de telles activités, pourtant j'en vibre de plaisir, preuve qu'elles ne sont pas si futiles. En dégageant des palmes sèches accumulées au pied d'un cocotier, un crabe de cocotier d'un beau bleu apparaît. D'un réflexe, j'avance la machette, mais il reste immobile. Ce serait tellement plus facile s'il fuyait. De n'importe quelle direction qu'on l'observe, ses deux yeux noirs globuleux semblent me fixer et me dire : « T'as le choix. » Eh oui, j'ai le choix.

Il se meut enfin, et lentement s'infiltre sous l'amas de palmes sèches. Je rentre au bateau avec un cœur de palmier, une poignée de pourpier et deux cocos verts. Heureusement que les plantes n'ont pas d'yeux. Bien sûr, nous en mangerons quelques-uns au cours de notre séjour, mais il m'est chaque fois pénible d'ôter la vie.

Je l'ai vu la première fois en montant en haut du mât. Un point vert cerné de bleu, à trois kilomètres environ, au bout d'une langue corallienne chichement parsemée de *hotu*[27] qui ont trouvé un peu de sable où y glisser leurs racines. Le motu semble plus haut, ou ce sont les arbres qui sont plus grands – sans doute des filaos –, on n'y devine pas de cocotiers. Je l'imagine d'une façon, je le découvrirai d'une autre. J'irai avec deux cocos germés dans mon sac. Ne pas y aller pour rien. Je repense à une interrogation de Séréna, la fille de Marc et Juanita : « Ça sert à quoi de planter des cocotiers ? » J'y songerai en marchant jusque là-bas.

Hier, la météo annonçait une forte houle. Elle est arrivée, la vicieuse, avec ses quatre mètres, provoquant un ensachage du lagon comme nous n'en avions encore jamais vu. Quand cette houle, conséquence d'une tempête lointaine dans le sud, se fracasse sur le récif en se déversant par-dessus, l'océan remplit le lagon plus vite qu'il ne peut se vider par les passes. Le niveau monte, submergeant les motus et provoquant un fort courant dans les passes : l'ensachage.

Durant trente heures, la « rue du village » s'est transformée en rivière, l'eau ne laissant apparaître des jeunes cocotiers que l'extrémité de leurs palmes agitées dans le courant comme les bras de naufragés. À l'heure de la marée basse, l'eau n'est descendue que de dix centimètres. Nous rehaussons un bout du quai avec quatre vieux sacs de ciment trouvés dans une cabane et des blocs de corail juxtaposés par-dessus, le tout abondamment arrosés d'eau. *Naïla* a de nouveau un petit appui sur terre. Le flot reprend son ascension, s'invite dans les cabanes. Il en profite, faute de surveillance, pour emporter bidons, bocaux et bouées restées au sol. Il court après les bernard-l'hermite, qui cherchent refuge dans les hauteurs. Habituellement, nous les jetons au loin, ces « bernardos », quand on les surprend à grignoter nos cocotiers fraîchement plantés. Aujourd'hui, je les aide à grimper dans les *miki miki*. Tous sur la même galère. L'eau continue à monter. Nous roulons six demi-fûts remplis de béton en guise de rehausse supplémentaire de quai et

27. *Barringtonia*, ou bonnet d'évêque.

d'amarrage, cette fois nous devrions être tranquilles. Au plus fort de la marée n'émergent que les cabanes, les arbres, nos deux mètres carrés de quai rehaussé et les six fûts de béton ! *Naïla* tire sur ses amarres. Nous restons silencieux à regarder la nature si forte, le motu si fragile et nous si tendus. Le clapot a trouvé une faille dans des blocs de corail mal ajustés du quai, il s'y engouffre, détruisant le travail des hommes. Lui, l'homme, se croyant si puissant, n'est rien qu'un obstacle que la nature balaie à son gré.

E hari te fau
E toro te faaro
E no te taata.
Le palmier croîtra
Le corail s'étendra
Mais l'homme périra.

Dicton polynésien

La nuit venue, le vent tombe, la passe gronde de courant ; à sa sortie, un mascaret s'est formé. Quels lieux que les Tuamotu, quelle vie que de ne pas avoir la certitude de la terre sous ses pieds. Un cyclone, une marée de tempête, une houle trop grosse et l'atoll disparaît sous les flots. Pour l'insulaire, loin d'un abri, d'une barque, le salut repose sur les arbres les plus touffus, aux racines profondes. Il n'a plus qu'à y grimper comme un bernard-l'hermite en quête d'un refuge.

L'île, un monde clos comme un navire, immobile sur l'océan. L'insulaire scrute l'horizon à la manière d'un marin, il y cherche l'invisible, le bonheur qu'aucun terrien ne peut comprendre. Peut-être parce qu'à l'origine, il a d'abord été navigateur.

Vers 4 heures du matin, l'eau semble relâcher son étreinte, nous nous couchons. Il faudra la journée pour que la mer rende la terre au soleil. Cailloux plutôt que terre, le flot a emporté le peu d'humus et les feuilles mortes, lavé le sable jusqu'au corail là où l'eau a coulé en rivière et creusé des sillons, non pour y semer la vie, mais pour aller la chercher au plus profond où elle se trouve. Des racines sont à nu, les rares touffes d'herbe vont jaunir en deux jours. Cette terre force l'admiration, on peut être déçu devant le peu de variétés de sa végétation, mais plutôt admiratif de son acclimatation dans ces lieux si hostiles. Une forêt offre trop de richesses pour s'en émerveiller, ce paysage aride est beau car on y voit la vie. Dramatiquement belle Tuamotu.

Ils sont arrivés. Nous ne les attendions pas, comme Robinson Crusoë, son compagnon. Depuis deux mois, l'île nous appartenait. Ce matin, il y avait un voilier devant la passe. Il a bien fallu se rendre à l'évidence, nous devrons désormais partager notre île avec un couple de «Vendredis». Ils nous ont un peu perturbés les deux premiers jours, mais nous finissons par nous trouver des affinités et passons beaucoup de soirées ensemble. Un matin, Fabien pêche un petit perroquet pour son chat. Trois jours plus tard, Pépito dort pour toujours, un pied sous terre. Paralysé par la ciguatera, il a souffert tout ce temps, miaulant pitoyablement avant de succomber.

Cette pathologie est présente dans toutes les mers coralliennes, notamment en Polynésie française. C'est un empoisonnement alimentaire provoqué par l'ingestion de poisson de lagon infecté par une toxine. Il se produit alors un phénomène d'accumulation dans l'organisme, on peut absorber de petites quantités de toxine sans que se manifeste le moindre malaise jusqu'à ce qu'une dose supplémentaire déclenche une crise aiguë. Cette toxine, appelée *Gambierdiscus toxicus*, du nom de l'archipel des Gambier où elle fut identifiée pour la première fois en 1977, vit dans les algues poussant sur les coraux morts. Elle prolifère lorsque le milieu corallien subit des agressions. Ces dernières peuvent avoir diverses origines, soit naturelles (cyclones, modification de la température, de la salinité ou de la teneur en oxygène de l'eau), soit humaines (pollution, aménagement du littoral). Lorsque les coraux meurent, les algues se développent à leur surface. Le *Gambierdiscus toxicus* prolifère alors et secrète la ciguatoxine qui remonte tous les stades de la chaîne alimentaire, du poisson herbivore, qui broute les coraux, jusqu'à l'homme. Les symptômes se manifestent dans la journée après l'absorption de poisson contaminé : troubles digestifs, démangeaisons, d'où son surnom de « gratte », picotements, fourmillements, troubles de la sensibilité, troubles neurologiques ou paralysie. La ciguatera a beau n'être que très rarement fatale, nous frémissons *a posteriori* en nous imaginant malades tous les deux, isolés sur notre atoll paradisiaque, transformé du jour au lendemain en enfer.

Des Paumotu[28] rencontrés ici nous avaient pourtant affirmé qu'aucun poisson de l'atoll n'était empoisonné. Nous en mangions presque chaque jour, heureusement, nous n'avons jamais réussi à ferrer un perroquet. La venue d'Isabelle et Fabien s'avère providentielle.

Nous cheminons prudemment à travers le lagon en direction d'un motu solitaire. Depuis notre arrivée à Naïmoe, la vision de cette minuscule touffe verte dans ce camaïeu bleu nous attire comme un aimant. Je guide Corinne du haut des barres de flèche. Nous nous frayons lentement un passage entre les patates de corail tout au long des quinze milles qui nous en sépare. En arrivant près du motu, des fous en vol ont le plumage vert du reflet de l'eau peu profonde. Nous mouillons sur fond de sable par quatre mètres d'eau. Peu de cocotiers sur ce motu, mais une grande variété d'arbres. Pandanus, bancouliers et des *gatae,* l'arbre sacré des Paumotu, le plus gros arbre poussant sur les atolls. Des fous à pieds rouges et des noddis bruns nichent sur la plage, et de jeunes gygis attendent leurs parents sur les branches. Adorable petit sans nid, sorti d'un œuf, simplement calé sur une branche, il écarte les ailes quand nous nous approchons pour se montrer plus grand, plus gros, pour nous impressionner. Petite boule de duvet gris, nous nous éloignons afin de lui donner l'illusion qu'il nous a intimidés. Les feuilles sèches de pandanus craquent sous nos pas. Je serre de mes bras le tronc d'un *gatae*. « On est bien ici. » Il paraît que les vieux arbres sont capables de transmettre leur sagesse à quiconque

28. Habitants des Tuamotu.

y adosse son centre nerveux. Nous passons ici quatre jours enchanteurs, sous un ciel immaculé, sans vent pour déraper le seul nuage blanc ancré à l'horizon. Nous ne débarquons qu'une fois par jour afin de ne pas déranger les oiseaux, marchant le plus souvent sur le sable, là où à marée haute la mer effacera nos pas.

–Que regardes-tu ?
–Le ciel.
–Et alors ?
–M'inspire pas confiance.
–Tu pourrais parler en langage décodé ?
–Ça se couvre dans le nord-ouest, je pense que le vent va revenir par là. On va se retrouver avec un fetch de quinze milles devant l'étrave.
–Qu'est-ce qu'on peut faire ? On part ?
–Trop tard. Dans deux heures, il fera noir, on n'a plus le temps de regagner le quai. Il faudra faire avec…

Nous mouillons une deuxième ancre avant la nuit. Au crépuscule, mes inquiétudes se confirment, le vent se lève. La lune n'arrivera qu'à 23 heures et, pour l'instant, on n'y voit pas plus que dans une taupinière. Dans le clapot vite formé, la position devient inconfortable. Heureusement, le vent ne forcit pas. Nous assurons un quart de veille à tour de rôle, en attendant d'abord la lune, puis le matin avec impatience. Dès que la lumière est suffisante pour apercevoir les patates de corail parsemées sur notre route, nous quittons le motu aux oiseaux.

Corinne scrute l'horizon aux jumelles :
–Y'a plus de bateau !

Nous nous sourions. Les Vendredis sont partis. Avant de quitter l'île, cela nous enchante de passer encore quelques jours seuls, en harmonie avec notre petit paradis.

Je m'éveille, j'étais en rêve avec mon grand-père. La lune diffuse une pale lueur dans le bateau, je nous revois devant le collège où il venait me chercher chaque midi en mobylette. Il avait fixé un gros bloc de mousse sur le porte-bagage, maintenu à l'aide d'un morceau de chambre à air. Deux bouts de tiges filetées me servaient de repose-pieds. Nous faisions ainsi cinq kilomètres pour rentrer à la maison. Il avait soixante-sept ans, j'en avais douze.

Je sors sur le pont. J'aime ces nuits claires, quand la nuit n'est pas vraiment la nuit. Les nuages dérivent dans le vent, les plus lumineuses des étoiles constellent le ciel qui garde une teinte bleutée. Des poissons nagent sous la jupe, les patates de corail restent aussi visibles qu'en plein jour. On continue de vivre à travers ceux que l'on a aimés. « Grand-père, tu es un peu là avec moi. »

On est de passage partout quand on navigue. De passage signifie que l'on ne sert bien souvent à rien pour le lieu visité. Navigateur, si tu trouves ton paradis et en vides la citerne, avant de partir, nettoie les algues qui en tapissent ses parois et recouvre-la des tôles emportées par le vent. Le joli quai de corail, apportes-y ta pierre dans le trou creusé par la mer. Bien sûr, il est peu probable que tu reviennes afin d'en profiter à nouveau, mais pense à celui qui l'a aménagé et t'as rendu ce séjour agréable, songe au bonheur du suivant. Alors, ta venue n'aura pas été inutile. La photo de ce paradis, quand tu la regarderas après ton retour, les petites palmes du cocotier que tu as planté là où la tempête l'avait arraché, tu pourras te dire : « Aujourd'hui, il doit avoir deux ans, quatre ans, dix ans. » Tu imagineras un nouveau décor et tu continueras le voyage.

Tout ce que nous avons entrepris et réalisé l'a été pour notre plaisir sans chercher à vouloir changer l'ordre des choses. Les temps ne sont plus à l'abnégation.

Je largue les amarres, Corinne est à la barre. Le quai a fière allure aujourd'hui avec ses blocs de corail bien en place et deux épaisseurs de pneus repêchés au fond de l'eau transformés en pare-battages. À l'ombre des branches, la pirogue réparée repose à l'abri ; nous l'avions trouvée démantibulée, le fond troué ; j'imagine la surprise de son propriétaire, s'il revient un jour. Le courant de la passe nous emporte, dernier coup d'œil aux cocotiers. L'effort investi rend un lieu magique.

Des lieux magiques, il en existe sans doute pléthore. La recette pour les trouver : ne pas passer trop vite. Depuis l'île Saint-Paul, notre paradis des quarantièmes, notre vision du voyage s'est transformée. À présent, dès qu'un endroit nous sourit, nous prenons le temps de nous en imprégner. Pourtant, quelque chose a toujours manqué pour que nous puissions nous dire : « Voilà, on en a trouvé un autre. » Jusqu'à cet atoll des Tuamotu. L'île Saint-Paul sait se protéger, elle a comme alliés Neptune et Éole qu'il faut amadouer pour parvenir jusqu'à elle. Ce petit paradis des tropiques, quant à lui, demeure fragile, si facile à approcher. C'est pourquoi nous l'avons surnommé « Naïmoé », trouvable sur aucune carte. J'écris ces lignes pour prouver qu'il en existe. À chacun de chercher. Celui qui saura prendre le temps d'observer un bernard-l'hermite changer de coquille l'aura trouvé, et ce sera le sien.

Je l'ai cherché
Je l'ai trouvé.
Je l'ai vu d'un œil
Il a quatre feuilles.
J'ai souri
L'ai cueilli
Pour te porter chance
Dans tes rêves d'enfance,
Te faire vite oublier
D'avoir été opéré.
Je te l'offre,
C'est un trèfle.

17. *TE HENUA ENANA*, TERRE DES HOMMES

Grand-voile à deux ris, trinquette et génois roulés à demi, *Naïla* trace un sillage au près serré, sans trop taper dans la mer. Ce n'est pas son allure de prédilection, et pourtant, le brave, il en a abattu des centaines de milles dans cette position. Allez bateau, encore quatre cents milles pour les Marquises !

À l'horizon, l'aube s'annonce. Comme j'aime ce moment qui efface les peurs de la nuit. La chèvre de Monsieur Seguin lutte jusqu'à l'aube avant de s'abandonner au loup. Mourir dans la lumière, pas dans la nuit. L'aube apporte l'espérance. Après le chavirage de *Naïla*, survenu dans la soirée, je me souviens n'avoir pensé de toute la nuit qu'à la venue du jour. Comme cette nuit fut longue, à espérer en la lumière. L'étirement du temps était un supplice, j'en avais perdu la notion. Le jour ne viendrait-il plus jamais, étais-je condamné à rester dans les ténèbres ? J'attendais la lumière, sans pouvoir fermer les yeux malgré mon épuisement. Puis l'intérieur glauque de *Naïla* finit par se teinter de gris. Comme elle était belle, cette promesse d'un nouveau jour !

J'ai rencontré Alain Robert, « l'homme araignée ». Il gravit des tours de verre de plusieurs centaines de mètres à mains nues. Il m'a avoué avoir souffert du vertige. Devrai-je encore naviguer longtemps avant de ré-apprivoiser la nuit ?

Dans un boucan d'enfer, le seau en inox vient de traverser le cockpit. C'est notre avertisseur attaché au bout de la ligne de traîne. Corinne surgit de la couchette.

–Un poisson !

– Les gants, vite. La ligne est tendue à mort.

– Qu'est-ce que c'est ?

– Pour l'instant je ne vois rien, mais c'est du gros. Prépare le croche-tout.

En l'espèce, il s'agit d'une tige de métal recourbée comme une gaffe que nous a confectionnée le père de Corinne. Jusqu'à aujourd'hui, le croche-tout a servi à beaucoup de choses, d'où son nom, mais pas encore à sortir un poisson de l'eau.

– Attention, te penche pas trop.

Corinne m'agrippe par le caleçon et le tee-shirt. Après une belle lutte, nous remontons une magnifique dorade coryphène d'un bon mètre. Elle est à peine dans le cockpit que déjà le cuistot énumère les différents repas et mode de conservation qu'il envisage de mettre en œuvre. De son côté, la belle, pas pressée de passer à la casserole, se débat comme une diablesse, maculant de sang le cockpit et les apprentis pêcheurs. Elle nous offrira sept copieux repas, fraîche le premier jour, cuite pour le deuxième, conservée dans l'huile les suivants, plus trois filets séchés à consommer plus tard. Nous nous passons ainsi très bien de frigo.

Sous les grains et les nuages bas, Nuku Hiva se devine, puis disparaît. La baie n'est qu'à deux milles et pourtant, elle reste invisible. Corinne, le nez collé au hublot, regarde avec pitié son capitaine fouetté par la pluie. Je garde le cap sur le contrefort entrevu entre deux averses. L'entrée de Hakatea apparaît. Sans carte, elle est indécelable du large.

Les vagues brisent à gauche au pied des falaises, leur sommet à plus de cinq cents mètres se perd dans les nuages. Le ressac roule *Naïla* d'un bord sur l'autre. Virage à droite, la mer se calme, l'anse Hakatea s'offre à nous. Odeur de terre humide, l'ancre file par neuf mètres de fond. Un reste de houle nous berce lentement. Nous sommes aux Marquises. Seule manque la chanson de Jacques Brel.

Joseph Kabris, d'origine bordelaise, était matelot à bord d'un des premiers baleiniers qui, au XVIIIe siècle, commencèrent à écumer les eaux du Pacifique. Son navire fit naufrage en 1789. Joseph parvint à survivre sur un radeau. Il atteignit miraculeusement l'île de Nuku Hiva. Recueilli et soigné par les insulaires, il adopta leurs coutumes, se laissa tatouer le corps et marqua ainsi son attachement à ce peuple d'adoption. Malheureusement, en 1804, une mission géographique et commerciale russe commandée par l'amiral Krusenstern fit escale à Nuku Hiva. On saoula le malheureux et l'embarqua de force pour la suite du voyage. Joseph Kabris débarqua au Kamchatka en désespérant de pouvoir retourner un jour aux Marquises. Parvenant en France en 1817, il en fut réduit pour subsister à exhiber ses tatouages sur les foires. Joseph Kabris mourut en 1822, il est le premier Français à avoir vécu aux Marquises.

Dès notre débarquement, un homme vient vers nous.

–*Ia Orana.*

–Non, *Kahoa*, nous reprend Daniel. *Ia Orana*, c'est à Tahiti. Venez boire le café.

Dans le faré en planches de contreplaqué, sans porte ni fenêtre, dépouillé de tout superflu, sa femme Antoinette est assise sur le sol en béton ; nous comprendrons plus tard, en apercevant un fauteuil roulant, qu'il s'agit du sien. Depuis plusieurs décennies, Daniel et Antoinette, septuagénaires, accueillent les voiliers de passage. Le lieu a d'ailleurs pris le nom de « baie Daniel » auprès des navigateurs. Daniel semble se rappeler de chaque personne et de leur voilier venu faire escale dans la baie. Nous égrainons les nationalités des visiteurs : Chilien, Australien, Brésilien, etc.

–Un Japonais… ?

–Oui oui… mais… je ne me souviens plus du nom du bateau… attends, attends !

Il se lève et se dirige vers une pile de livres. Sans hésiter, Daniel en tire un de la partie supérieure de la pile et en feuillette les pages en revenant vers nous.

–Voilà, voilà. Le bateau s'appelait *Hitorigurashi*, j'ai même la photo !

Incroyable, quelle mémoire. C'était il y a plus de dix ans.

Leur premier livre d'or remonte à l'année 1957. Après un deuxième café et un agréable moment de discussion, nous quittons Daniel et Antoinette.

Le village de Hakaui ne compte que quelques farés disséminés entre les bananiers, les manguiers ou les arbres à pain. Près de la chapelle, une vieille dame occupée à ratisser les feuilles mortes arrête son travail à notre approche et s'avance vers nous.

– Je m'appelle Félicité.

Petite et menue, le visage ridé par le soleil tropical, un casque de chantier vissé sur la tête, elle nous sourit.

– Pourquoi tu as un casque sur la tête ?

– C'est à cause des cocos. Siméon, mon mari, en a reçu deux sur la tête, il est à l'hôpital. Il faut faire attention quand tu marches sous les cocotiers.

Comme pour appuyer son avertissement, une palme s'abat à vingt mètres sur le chemin.

– Tu aimes les mangues ? demande Félicité à Corinne. Va derrière la chapelle. Ton mari, il est grand, il va les attraper.

Ma grand-mère avait cette façon simple d'accueillir l'étranger. Quelques paroles et déjà café et pain étaient déposés en présents sur la table.

Depuis notre arrivée, nous sommes exposés à la présence désagréable des *nonos*. Les *nonos* sont de minuscules moucherons de la taille d'une tête d'épingle à la piqûre redoutable. Ils ont besoin de l'eau de mer et du sable pour vivre et se reproduire. Pas de sable : pas de *nonos*. Les plages de galets sont de fait une bénédiction. L'île de Nuku Hiva possède en plus une espèce endémique, le *nono* noir. Ce dernier a besoin, lui, de l'eau douce des rivières pour se reproduire. On le trouve partout sur l'île, à plus forte densité près des points d'eau. Ils sont moins abondants en période sèche. À la différence du moustique, le *nono* ne transmet aucune maladie. Il cause seulement, si l'on peut dire, de cuisantes démangeaisons qu'il faut absolument s'abstenir de gratter sous peine d'infection. Nous ne débarquons donc pas sans armure, vêtements légers pour couvrir le maximum de peau et badigeonnage au monoï à la citronnelle sur le visage et les mains. Malheureusement, ils trouvent toujours notre talon d'Achille. Daniel nous a assuré qu'avec le temps, nous serons moins sensibles aux démangeaisons.

Au nord de Nuku Hiva, dans la baie d'Anaho cernée par un cirque montagneux, *Naïla* semble à l'intérieur du cratère d'un volcan. Un mouillage comme je les aime, d'où l'on ne voit plus le large. Quand l'horizon reste visible, il invite à l'appareillage, à la navigation. Ici, comme à Hakatea, sur 360°, le décor verdoyant convie au repos, on oublie l'océan et l'on ne songe qu'à profiter du cadre enchanteur. Flâner les pieds nus sur le sable, s'asseoir sur un vieux pot de peinture retourné et converser de pêche, de chasse ou du passé avec Jean, un vieux garçon qui ne s'est jamais décidé à quitter cette vallée, malgré la vie solitaire qui en a découlé. À nos côtés, la grand-mère peigne ses longs cheveux noirs, elle écoute, heureuse de cette réunion sur le pas de son habitation.

– Tous les jeunes sont partis ! dit-elle résignée.

Le village d'Hatiheu est à une heure de marche. Sans école ni route, comme dans toutes les autres petites vallées, les gens sont partis. Il y a plus de Marquisiens aujourd'hui à Tahiti que dans l'ensemble de l'archipel des Marquises. Avec son harpon, Jean triture une palme de cocotier tombée au sol. Il ressemble à un enfant timide traçant des arabesques de son pied dans le sable.

Une rencontre réussie ressemble à une approche amoureuse. Avancer, reculer, commencer par maintenir une distance tout en espérant la supprimer, deviner un plaisir dans l'esquisse d'un sourire, d'une poignée de main. Donner, recevoir, tenter l'équilibre, s'enrichir de l'autre sans le presser. Au premier abord, les Marquisiens ont souvent le visage rude, brut à l'image des falaises de leurs îles face à l'océan. Ma maman m'a appris très jeune : « Celui qui arrive, qui passe, doit dire bonjour le premier parce qu'il s'invite.» J'ai toujours eu du mal à aller vers les autres, ma timidité était paralysante. Corinne me ressemble. Les autres n'attendent bien souvent qu'un geste; avec le temps, nous nous en sommes aperçus. À présent, j'ose, je m'approche, je tends la main. Les visages se détendent, les sourires fleurissent, on engage la conversation et l'escale prend une autre dimension.

Après trois semaines, les timidités culturelles ont disparu. Toutes nos descentes à terre sont agrémentées d'une conversation spontanée avec un des quelques habitants de la baie. À l'ombre des filaos, assis sur une pirogue, nous discutons avec un homme que nous n'avions encore jamais croisé. Je lui demande s'il connaît Eiao, une île inhabitée située au nord-ouest de Nuku Hiva. L'homme se transforme. Debout, les bras en mouvements, il mime les légendes, les histoires extraordinaires: bruits de tambour, lumières étranges... Je lui parle des châteaux hantés, des personnes réceptives... Je suis sur sa longueur d'onde. Il poursuit de plus belle, s'emporte, s'en aperçoit et s'interrompt:

–Tu vois, c'est un mélange de tout ça, Eiao.

Il se rassoit, la tension est retombée.

–Alain... Alain...

4 heures 30, l'heure de mon quart a sonné. Corinne me réveille doucement en passant sa main sur ma jambe.

–Je crois avoir vu l'île sur l'avant droit.

Le temps de préparer un thé, la nuit s'éclaircit, Eiao se distingue bien maintenant devant nous. Une légère brise nous accompagne jusqu'à la baie encaissée de Vaituha, sous le vent de l'île.

Aride, Eiao ne ressemble en rien aux autres îles de l'archipel. La seule végétation luxuriante se développe le long de l'unique rivière permanente débouchant ici. Des cocotiers et des anones ainsi qu'un bananier et une dizaine de papayers plantés par des Marquisiens venus chasser le mouton, abondant sur l'île. À terre, malgré nos recherches, nous ne trouvons aucune trace de l'ancien pénitencier. Aucun vestige non plus des deux cabanes construites pour le séjour de Georges de Caunes. Journaliste à Europe 1 dans les années 1960, il était supposé séjourner un an à Eiao, équipé, approvisionné et relié quotidiennement à la civilisation par radio. Il y renonça au bout de quatre mois. Les *nonos* bien sûr, mais avant tout, seul sur une île, un homme se retrouve face à lui-même, une situation que peu supportent. Nous nous consolons de ces vaines recherches en découvrant le fruit de l'anone, la pomme cannelle. Jamais un fruit si sucré n'avait chatouillé nos papilles.

Des poules et des coqs sauvages vivent dans ce coin de fraîcheur. Notre palais a une irrésistible envie de viande fraîche. J'installe un piège avant la nuit, du pain posé sur une tapette à rat. Le lendemain, nous découvrons le piège à poule déclenché et vide, sans même une plume aux alentours. Nous serions bien tentés d'attraper un mouton, mais sans arme, nous risquons de courir longtemps !

Décidés à rejoindre le plateau situé à cinq cents mètres d'altitude, nous nous faufilons entre les acacias épineux dans un couloir d'éboulis. La pente est raide, le sol friable, les pierres se dérobent sous nos pieds. De nombreux guêpiers se balancent accrochés aux branches. J'en bouscule un dans un moment d'inattention. Les guêpes se jettent sur Corinne à ma suite, elle crie de douleur. J'ai beau agité ma casquette pour la défendre, elles s'acharnent. Daniel nous avait prévenus : « Si une guêpe vous attaque, il faut rester calme ». Nous détalons, les guêpes au cul !

– Ça brûle !

– On s'arrêtera plus loin, viens.

Parvenus à l'abri, nous comptons les piqûres : sept, huit, neuf !

– Comment tu te sens ?

– …

– On empruntera un autre chemin pour redescendre. En attendant, il paraît que l'urine, ça soulage !

– Oui, bon, ça ira comme ça.

Arrivés sur le plateau, le décor rouge est martien. Des cailloux se maintiennent en équilibre sur des cônes de latérite, fondations friables que le vent et la pluie s'évertuent à affaiblir chaque jour un peu plus. Au fond d'une ravine, tordus par le vent, de vieux troncs noueux blanchis par le soleil semblent moribonds. Pourtant, des branches portent encore quelques feuilles qui, agitées par le vent, nous donnent l'impression du chuintement d'un ruisseau. Égarés dans ce cadre désertique, des moutons s'enfuient devant nous. Au loin se devinent encore les vestiges d'une piste. En 1962, le Centre d'expérimentation du Pacifique s'installait sur l'île. «Forages, sondages, terrassement d'une route, et même avec des panneaux», nous a raconté Émile, habitant de Nuku Hiva. Il s'en souvient bien, il y travaillait. «Mais on s'est vite rendu compte de la fragilité du sol. Si une explosion nucléaire y était déclenchée, on risquait de voir l'île engloutie sous les flots!»

Un grain menace. Nous nous abritons de la pluie sous un ciré tendu sur les branches d'un hibiscus des plages. Noyés dans les nuages, on n'y voit plus rien.

– Alain, j'ai froid. J'espère que cela ne va pas durer.

Je serre Corinne contre moi et la rassure, mais la pensée de *Naïla* au mouillage me taraude. Ne nous abandonne pas sur cette île! J'imagine le nombre de jours écoulés avant que quelqu'un ne s'inquiète à notre sujet. J'ai un couteau, un briquet, il y a quelques fruits… Je chasse ces idées mais l'impatience de retrouver la baie me ronge. Nous repartons, cheminant dans les nuages qui courent sur le plateau, suivant le lit d'un ruisseau asséché repéré avant la pluie. Il nous emmène vers la baie où *Naïla* nous attend sagement.

Juste avant d'embarquer dans l'annexe, Corinne se fait mordre la main par une anguille. Décidément, cette île serait-elle maléfique? Après deux semaines, nous quittons Eiao, sans regret. Le pourquoi n'est pas toujours explicable. Sauf pour Corinne couverte de pansements. Une mauvaise alchimie entre visiteur et visiter? Eiao en ravira d'autres, elle le mérite comme tout autre lieu.

L'île de Tahuata et un nouveau mouillage approchent, après quarante-huit heures de traversée et moult virements de bord. Un grain tropical fait valser *Naïla* deux fois sur lui-même avant que je ne parvienne à réduire sa grande robe. La pluie cinglante nous oblige à garder nos lunettes malgré l'absence de soleil. Autant j'aime les longues navigations, autant je déteste les heures égrainées d'un court trajet tel que celui-ci où aucun rythme de mer ne peut se mettre en place. Heureusement, ce type de traversée a été créé pour le bonheur de l'escale. L'ancre bien assurée, c'est le plaisir du premier repas, de la première sieste et de se coucher la première nuit avec délectation. Penser dormir jusqu'au matin mais se réveiller pour un pipi sous les étoiles, se lever avec le plaisir de se recoucher sans se préoccuper du quart à venir : ainsi se fait aimer l'escale.

L'homme navigateur est étrange, il part autour du monde en voilier, un moyen de transport lent qui donne le temps de voir les choses. Dans son bateau au mouillage, il se repose de la traversée, il lit, il farniente, il rêvasse. Tout à l'heure, l'homme va descendre à terre, marcher paisiblement sur un sentier, sans but précis, ou bien il ira converser avec son voisin, une heure, deux heures, l'après-midi. Rien ne presse. Paradoxe pourtant, quand il monte dans son annexe, même pour parcourir cent mètres, il le fait moteur vrombissant. Nous avons un peu appartenu à cette catégorie, puis un jour, notre moteur en panne a fini dans une poubelle. J'ai construit *Coco*, une annexe en contreplaqué, acheté une paire de rames et oublié définitivement d'être pressé.

Marc, Ronald et Nicolas, trois pêcheurs du village de Hapatoni venus nous rendre visite hier, se sont arrêtés de nouveau ce soir pour nous donner la moitié d'une carangue pêchée à la traîne. La pluie menace, je les invite à rentrer au sec. Leurs trois masses imposantes remplissent la cabine. Assis autour de la table, ils échangent en marquisien leurs impressions à voix basse. Des filets d'air troublent la flamme de la lampe à pétrole et donnent à leurs visages, par des effets d'ombres et de lumière, un aspect énigmatique.

– Il pleut, vous mangez avec nous ?

Ils ne répondent ni oui ni non, comme s'il en allait de soi. Nous aimons les îles désertes, mais apprécions autant ces rencontres inopinées.

Des avalanches de nuages roulent depuis les crêtes sous le grondement du tonnerre. Des cascades nées de la pluie tranchent de sillons d'écume les parois noires des falaises, transformant l'eau claire de la baie en surface boueuse où s'ébattent noix de coco et branches diverses. Ce paysage sauvage et envoûtant, ce sont les Marquises dans leur rudesse brutale et authentique.

L'annexe tirée sur l'herbe près des pirogues, nous marchons vers l'épicerie du village en sautant les flaques d'eau. Un enfant s'avance, ses deux mains tendues vers nous. Une expression grave anime ses yeux :

– Bonjour ! Tu vas où ?

– Au magasin.

Satisfait de la réponse, il retourne vers ses camarades.

Le mouillage près du village de Hapatoni est calme et agréable, mais il manque souvent de soleil. Le sommet de l'île, à l'aplomb de la baie, garde en permanence un chapeau nuageux. Nous retrouvons à la baie Hanamoenoa un peu de la magie des lagons bleus, une eau claire de piscine et le soleil. Le canal du Bordelais, immense entonnoir entre Hiva Oa et Tahuata, nettoie le ciel de ses nuages. S'il reste un rayon de soleil sur le groupe sud des Marquises, il est sur Hanamoenoa. À terre, oubliés dans la brousse, citrons, pamplemousses, mangues et fruits de l'arbre à pain attendent d'être cueillis. Une baie de repos et de plaisir où nous revenons régulièrement après des mouillages plus rouleurs. Un voilier français est venu « jeter l'ancre » près de nous. Le bateau chasse sous une rafale, le capitaine debout à l'étrave ne semble pas inquiet outre mesure. Dans la nuit, un grain vomit sa complainte, le vent siffle, la pluie crépite sur le pont.

Je me lève pour fermer la porte de la descente. Notre voisin a disparu ! Je devine son feu de mouillage se dandiner au loin sur l'arrière. Je m'étonne de la légèreté avec laquelle mouillent certains capitaines. L'ancre est « bazardée » avec sa chaîne sur un même tas et advienne que pourra. Nous mouillons toujours en déroulant la chaîne sur le fond et en testant la tenue de l'ancre, moteur à fond en marche arrière, le b.a.-ba. Le vent peut souffler, nous dormons sur nos deux oreilles.

Nous effectuons une nouvelle petite traversée, cette fois vers l'île de Ua Pou. Ses douze piliers soutiennent une cotonnade de cumulus blancs. Nous longeons une falaise ocre rouge, Corinne les yeux sur le sondeur, les miens sur l'avant. Nous évoluons prudemment dans une zone non hydrographiée. La houle de sud est absente en ce moment, heureusement, car la baie est déjà suffisamment agitée. Rouleur est souvent le pain quotidien des mouillages marquisiens. Une cabane inhabitée se devine en arrière-plan de la plage de galets. Le Poutoko, un pain de sucre de huit cent trente mètres, trône, majestueux, au fond de la vallée.

Le débarquement risque d'être acrobatique. J'attends à la limite où se forme la déferlante, encore une vague et j'y vais. Je souque ferme. Presque arrivés sur la plage, la mer indomptée se cabre et *Coco* nous offre notre premier roulé-boulé dans les vagues. Nous nous débattons dans l'eau écumante. En nageant vers les rames parties à la dérive, je vois Corinne agrippée à l'annexe retournée que la mer lui dispute. Tu vas me le rendre mon *Coco*, semble-t-elle lui dire. Nos genoux et nos cuisses ont tâté du galet, les écorchures brûlent un peu. Une chaussure et une casquette perdues, mais rien de cassé. Dans la brousse vigoureuse, nous découvrons une large zone pavée, lieu de culte du peuple ancien. Un vieux manguier au tronc noueux a pris la place du prêtre, ses grandes branches tels des bras écartés, il prêche vers ses fidèles, citronniers, orangers, goyaviers et autres pistachiers. Un ruisseau chante en chœur et les moustiques violonent à nos oreilles. Plus loin, des *pae pae*, ces soubassements en pierres basaltiques constituaient l'assise de la maison marquisienne. Les vestiges archéologiques abondent dans tout l'archipel. Les *tiki* en représentent à nos yeux l'aspect le plus intéressant.

Un jeune est arrivé en pirogue, il tourne dans la baie en scrutant les hauteurs. Je le salue d'un signe de la main auquel il répond de loin. Je monte à bord de *Coco* pour le nettoyer du sable et de la boue de ce matin. Comme si le fait d'être à sa hauteur le rendait moins timide, le piroguier s'approche. Je l'escomptais. Il vient d'Hakatao, le seul village à ne pas être relié aux autres par la route. Des ouvriers s'emploient à transformer la sente cavalière en piste pour 4x4. Il surveille d'un œil l'arrivée de deux chasseurs partis ce matin courir après les chèvres avec pour toute arme un lasso et des couteaux. Ils viennent parfois ici casser le coprah.

– C'est pas tellement entretenu sous les cocotiers, vous ne venez pas souvent ?

– Non, pas souvent.

– Vous venez quand vous devez gagner un peu d'argent ?

– Oui, dit-il en souriant.

– Maintenant qu'il va y avoir la route, tout le monde va vouloir une voiture, alors il va falloir travailler beaucoup plus.

– Oui, me dit-il avec un sourire amer, bien conscient de la chose et l'ayant déjà acceptée.

> *Et peu à peu, l'Espagne de ma carte devenait, sous la lampe, un pays de conte de fées. Je balisais d'une croix les refuges et les pièges. Je balisais ce fermier, ces trente moutons, ce ruisseau. Je portais, à sa place exacte, cette bergère qu'avaient négligée les géographes.*
>
> Antoine de Saint-Exupéry,
> *Terre des Hommes*

Les semaines, les mois passent, nos cartes s'enrichissent de renseignements, de croquis. Une zone de sable au milieu d'un fond de corail, un robinet ici, un manguier ou des pamplemousses là, une minuscule plage de sable blanc sur le côté d'une baie, pratique pour le débarquement, un sentier oublié menant à une cascade, la cabane d'un vieil homme solitaire et ses vingt chiens… Nous adoptons une toponymie personnelle à l'exemple de la baie Hakahaa sur l'île de Nuku Hiva, rebaptisée baie Thomas. Nous avons croisé Thomas par hasard en cherchant du pain dans le village de Taipivai. Nous regagnons *Coco* les bras chargés de fruits.

– Quand vous n'avez plus, vous revenez…

Nous y sommes retournés, pour les fruits, pour l'échange, invités à un anniversaire, ukulélé, guitare, après-midi de fête. Une femme assise près de moi me dit en regardant sa canette de bière :

– C'est pour oublier tous mes problèmes.

Elle raconte à l'inconnu ses soucis d'épouse et de mère, elle s'allège de sentiments devenus lourds, sans que cela porte à conséquence, le passant partira demain. Je me sens curé dans un confessionnal devant donner l'absolution.

– Trouve-toi un autre homme !

Elle éclate de rire en me donnant, de sa large main en battoir de blanchisseuse, une grande tape sur la cuisse.

La durée de nos escales se détermine par les rencontres que nous faisons. Il faut savoir s'attarder. « C'est à toi, le bateau ? Ça fait longtemps que tu es là ! » Notre présence prolongée intrigue et facilite les contacts, amenant vers nous l'autochtone qui s'interroge. Il y a les mouillages fréquentés, saturés en juin et juillet quand passe la migration des voiliers vers l'ouest, et puis ceux pour lesquels il faut fournir un effort minimum, comme subir quelques heures de près, bien peu de choses en fait pour profiter des Marquises telles qu'on les a rêvées. Si l'on est venu si loin, c'est pour vivre la différence. Elle est possible, pourquoi s'en priver ?

Nous retrouvons la baie Hakatea, la plus belle à nos yeux, mais qui est également le sanctuaire des *nonos*. Séjourner sur la plage relève de l'exploit. Aussitôt *Coco* tiré en sécurité, nous fuyons le sable. « Les Allemands », ce sont les *nonos* blancs que Daniel nomme ainsi, les plus petits et les plus voraces. En 1914, un navire allemand lesté avec du sable de Nouvelle-Guinée s'est délesté à Nuku Hiva, contaminant l'île puis toutes les plages de l'archipel. Un autochtone nous dit un jour: «Les *nonos* sont nos guerriers modernes, ils nous protègent de l'invasion touristique.»

Sur le chemin du village, nous croisons Augustin à cheval, il s'arrête. Nous dialoguons. Il regrette la façon dont les étrangers voient son île:

– Les touristes, ils viennent en avion, après ils prennent un 4x4 et puis le *speed-boat*. Mais, ils n'ont rien vu. Pour voir les Marquises, il faut aller dans la montagne. Quand j'y suis, je n'ai plus envie de redescendre. Je ne peux pas expliquer, mais c'est tellement beau.

Assurément, on manquera beaucoup si l'on se contente de voir ces îles du pont d'un bateau. Du col, à cinq cents mètres d'altitude, le décor est vertigineux, grandiose. D'un côté, Hakatea, de l'autre, au loin, Taiohae, et, entre les deux, une nature brute à perte de vue. Je suis passé là plus d'une fois, je ne m'en lasse pas. Le bruit du ressac n'y parvient pas, on distingue seulement ses lèvres blanches embrasser la côte. Corinne s'attarde sous un pistachier, je continue jusqu'à Taiohae pour faire quelques courses.

La capitale des Marquises n'a pas l'image attendue d'une ville. Avec seulement un millier d'habitants, le mot village la décrit bien mieux. En revanche, elle attire, en tant que port d'entrée, une grande quantité de voiliers. Nous fuyons ces lieux. On pourra nous taxer de sauvages. Corinne et moi apprécions les rencontres de voiliers, mais la qualité de ces rencontres est inversement proportionnelle à la quantité de bateaux présents dans une baie comme dans un immeuble où l'on ne connaît pas son voisin.

Je repars le sac chargé, il s'alourdit encore à mi-chemin. Ce matin, j'ai repéré dans la montagne un bananier porteur d'un gros régime. Voyager, c'est éclairer son ignorance; j'ai mangé des milliers de bananes en France sans savoir qu'elles provenaient non pas d'un arbre mais d'une plante. Quand on en coupe le régime, la tige doit aussi être coupée, un rejet en donnera un nouveau dans un an. Cette fois, le sac à dos est bourré, le pain dépasse des poches latérales et les œufs dans un sac plastique sont fixés à l'extérieur. Gare à l'omelette ! Plus loin, je cueille encore une citrouille que je garde dans les mains.

Un commentaire lu dans une revue nautique me revient : « Les Marquises seraient l'escale la plus chère du monde ! » Oui, sans doute, pour celui qui a besoin de sa bouteille de rouge, de son camembert et de son yaourt. Mais alors autant rester chez soi. Voyager, ce devrait toujours être vivre autre chose, rencontrer d'autres peuples et consommer autrement. Nous qui appliquons cette formule, les Marquises sont parmi nos escales les plus économiques.

La charge est lourde, la sueur me dégouline du visage, mon maillot et mon pantalon sont trempés, j'ai soif. La bouteille est vide, pourtant je suis heureux. Du sentier à flanc de montagne, la mer se devine entre les branches d'acacias. Des chèvres dévalent la pente, un cheval sauvage s'enfuit devant moi. Au col, je mangerai une dizaine de goyaves jaunes aussi grosses que des poires. J'arriverai au bateau dans trois heures, après vingt-six kilomètres de marche depuis ce matin. Comment pourrai-je reprendre le métro après tout cela ? Dans la descente, emporté par le poids du sac, je trébuche la tête la première et dévale la pente, la poitrine sur la citrouille. Après une glissade qui paraît ne jamais finir, je me relève indemne, la citrouille et les œufs aussi !

Nous passons de nombreuses fins d'après-midi à converser avec Daniel et Antoinette autour d'une tasse de café. Les vieux deviennent souvent de plus en plus silencieux, on ne s'intéresse plus à leur vie. L'existence des jeunes générations les dépassent. « Tu comprends rien, pépé », alors ils finissent par se taire. Dommage : avec eux, toute une culture disparaîtra bientôt. L'histoire est malheureusement universelle. Avec Daniel et Antoinette, tout est occasion de discussions, la manière de construire un faré, la chasse aux cochons, la vie des *nonos*… Aujourd'hui, la conservation des aliments, le *mei* en particulier, anime la conversation. Au XVIe siècle, les Espagnols l'ont découvert aux îles Marquises, où il était vénéré pour son haut pouvoir nutritif. Il en existe des dizaines de variétés en Polynésie. Ils donnent de gros fruits granités à chair blanchâtre et fibreuse riche en amidon. Le nom français «arbre à pain»[29] viendrait du fait qu'il pouvait constituer un substitut au pain, au riz ou à tout autre féculent, mais son goût n'a rien de comparable avec celui du pain. Il entre dans la composition de nombreuses recettes. Cuit au sel, en beignet, en purée, en allumettes dorées comme les pommes frites, rôti sur des pierres rougies ou écrasé sous forme de pâte fermentée… Naguère, stocké en silo, le *mei* était conservé d'une année sur l'autre. Mûr à point, il était épluché, débarrassé de son cœur et déposé dans une fosse de plusieurs mètres cubes aux parois de pierres tapissées de feuilles d'*auti*[30] ou de bananiers. Foulé au pied, on le réduisait en une purée homogène. Daniel raconte qu'on pouvait s'y enfoncer jusqu'à la taille, Antoinette rit à gorge déployée en indiquant la hauteur des chevilles. Plusieurs milliers de fruits pouvaient être ainsi traités. La fosse pleine était recouverte de feuilles. On piochait dans cette réserve lorsque la nourriture fraîche venait à manquer. À la fin du XVIIIe siècle, quand il fut question de nourrir à moindre coût les esclaves africains travaillant dans les plantations des Caraïbes, Sir Joseph Banks, le botaniste de la première expédition de Cook, reconnut que l'arbre à pain représentait la plante idéale. Le capitaine Bligh eut alors pour mission de rapporter à bord de *La Bounty* des arbres à pain de Tahiti pour les introduire dans les Caraïbes. Ce voyage fut à l'origine de la plus célèbre mutinerie de l'histoire de la marine à voile. Ses rescapés trouvèrent refuge à Pitcairn, île située à l'est de l'archipel des Gambier, où vivent toujours leurs descendants. Pendant nos conversations, c'est Daniel qui parle le plus souvent, Antoinette surveille et le corrige. Ces deux-là sont adorables.

Nous aurons ainsi passé plus de trois mois à Hakatea. Les jours s'écoulent si tranquillement que nous repoussons sans cesse notre départ au lendemain. Le moment arrive pourtant où il convient de

29. *Artocarpus*, ou arbre à pain.

30. Cordyline.

s'arracher d'ici afin de garder le bon côté du voyageur, n'être que de passage et reçus comme tel.

Nous nous projetions voguant vers l'est et la Patagonie chilienne, mais la vie réserve ses surprises. Un problème de joint spi au niveau de l'inverseur a transformé l'huile en mayonnaise si compacte que l'hélice a du mal à tourner. Nous retournons vers l'ouest et l'île de Raiatea pour sortir *Naïla* de l'eau afin d'effectuer les réparations. Les pièces tardent à arriver de France. Zut !

Non, tant mieux, car c'est au tour du capitaine de tomber malade : dispensaire, hôpital, radio, scanner, endoscopie. Un chirurgien doit m'opérer d'un kyste à la gorge.

La saison cyclonique approche, nous devons quitter la Polynésie avant décembre, dans moins d'un mois et demi. *Naïla* remis à l'eau, nous rejoignons Moorea, l'île sœur de Tahiti. Je ne veux pas laisser Corinne et *Naïla* au quai de Papeete le temps de mon hospitalisation. Vol, agression, maladies de la ville. Nous trouvons un bon mouillage dans la baie Opunohu à Moorea, je me sentirai tranquille de les savoir ici. Papeete n'est qu'à une heure de ferry. Un sac contenant quelques affaires à mes pieds, nous attendons une voiture qui voudra bien me prendre en stop, Corinne dans mes bras.

– J'aurais préféré venir avec toi.

– Ça passera vite, le chirurgien m'a promis que, si tout va bien, je serai de retour dans deux jours.

– J'aurais quand même préféré venir avec toi.

On se rend encore plus compte de l'intensité d'un amour quand on doit le quitter. Une voiture s'arrête, je monte à l'arrière du pick-up et déjà nos bras s'agitent. Dur de se séparer.

Si mourir dans son sommeil ressemble à une anesthésie, la chose n'est pas bien difficile.

Avant même de reprendre vraiment conscience, je sens la main de Corinne sur la mienne. Je veux me redresser, mais mon corps refuse.

Au travers du filtre de ma vue brouillée, je devine son sourire, elle s'excuse presque dans ses premiers mots :

–J'ai bien caché l'annexe dans les branches… Je ne pouvais pas attendre.

–Tu as bien fait, je suis content que tu sois là.

Laurent et Nathalie sont là également. Les chemins qui mènent à des rencontres, à l'amitié qui en découle parfois, sont bien mystérieux. Ils tiennent souvent à peu de choses. Un choix, une option, s'arrêter à un endroit imprévu. Passer un coup de téléphone que l'on hésitait à donner…

Nous avions rencontré Gilles, le père de Nathalie, au Festival du raid et de l'aventure des Angles dans les Pyrénées. L'année dernière, nous sachant à Tahiti, il nous a communiqué le numéro de téléphone de sa fille, qui y vit avec Laurent.

–Corinne, tu téléphones !

–Pourquoi moi ?

–Parce que…

–Parce que quoi ?

–Parce que … c'est une fille !

Et voilà comment nous aurions pu passer à côté de deux personnes qui deviendront des amis.

L'amour et l'amitié, le meilleur remède à la maladie. À quoi aurais-je pu rêver de mieux pour mon réveil ?

Purées, compotes et flans constitueront mon régime pour les deux prochaines semaines. Après les dernières analyses, le feu vert du chirurgien arrive, nous partons.

Plus question de Patagonie. Pour l'instant, ce sera l'île de Pâques, puis les Marquises et retour vers Tahiti où nous laisserons *Naïla* une année, le temps de renflouer la caisse de bord. Fini les plans de tour du monde et de retour en France. L'existence réserve trop de surprises, un jour en pleine forme et le lendemain…

À la sortie de la baie Opunohu, un grand banc de dauphins nous accompagne durant des heures le long des côtes nord et ouest de

Moorea. Il est si bon de retrouver Corinne, *Naïla*, l'océan et l'horizon. Avec la santé, tout est possible. À nous de choisir parmi tous les chemins que la vie nous offre ! Tout est clair et dégagé devant. Tant que l'envie sera là, nous poursuivrons cette vie qui nous accomplit.

Naïla nous berce avec bienveillance, il remplit son devoir sans rechigner. Infatigable… plouf, plouf, plouf, dit l'étrave, et que je te taille la route sans broncher… Plouf, plouf, plouf, dormez tranquilles, reposez-vous, *Naïla* s'occupe de tout.

C'est merveilleux
D'être amoureux
D'un gentil garçon
Qui était blond,
Plus blond que les blés,
De la Beauce où je suis née.
Plus joli qu'un coucher de soleil,
Qui nous émerveille
Quand il se blottit dans la mer.
Plus beau que le désert
Dans lequel j'aimerais me coucher
Pour l'éternité.

18. NOËL À PÂQUES

L'océan pendant des jours, des semaines ; de l'eau, que de l'eau pour horizon. Les yeux de l'équipage interrogent cette embrassade du ciel et de la mer et puis, un matin, enfin, la tache sombre de la terre tant espérée apparaît. C'était le 5 avril 1772, jour de Pâques.

Un avion décolle. Dans cinq heures, il sera à Tahiti. Nous, nous avons mis trente et un jours. Nous mouillons par dix-neuf mètres de fond sur un plan d'eau agité devant Hanga Roa, le seul village de l'île.

L'île de Pâques, Rapa Nui de son vrai nom : plus de soixante volcans éteints confèrent au paysage des collines aux pentes douces. Sa côte ne comporte aucune baie digne de ce nom. Une bonne partie de son pourtour se défend de la mer par de hautes falaises ; sur le reste de la côte, les vieilles coulées de lave forment des crêtes, des arêtes scoriacées qui se rejoignent et s'entrecoupent, leur surface est irrégulière, écumeuse, comme la mer qui s'y déchire. Les vents sont changeants, les mouillages difficiles et incertains. James Cook la décrivait ainsi : « Aucune nation ne doit prétendre à l'honneur de la découverte de cette isle car il n'y a pas de contrée qui soit d'une moindre ressource aux marins. Il n'y a point de mouillage sûr, point de bois à brûler et point d'eau douce dont on puisse remplir les futailles. La nature a répandu ses faveurs avec bien de la réserve sur ce coin de terre… »

Neuf hommes dans une baleinière viennent à bord de *Naïla* effectuer les formalités d'entrée. Policiers, militaires et douaniers, beaucoup de monde pour notre petit bateau.

–Vous restez combien de temps ?
–Deux mois.
–Deux mois ici ?
–Pourquoi, ce n'est pas un bel endroit ?
–Si, si… mais deux mois…

Le seul moyen de découvrir Rapa Nui est de pouvoir entrer dans le minuscule port de Hanga Pico. Il y a encore quelques années, plusieurs voiliers pouvaient y séjourner en même temps. Aujourd'hui, les barques de pêche se sont multipliées et la place manque. À présent, un seul voilier de passage peut encore s'y abriter, au bon vouloir de l'Armada, la marine chilienne. Malheureusement pour nous, la place est déjà prise. Elle ne se libèrera que dans neuf jours. Je cherche des mots simples afin d'éviter les embrouilles. Corinne traduit en anglais :

–Dans neuf jours, la place est pour nous ?
–O.K.
–*Sure ?*
–*No problem.*

Très bien, nous attendrons.

Au matin, le vent vire au nord-ouest, les lieux deviennent intenables. Nous partons sous le vent de l'île en tenant la côte à bonne distance ; nous ne disposons que d'une carte touristique indiquant les sites des statues. Nous trouvons un mouillage à Hotuiti, face à un alignement de quinze *moaï* et d'une maison de pêcheur. Sans avoir à nous épancher, nous sentons que le réveillon de Noël ne sera pas tranquille. Dans le ciel, le vent pousse de lourds nuages noirs. Quand il tournera au sud-ouest, il faudra trouver abri ailleurs. Drossé sur la côte, un voilier éventré nous rappelle l'exigence des lieux.

Confit de canard aux olives accompagné de riz, repas de fête, pourtant nous n'avons pas grand appétit. La chaîne racle sur le fond rocheux. Nous tentons d'échapper au présent en nous racontant des Noëls d'enfants. Peut-être qu'un jour, dans vingt ou trente ans, une femme pascuane racontera celui-ci : «Nous étions avec mon frère et mes cousins chez grand-père et grand-mère. Un voilier est arrivé devant la maison, alors on a dit à pépé qu'on aimerait bien aller le visiter. On a beaucoup ri, le monsieur et la dame sur le bateau, ils ne comprenaient rien à ce qu'on disait. On est entré à l'intérieur et c'était tout petit, la cuisinière, elle ressemblait à une balançoire. Comment ça peut tenir, les casseroles sur une balançoire ? Mémé les a invités à venir faire la fête avec nous. On a compris par les gestes. Le monsieur, il parlait bien avec les mains, ils ne voulaient pas laisser le bateau tout seul. On est rentré un peu triste. Au matin, le vent soufflait fort et la mer était vide. »

Après avoir passé la nuit au large, nous trouvons un autre ancrage à Anakena. C'est ici que, selon la légende, Hotu Matua et ses compagnons débarquèrent sur l'île pour la première fois. La belle baie accueillante de la carte est impossible à pénétrer, la mer y déferle à l'entrée. Nous mouillons au large, où nous attendons de pouvoir débarquer, regardant l'île avec appétit comme un gâteau derrière une vitrine. Inaccessible.

Jamais le temps ne m'aura paru si long que ces six jours d'attente. Trop longtemps attachés, comme deux chiens ayant rompu leur chaîne, nous « courons » d'une statue à une autre de peur qu'on nous les retire du regard. Je quitte mes claquettes, c'est la première fois que je ressens un tel plaisir des pieds nus dans l'herbe, avec l'envie de s'y rouler. *Naïla* se balance tranquille, l'annexe tirée sur la plage, nous avons enfin l'impression d'être arrivés. Anakena est une plage inhabitée, à dix kilomètres du village, la première personne qui nous adresse la parole après avoir pris pied sur la terre chilienne est un moustachu à cheval.

– Vous êtes du voilier ?

– Oui. Tu ne serais pas Patrice ?

– Si.

– On a un paquet pour toi.

– Je sais. Vous allez rentrer au port de Hanga Pico.

– On l'espère bien, normalement dans trois jours.

– Alors je vous laisse, on se verra là-bas.

Hasard ou coïncidence, sur la route de l'île de Pâques, nous avions fait une rapide escale aux îles Gambier. Le couple à bord du seul voilier présent dans l'archipel nous avait chaudement recommandé de prendre contact avec Patrice et Clara quand nous serions à Rapa Nui. Le cadeau qu'il nous confiait pour eux devait en faciliter l'occasion.

Après neuf jours d'attente, nous allons entrer dans le port de Hanga Pico. L'Armada nous impose la présence d'un pilote à bord. Isidro, habituellement pêcheur, pilote aujourd'hui, arrive à notre rencontre à bord d'une baleinière manœuvrée par un collègue. Ce dernier, dans son dos, nous indique par signes : lui bourré, ne l'écoutez pas, suivez-moi… Ledit Isidro, pilote officiel en ce 1er janvier, manque de basculer à la mer en montant à bord de *Naïla.* Ambiance… Le fêtard tient absolument à prendre la barre. Arrivés face à l'entrée du port, l'homme dans la baleinière nous adresse de grands signes et vire à droite, tandis qu'Isidro part à gauche, droit sur les rochers. Corinne saisit la barre et tire sur bâbord, Isidro, les yeux sans doute ailleurs qu'en face des trous, se tape sur la poitrine en arguant, quitte à faire naufrage, qu'il est le capitaine et tente de ramener la barre à tribord. On ne l'impose pas à mon second dont la voix s'élève instantanément, me pointant du doigt : « Le capitaine, c'est lui », une affirmation qui ne souffre aucune contradiction. Cloué de stupeur, Isidro finit par l'admettre à notre grand soulagement. Nos sueurs froides se réchauffent au soleil du bonheur d'arriver à l'abri du port. Nous pouvons enfin nous reposer et envisager sereinement de profiter de l'île.

Comme promis, Patrice est sur le quai.

– J'ai acheté des *empanadas*, on mange ensemble ?

Ces quelques chaussons farcis de viande et d'oignons mangés dans le cockpit et baignés de chaleur humaine nourrissent plus qu'un copieux repas.

Le port de Hanga Pico est le lieu de déchargement du fret, le va-et-vient des barges du ravitailleur peut s'étirer sur trois ou quatre jours.

Parfois, la houle se lève, souvenir de tempête lointaine, et le cargo repart au Chili sans avoir terminé son travail. Quand un paquebot s'arrête devant Rapa Nui, le port est vidé de ses barques, pour laisser place aux navettes de passagers. Hanga Pico est le poumon de l'île, c'est la raison pour laquelle les autorités n'acceptent la présence que d'un seul voilier.

Nous sommes loin des îles désertes inaccessibles. Tout le monde peut venir à l'île de Pâques en avion. Mais nous, petits navigateurs vagabonds, aurons toujours un avantage sur les touristes, même sur des îles pourvues d'un aéroport. Avoir le temps, prendre le temps, ressentir est le bonheur des amoureux. Aux heures les plus belles, fourchettes et couteaux sont de concert dans les restaurants et nous profitons seuls des *moaï*. Réveil et endormissement, statues de pierre apparemment figées, la lumière du soir et du matin les anime, les ombres dessinent des regards, accentuent l'expression d'une moue. En les admirant, nous restons confondus devant le génie de l'artiste qui, avec des outils aussi primitifs que leur simple *toki*, burin de pierre, a produit des lignes aussi pures. Voyager plus vite que les ombres, c'est se priver de laisser son corps s'imprégner du présent pour le bonheur du moment et du futur.

Le Rano Raraku est la carrière où sont nées toutes les statues – plus de neuf cents répertoriées. Il s'étend sur le versant sud-ouest et à l'intérieur du cratère, là où le tuf volcanique était le plus facilement accessible. Des centaines de *moaï* en cours d'élaboration permettent d'imaginer les différentes phases de fabrication, de l'ébauche à la crypte vide portant l'empreinte d'un géant qui naquit du volcan. Plus bas sur la pente, des statues dressées attendent d'être livrées. Elles n'ont pas d'yeux, les cavités destinées à les recevoir n'étaient creusées qu'une fois le *moaï* en place sur leur autel, pourtant elles semblent regarder.

D'après la tradition orale, les *moaï* ont « marché » du Rano Raraku jusqu'à leur *ahu* (autel de pierre), parfois à plus de quinze kilomètres.

L'esprit obtus des étrangers n'a pas voulu comprendre que les Pascuans aussi pouvaient utiliser des images pour transmettre la tradition. Alors, les théories les plus farfelues ont été avancées. Quand l'homme ne comprend pas, il se hasarde dans des hypothèses fantastiques, c'est la solution la plus facile, instinctive, pour expliquer un travail qu'on se sent incapable de réaliser. Ce n'est pas la magie, ni les forces occultes qui déplacèrent les grands *moaï* mais l'intelligence des Pascuans.

En 1886, l'Américain Thomson songea que les statues avaient eu des yeux. Lors de la restauration de l'*ahu* Akivi, en 1960, William Mulloy découvrit un globe presque intact qu'il prit pour une coupelle de cérémonie. Il était passé très près de la découverte. Ce n'est qu'en 1978, lors de la restauration de l'*ahu* Nau Nau à Anakena, que le regard des statues trouva une réponse. Sous les *moaï* renversés, protégés par le sable accumulé depuis des années, fut découvert une trentaine de morceaux de corail. L'assemblage de plusieurs morceaux donna un objet de forme oblongue de trente-cinq centimètres de long. Sergio Rapu, archéologue originaire de Rapa Nui, comprit qu'il avait dans les mains l'œil d'un *moaï*. L'œil prit place dans l'orbite taillée de la statue, posé sur une rainure de la partie inférieure. On découvrit alors que les yeux des *moaï* regardent vers le ciel. D'ailleurs, aux îles Gambier, il a toujours été connu une terre située vers l'est et appelée Mata Ki te Rangi («Les yeux dans le ciel»).

Nous sillonnons l'île à pied, à vélo, à cheval, campons le soir dans des lieux inaccessibles aux 4x4, inaccessibles aux personnes qui ne veulent fournir aucun effort. Nous suivons la côte d'un *ahu* à un autre, dont il ne reste parfois plus qu'un amas de pierres que l'on devine arrangé par la main de l'homme. Ici, un *moaï* gît à plat ventre, son visage mord la poussière, il agonise, mangé par l'érosion. Son *pukao,* coiffe de lave rouge, genre de monstrueuse pierre meulière, a roulé un peu plus loin, à l'instant de sa chute. En 1866, quand les missionnaires s'installèrent sur l'île de Pâques, il n'existait plus aucune statue en place. La tradition pascuane attribue leur renversement aux guerres qui ravagèrent l'île à la fin du XVIIIe siècle et au début du XIXe. Comme ailleurs en Polynésie, les vainqueurs humiliaient les vaincus en ravageant leurs sanctuaires ancestraux.

Patrice au volant de son combi Volkswagen vient nous prendre au quai pour une expédition « corvée de bois ». Le mot « corvée » n'a pas vraiment sa place, il est plutôt l'occasion de passer un nouveau moment ensemble. Dans une forêt d'eucalyptus, nous tirons quelques troncs morts du sous-bois. Patrice les débite à la tronçonneuse. Le véhicule rapidement plein, nous rentrons par le chemin des écoliers d'une piste traversière, poursuivie d'un nuage de poussière. Patrice ne manque jamais de nous indiquer le détail invisible à nos yeux, une statue couchée dans un pré que l'on prenait pour un simple caillou ou une grotte dissimulée dans un amas de pierres. La nature géologique de l'île a favorisé un cavernement important. Les tunnels de lave sont nombreux, leur longueur variable de quelques mètres à près d'un kilomètre. Les plus grands étaient aménagés en habitations, les plus petits servaient de caches en temps de guerre. Plus nous explorons, plus nous découvrons, et plus il nous semble que nous pourrions encore rester des mois ici.

Patrice nous arrête en bord de mer, où une équipe d'hommes sélectionne ses chevaux pour la *Tapati*, la grande fête annuelle pascuane. Nous mangeons du melon en regardant courir les chevaux montés à cru. En arrière-fond, le ciel et l'océan s'embrasent au soleil couchant. La houle termine sa course en bavant d'écume sur la côte. Nous rentrons à la tombée du jour, Clara nous attend.

– J'ai préparé à manger pour nous quatre.

– On ne va pas encore dîner chez vous !

– Mais où est le problème ?

Y'a pas de problème et, une fois de plus, nous terminons la soirée ensemble autour de la table. Des moments comme ceux-là ressemblent aux pièces d'un puzzle qui s'emboîtent à la perfection, nos pensées trouvent exactement leur écho en cette relation. Ce n'est pas le voyage qui amène aux rencontres mais la disponibilité d'esprit. En voyage, nous ne sommes pas préoccupés par les soucis de la vie métropolitaine.

Au travers de la toile de tente, une main cherche à me saisir. Je lutte de toutes mes forces contre l'agresseur, mais mon corps semble paralysé. J'appelle au secours : « Corinne, Corinne ! » Elle me réveille et me libère de ce cauchemar. Clara, à qui je raconte cet incident, m'écoute attentive en dodelinant de la tête : « Ce n'était pas un mauvais rêve, mais un *varua*, un esprit. Ils ne sont pas méchants pour toi et ne t'auraient pas brutalisé. Celui-là venait simplement te sermonner, car tu as dû l'offenser dans la journée. N'aurais-tu pas fait pipi près d'un *ahu*, pas très loin de votre campement ? Car les *varua* ne voyagent pas, ils restent sur le lieu où ils ont vécu. Ces esprits, s'ils sont cléments avec les étrangers, n'ont en revanche aucune pitié pour les descendants de leurs adversaires. L'île, par le passé, a été divisée en districts habités de tribus belliqueuses. Aujourd'hui encore, leurs descendants ne s'aventureraient jamais le soir sur les terres autrefois ennemies, au risque d'y trouver la maladie ou la mort. La lune continue sa course dans les étoiles. Comme des enfants émerveillés par ces histoires extraordinaires, nous ne voyons pas le temps s'écouler.

La *Tapati* bat son plein pendant ces deux premières semaines de février, toute l'île est en fête. Deux équipes s'affrontent au cours d'une multitude d'épreuves. Une bonne partie des habitants de l'île y participe : enfants, adultes, anciens. La compétition est des plus variées avec du triathlon, du tirage de corde, du canotage ; ou encore, pour les artistes, des peintures corporelles, de la sculpture sur pierre, de la confection de colliers entre autres chants et poésies. Il y a des épreuves plus spectaculaires comme la course de chevaux aux entraînements de laquelle nous avons assisté et, surtout, la descente de montagne allongé sur deux troncs de bananiers. Cinq compétiteurs seulement, l'épreuve des braves par excellence. La préparation et la concentration des hommes est si intense que toute l'atmosphère en est chargée. Nous avons la bouche desséchée au moment où chacun d'eux s'élance sur la pente herbeuse. Filant à toute allure, un attelage de troncs décolle sur une bosse, l'homme en est éjecté. Un silence de mort s'abat sur l'assemblée… Le brave se relève, le fessier en sang, dans un seul cri de joie soulagé du public. Chaque victoire rapporte des points à la reine de chacune des deux équipes. Finalement, l'une d'elle sera couronnée reine de l'île pour l'année.

Le soir, la compétition de danses enflamme le cœur des habitants et des touristes présents. Les insulaires préparent la *Tapati* pendant des mois, pour ne pas dire toute l'année. Les femmes passent des jours dans les plumes à confectionner ces innombrables costumes. Elles y travaillent, mangent et dorment comme des oiseaux dans leur nid, y couvant le meilleur d'elles-mêmes. Quand la fatigue les emporte, elles voient déjà en songe, avec fierté, leur costume s'agiter dans la danse.

Le dernier jour, au cours du défilé dans les rues, toute personne présente sur l'île, touriste compris, a son mot à dire. Il suffit de choisir sa reine et de se ranger à sa suite. Chaque personne comptera pour un point. Clara nous effraie un temps en nous annonçant :

– Nous serons juste habillés avec de la peinture !

Un trait d'humour à l'idée du sauvage peinturluré. La majorité des Pascuans se pare de vêtements traditionnels. Cela n'a rien d'un défilé de clowns. On devine de la fierté pour leur culture et une majesté dans le port de ces costumes ancestraux.

Nous demandons à Mata Ika, le frère de Clara, sculpteur, entre autres activités, de nous tailler un *moaï* pour garder un souvenir de l'île. Avec notre petit vocabulaire d'espagnol, nous lui faisons comprendre « grand comme l'avant-bras ».

Nous sommes chez Patrice et Clara le jour où il apporte la statuette. Un peu déçus, elle est plus petite que prévu, nous n'osons rien dire.

– Attends que je regarde avant de payer, dit Clara.

Elle la tourne et la retourne dans sa main, l'examinant de face, de profil.

– Bon, c'est bien. Je suis sûre que si mon frère va dans une boutique au village, on lui prend tout de suite parce qu'il travaille bien. Pour un touriste, c'est bien. Mais, pour vous, quand vous allez la regarder en France, je veux que vous vous souveniez de nous et de tous les bons moments passés ensemble à Rapa Nui. Alors, pour vous, elle n'est pas bien. Et je sais que mon frère peut faire mieux, parce que c'est un bon sculpteur. Alors, il va en refaire une.

Mata Ika, la tête baissée comme un garçonnet puni, ne dit rien.

Quelques jours plus tard, sans passer par Clara, Mata Ika arrive sur le port. À bord de *Naïla*, il sort de son sac, enveloppé dans un chiffon, un grand *moaï* de soixante centimètres de haut avec tous les symboles de l'île gravés au dos. Je l'examine, Mata Ika me dévore des yeux.

–*Mucho bueno !* Elle est magnifique. Café, Mata Ika ?

Un grand sourire illumine son visage.

–*Café, si.*

Et nous passons deux heures à parler, le temps s'envole. Nous nous étonnons de la facilité de l'échange, un peu d'espagnol, des gestes, des dessins, un regard expressif et quand on ne se comprend pas, on rit. On parle du bateau, de la navigation. Mata Ika raconte son île, son enfance.

–J'étais encore dans le ventre de ma mère quand mon père est parti. À Rapa Nui, il n'y avait rien, pas de vêtements, pas de couvertures… Alors mon père a construit un bateau avec des amis. Baleinière bricolée avec le peu de bois trouvé sur l'île, et puis ils sont partis pour Tahiti chercher toutes ses richesses, si ordinaires pour nous aujourd'hui. Ils ne sont jamais arrivés nulle part…

Mata Ika a voyagé : le Chili pour la chanson, la France où il a été invité en tant que sculpteur, mais c'est à Rapa Nui qu'il se sent le mieux. Il en parle et la chante si bien, son grand amour.

Patrice s'est arrêté au bateau en passant, comme il le fait souvent, à pied, à moto, en camionnette, ce matin à cheval. Il part au village tirant deux autres bêtes à la traîne. Deux clients l'attendent pour une journée de randonnée.

–Je peux t'accompagner jusqu'au village ?

Sourire.

La houle venue du sud termine sa course en fracas sur la côte. Un voilier danse au mouillage, le soleil pointe son nez au-dessus des collines, nous sommes au galop sur la route. Le pur bonheur est un instant comme celui-ci où n'existe que la seconde présente.

Nous écoutons un disque : une guitare, un ukulélé, deux voix. Ces chansons font surgir en nous des images, l'atmosphère de notre séjour sur l'île. Nous revoyons Mata Ika et Nato chanter en bout de table ; derrière eux, la lune scintille sur la mer houleuse qui avance et se brise en fond sourd sur la côte. Nous écoutons aujourd'hui ces mêmes chansons, mais seuls sur *Naïla* qui trace sa route vers les Marquises. Accrochés à l'épontille, nous regardons, le cœur serré mais heureux, nos colliers de coquillages et de plumes, cadeaux de départ de Patrice et Clara. Ils nous ont offert en plus quelque chose de très fort et de très beau, leur amitié.

Dans ton espace,
Les jours passent,
Rédiges-tu ton récit,
Pendant que je t'écris ?
Ici, les heures s'effacent,
Mais j'y laisse des traces.
Je compte les jours,
Comme un compte à rebours.
Je t'écris un poème,
Peut-être le centième,
Pour te dire que je t'aime,
C'est plus fort qu'un rêve.

19. *NAYLA* AUX MARQUISES

Plus les choses sont simples, plus on peut passer de temps à les contempler, à l'image d'un feu de cheminée. L'avance du bateau sur la mer est captivante. Le jeu de l'étrave avec l'océan, la danse de l'écume dans le sillage sont ma cheminée. Quand je regarde *Naïla* fendre la mer, je rêve éveillé dans les bulles d'écume et j'oublie tous les soucis du monde.

Bateau, magnifique instrument de voyage ! La navigation, l'approche lente, aucune terre sous les yeux, on ne peut songer qu'à celle qui sortira de l'horizon. On l'imagine l'esprit clair, car seule la mer nous entoure. L'escale arrive, on vit certaines scènes imaginées, on prend le temps, deux, trois mois, puis on repart. Grâce à la mer, l'escale sera encore plus belle. Pas de brutalité d'un transport rapide vers un autre lieu, pas de branches cassées, d'égratignures au cœur, mais une acclimatation lente comme pour une plante fragile que l'on aimerait voir refleurir sur une autre terre. Peu à peu, le sillage s'étire, le passé se mêle au rêve de la prochaine escale, dix, vingt jours, « Terre ». On vit ailleurs avec la sève accumulée des souvenirs.

– À cette vitesse, nous serons à Hiva Oa dans trois jours.

– Déjà !

Pour la première fois, Corinne ne se sent pas pressée d'arriver.

Nous arrivons à Hiva Oa par un temps magnifique. Une odeur de terre mêlée aux senteurs de fleurs enivrantes enchante notre entrée dans la baie Tahauku. Nous ramons vers la terre à bord de l'annexe. Une annexe à moteur se détache d'un catamaran et nous rattrape :

–Où as-tu trouvé le nom de ton bateau? me demande l'homme sans préambule. Je le regarde au fond des yeux…, j'ai deviné:

–Tu t'appelles Alain?

Il acquiesce d'un signe de tête.

–C'est le nom de ta baleinière.

Il sourit.

À quinze ans, je rêvais de navigation. Les revues nautiques m'emportaient au loin. Je me revois dans la cour du lycée, lisant les récits de voyage d'Alain sur sa baleinière *Nayla*. Des années plus tard, avant de mettre mon bateau à l'eau, lui cherchant un nom de baptême, je me suis souvenu de *Nayla*. En remplaçant le y par ï, il devenait également l'anagramme d'Alain. Alain vit à Taiohae, le village principal de Nuku Hiva, dans le groupe nord des Marquises.

Il y a plus de six ans, lors d'une conférence que j'avais donnée à Lyon, Laurent venu y assister m'avait entretenu de son profond désir de prendre un jour la mer. Je l'avais encouragé à persévérer, puisque là était son dessein. Aujourd'hui, il est là avec son bateau mouillé dans la même baie que *Naïla*. Un beau cadeau pour lui comme pour moi.

En remontant sur Taiohae, nous faisons un crochet par la baie du Contrôleur, ou Hakapaa. Au moment de mouiller, je manque *in extremis* de partir à la mer avec l'extrémité de la chaîne qui n'était pas reliée au bateau.

–Marche avant, marche avant!

Heureusement, Corinne réagit rapidement, je serais parti au fond sans lâcher.

Je suis seul avec *Naïla* dans la baie de Taiohae. Corinne a pris l'avion pour la France et le retour au travail. Je reste aux Marquises jusqu'à la fin de la période cyclonique avant de rejoindre Tahiti où *Naïla*, tiré au sec, attendra un an notre retour.

Je revois Alain à maintes reprises, beaucoup d'affinités nous lient.

Nos points de vue sont souvent convergents. Il me tend un magazine de voile.

–Regarde ça !

Sans qu'il ait besoin de parler, je le sens résigné. Je lis en couverture : « Traverser l'Atlantique sur un voilier de sept mètres cinquante avec 45 000 euros, c'est possible ! »

–Tu crois qu'un smicard a encore le droit de rêver ?

–J'en doute. Heureusement que ce sont des articles comme les tiens que je lisais au lycée, parce qu'au moins, avec ta baleinière à trois balles, je me disais que tout était possible.

–Comment ça, ma baleinière à trois balles ?

–Oui. Enfin, on se comprend.

Tout semble orchestré depuis la naissance, surveillé par des bergers de la société, pour vous garder sur une voie bien tracée. On se laisse guider comme des ânes avec les œillères de la peur et les billets de banque en guise de carotte. Bien souvent, les parents commencent le travail de sape : « Ne rêve pas. La vie est dure. Tu verras quand tu seras grand. »

On arrache des plumes à un oisillon pour l'empêcher de voler. Le mot d'ordre devrait être : « Travaille beaucoup, oui, mais pour rêver ta vie. »

J'ai rejoint la baie Hakatea, ma baie préférée aux Marquises. J'ai besoin de cet endroit retiré et sauvage avant de rejoindre les lumières de Tahiti, puis la bourdonnante métropole. Chaque jour, je biffe une ligne sur la liste des travaux à réaliser à bord. Je bricole tranquille, en me fondant dans la tâche, en ne pensant à rien d'extérieur. Pieds nus en contact avec mon bateau, je m'en nourris avant de le quitter.

Chaque après-midi, je descends à terre prendre le café avec Daniel et Antoinette. J'apprécie à leur juste valeur ces moments choisis, en compagnie de ce couple d'une grande culture et d'une merveilleuse philosophie de la vie. Aujourd'hui est ma dernière visite.

–*Kahoa* Daniel, je suis venu vous dire au revoir.

–Ah, tu pars. Tiens, tu vas prendre des pamplemousses pour la traversée.

Il cueille les plus mûrs, puis on se dirige vers le faré.

–Tiens, Daniel.

Je pose deux paquets de cigarettes sur la table.

–Pourquoi ?

–Comme ça, pour rien.

Puis, je sors une Vierge en plastique, remplie d'eau de Lourdes. Antoinette a compris, je la sens émue.

–Ma maman me l'a donnée en partant. Aujourd'hui, je te la donne.

Elle la serre dans sa main, sur sa poitrine, ses yeux se voilent, elle pleure. Je l'embrasse.

Les quelques minutes pour dire au revoir se transforment en heures. Midi est passé. Je rechausse mes godasses complètement explosées, elles auront tenu jusqu'au bout.

Antoinette me serre dans ses bras :

–Jamais personne ne m'a fait un cadeau comme celui-là, je penserai toujours à toi, à vous. Dieu vous garde, là-bas sur la mer.

Devant l'annexe, Daniel me serre la main et la recouvre de sa deuxième.

–Bonne route, Alain. À bientôt.

Voyager pour ces instants, paysage humain, marque de souvenirs indélébiles.

Je relève l'ancre et sors de la baie. Je déroule le génois, règle le pilote, *Naïla* se cale sur sa route, il ne me demandera plus rien aujourd'hui.

Mon esprit vagabonde en regardant l'île de Ua Pou par le travers, un des necks dans un jeu complice avec le soleil couchant apparaît, tel le christ du Corcovado dans la baie de Rio de Janeiro. Ses bras écartés m'invitent. Plongé dans ma rêverie, j'ai senti comme un baiser, le soleil sur ma nuque. Si Corinne était là, elle le contemplerait se blottir derrière l'horizon. Alors, j'abandonne ma vision fugitive, je mets mes lunettes et regarde pour elle le soleil se coucher.

Je songe à toi, à ma dernière marche vers Taiohae, vers la cabine téléphonique qui m'emportait dans tes bras. Je repense au col franchi sous l'écrasante chaleur d'une matinée marquisienne. La sueur de mon visage tombait goutte à goutte sur le sentier. Chaque pas me rapprochait un peu plus de toi, un pas, une goutte, un pas, une goutte. J'ai arrosé ce chemin d'amour. Vingt-six kilomètres pour te dire : « Je t'aime. »

ÉPILOGUE

Un projet, un grand et beau projet, à caresser pour nos cinquante ans : une autre île Saint-Paul. J'ai cherché sur les cartes où l'on pourrait retrouver cette magie... Et puis la lumière est venue, revenue, toute chaude comme un soleil qui s'élève à l'horizon, sur la grande houle du Pacifique Sud.

Et si cette quête depuis mon rêve d'enfant, ces départs avortés, cette escale en Nouvelle-Zélande au cours de mon tour du monde en solitaire, avaient existé seulement pour rencontrer Corinne, partir avec elle et ensemble toucher ce Graal du bout des doigts. Ce serait trop beau pour être vrai. Mais comment lui présenter ? Sans l'effrayer ? Elle pour qui l'apprentissage de la mer a été si dur !

Je gardais en moi ce rêve. Puis, par un jour d'hiver... Seuls sur une falaise bretonne, les yeux tournés vers l'océan, nous discutions de nos futures navigations :

– Entre les coins dangereux à cause des pirates, des lieux payants ou interdits, il va bientôt ne plus rester d'endroits où aller...

Corinne me regarde :

– Alain, si on faisait le tour du monde sans escale tous les deux ?

Je ne crois pas au hasard. Tout le cheminement de ma vie, même mon tour du monde en solitaire, n'a été qu'une longue préparation à ce voyage que nous allons rêver ensemble.

Il nous faudra trouver un voilier plus grand, plus confortable, pour cette circumnavigation de six mois.

Le plus dur sera de me séparer de *Naïla*, après ces vingt-six années de complicité.

– Je pleurerai.
– Alors tu n'y gagnes rien !
– J'y gagne, dit le renard, à cause de la couleur du blé.

Antoine de Saint-Exupéry,
Le Petit Prince

Nous l'appellerons *Naïla Nui*, le « Grand Naïla » en polynésien.

Puerto Montt,
13 mai 2014